马丁·艾米斯作品

Martin Amis

Martin Amis

莱昂内尔·阿斯博

英格兰现状

Lionel Asbo: State of England

〔英〕马丁·艾米斯 著 张建平 译

上海译文出版社

马丁·艾米斯和他的小说

瞿世镜

马丁·艾米斯 1949 年生于英国南威尔士，父亲金斯利·艾米斯是著名小说家，母亲希拉莉·巴德威尔是农业部一名公务员的女儿。马丁十二岁时，父母离异。继母伊丽莎白·简·霍华德也是一位小说家。马丁原来和其他同龄孩童一样，喜欢阅读连环漫画。继母引导他读简·奥斯丁的小说，这是他最早受到的文学启蒙熏陶。马丁曾经在英国、西班牙、美国十三所学校上学，然后在伦敦和布莱顿补习，为大学入学考试作准备。他考进牛津大学埃克塞特学院英语系，毕业时获一等荣誉奖。他写的第一部小说《雷切尔文件》1973 年获毛姆奖。1975 年，他担任伦敦《泰晤士报文学副刊》的助理编辑，出版了第二部小说《死婴》。他还发表了许多书评和散文。于是他被《新政治家》编辑部录用，这时他才二十七岁。后面两部小说《成功》(1978) 和《其他人：一个神秘的故事》(1981) 出版之后，他成了专业作家，并且给《观察家》《泰晤士报文学副刊》《纽约时报》等报刊杂志写文学评论。他是一位多产作家，陆续发表了下列作品：《太空侵略者的入侵》(1982)、《金钱——绝命书》(以下简称《金钱》) (1984)、《白痴地狱》(1987)、《爱因斯坦的怪物》(1987)、《时间箭——罪行的本质》(1991 年获曼·布克奖提名)、《访问纳博科夫夫人及其他游

001

览杂记》(1993)、《经历》(回忆录，2000年获詹姆斯·泰特·布莱克纪念奖)、《黄狗》(2003年获布克奖提名)、《会面屋》(2006)、《第二平面》(2008，关于"9·11事件"及反恐战争的文集)、《莱昂内尔·阿斯博：英格兰现状》(2012)。2007年至2011年，马丁在曼彻斯特大学新写作中心担任创意写作课程教授。2008年，《泰晤士报》将他评为1945年以来五十位最伟大的英国作家之一。马丁·艾米斯结过两次婚。他的第二位夫人伊莎贝尔·芳赛斯卡也是一位作家。马丁·艾米斯曾经住在伦敦肯辛顿区王后大道，他的小说时常以这个地区作背景。书中人物抱怨这里外国游客过多，商业气氛过浓，反映了伦敦市民丧失文化根底的异化感。他像狄更斯一样，喜欢从伦敦街头俚语、行业切口中吸收新鲜词汇，来丰富他的英语。这种植根于日常生活的通俗语言，被其他青年作家、记者、读者们纷纷仿效而流行一时。

在接受记者采访时，马丁·艾米斯阐明了他的文学观念：

"如果严肃地加以审视，我的作品当然是苍白的。然而要点在于：它们是讽刺作品。我并不把自己看作先知；我不是在写社会评论。我的书是游戏文章。我追求欢笑。

"我不相信文学曾经改变人们或改变社会发展的道路。难道你知道有什么书曾经起过这种作用吗？它的功能是推出观点，给人以兴奋和娱乐。

"小说家惩恶扬善的观念，再也支撑不住了。肮脏下流的事情，当然成为我的素材之一。我写那种题材，因为它更有趣。人人都对坏消息更感兴趣。只有一位作家，曾经令人信服地写过幸福，他就是托尔斯泰。似乎除他之外，再无别人能把幸福写得跃然纸上。

"我利用在自己周围所看到的所有荒诞可笑的、人们所熟悉的、凄惨可怜的事情……在这些日子里，到处存在着寒伧破旧、苦难悲惨的景象。

"阐明社会因果关系并非小说家的事业。他们必须对他们所具有的艺术效果非常敏感。"

马丁的处女作《雷切尔文件》被誉为青春期赞歌。这部小说的时间跨度只有一个晚上，但是通过记忆联想和闪回等意识流手法，扩展了它的容量。主人公查尔斯·海威在他二十岁生日之夜，回想他第一次爱情经历。他是一位聪明、敏感的青年，渴望成为作家。在几本笔记本里，他写满了描述女友雷切尔·诺伊斯的文字。通过这些笔记和其他回忆，第一人称叙述者查尔斯展示了一个引人入胜的故事，机智幽默地描述他的成长过程和初恋的惊喜感受。马丁·艾米斯认为，"在青春期，人人都感到创作的冲动——想要写诗、写戏剧、写短篇小说。作家不过是那些把这冲动继续坚持下去的人。"

我们发现，马丁·艾米斯的创作冲动继续坚持着，而且他有一种黑色幽默的灵感。他的第二部小说《死婴》，把幽默讽刺、生活堕落、荒诞暴行混杂在一起。这部小说写六个年轻人在伦敦郊区一幢大房子里度周末。时间跨度从星期五早晨至星期六。作者仍然使用意识流闪回手法，来扩展六个人物的生活经历和心理深度。当这群青年星期五聚在一起过周末时，来了三位美国客人。他们激起了大家放荡的欲望，在酗酒、吸毒之余，男女混居，任意淫乱。然后是一连串暴行：殴打、虐待、谋杀、撞车。此书的平装本改名为《阴暗的秘密》，因为《死婴》这个标题实在太触目惊心了。这部小说如实暴露了西方社会的阴暗面，然而它的色情、暴力内容却可能会引起我们东方读者的强烈反感。

1984 年出版的《金钱》是一部非常独特的社会讽刺小说。此书采用第一人称叙述，主人公约翰·塞尔夫是位极端令人厌恶的反派角色，集粗野、好色、蛮横、奸诈等恶习于一身。他的职业是制作电视广告和色情影片。他坦言其所有的嗜好都具有色情倾向，包括"诅咒、斗殴、射击、玩女人、吸毒、酗酒、吃快餐、赌博、手淫"。塞尔夫 (Self) 的英文含义是"自我"，可见他是个以自我为中心的人物。然而他自我意识的核心元素是金钱。他用金钱来购买一切，包括爱情。他的情人塞琳娜·斯特里特是交际花。斯特里特 (Street) 的英文含义是街道，暗示塞琳娜是出卖色相的街头女郎。她所做的一切都是为了钱。她和塞尔夫上床，她拍三级影片，都是为了金钱。塞尔夫与她臭味相投。他说，"我爱她的堕落。"他们做爱时不是说我爱你，而是说钱。只有钱才能帮助塞尔夫达到完美的性高潮。他内心情绪很不稳定，有偏执狂。他认为塞琳娜应该有众多情夫，这才显得她更够劲，更有价值。他又总是怀疑塞琳娜对他不忠，突然间没来由的惊恐不安、汗流浃背。约翰的父亲巴里·塞尔夫离不开毒品、女人、黄色录像、高级餐馆。他的情妇维罗妮卡是有露阴癖的脱衣舞女。他用儿子的钱来购买性爱。人与人之间没有伦理亲情，只有金钱关系。故事发生在 1981 年，查尔斯亲王和戴安娜王妃成婚，举国欢庆。这是个势利社会，金钱可以购买一切，而高尚的文化毫无意义，因此塞尔夫追求金钱而不追求艺术。他的另一位情妇玛蒂娜·吐温是个有文化的知识分子。她试图引导塞尔夫欣赏高雅艺术，消减他的满身铜臭。但是在塞尔夫眼中，印象派画家莫奈的作品不是艺术品，而是金钱的等价物。他的心灵已被金钱彻底地占领和腐蚀！小说的主题是金钱：描述了主人公如何得到它、保存它、消耗它、丢失它。在这过程中，塞尔夫日益腐化堕落、丧失自我。作者所使用的语言相当独特，充满着俚语、行话，弥漫着市井色情文学的特殊气息。在字里行间，响彻着金钱以及金钱的呼声，令人寒心地感到这里有一种异化压抑的气氛。这是一个国际性毒品文化的世界，吸食各种毒品的瘾君子令人恶心，人际关系极其混杂。塞尔夫表面上是个文化人，暗地里是个奸商，频繁往返于纽约和伦敦之间，靠走私毒品牟利，小说的场景也就随之而变换。在纽约和伦敦各有一个马丁·艾米斯，他们似乎是作者的化身。这些知识分子是在金钱世界中仅存的批判性良知。艾米斯给塞尔夫打工，为他写电影剧本。塞尔夫强迫他在剧本《良币》中添加暴力色情场景。后来塞尔夫穷困潦倒，与艾米斯下象棋赌博。艾米斯不肯手下留情，要将塞尔夫置于死地。最后，塞尔夫撞地铁列车自杀，终于得到了应有的下场。他口袋里那本用来赚钱的剧本《良币》成了陪伴他走向死亡的绝命书。在撒切尔夫人统治下的英国，经济暂时复苏，贪得无厌的拜金主义成了流行一时的社会风尚和万恶之源。作者对于这种资本主义社会的弊端深恶痛绝。作者以"绝命书"作为副标题，发人深省。金钱的破坏性控制力笼罩一切，要想摆脱它的控制，除了死亡之外别无他途。这是何等触目惊心的警示！

马丁·艾米斯 1989 年出版的《伦敦场地》，题词所示是献给他父亲金斯利·艾米斯的。此书篇幅将近五百页，是他最长的小说，其中蕴含的黑色幽默甚至超过了《金钱》。故事发生在伦敦西区拉德布罗克丛林，时间是 1999 年。作品结构并不复杂。男主人公基思·泰伦特是个精力充沛、容易激动的飞镖手。他非常迷恋他的女友妮古拉·西克斯，又怀疑她不忠于爱情。读者感到有一种不祥的预兆，最后果然发生了惨案，西克斯被残暴地谋杀了。结果发现是死者本人精心策划，诱骗凶手杀害了她。在人们期盼的"至福千年"前夕，伦敦场地上居然发生了如此惨剧，资本主义世界还有什么希望！此书在1989年布克奖评委会中引发了一场剧烈争辩。两位女性评委麦吉·琪和海伦·麦克奈尔实在难以容忍女主人公西克斯被残暴杀害的血腥场面。由于她们竭力抗辩，此书被否决了。另一位评委戴维·洛奇为此悔恨不已。他认为当时五位评委的意见是3:2，此书应该入选。

1991年出版的《时间箭——罪行的本质》是一部简短的小说。马丁·艾米斯借鉴了库尔特·冯内果1969年的小说《第五号屠宰场》和菲利普·迪克1967年作品《时光倒转的世界》中的叙事技巧。作者在此显示出他对自己所掌握的辉煌技巧的极端自信：整个故事用倒叙法从坟墓回溯到摇篮，读者必须仔细辨认那些轶事和对话，把它们颠倒的时序重新理顺。在作者的颠倒叙述中，穿插了许多插科打诨的笑话，其五花八门的内容包括吃饭、排泄、争吵、做爱等等；与此并行的书中人物的倒叙，涉及令叙述者苦恼的道德价值判断。叙述者是第二次世界大战中的纳粹战犯，他在盖世太保集中营里当军医。他不是用其医术救死扶伤，而是用它来蓄意杀人。他在战后逃亡到美洲，把时光之箭倒转过来，从死亡到出生把人生之路重新走了一遍。于是死于纳粹屠刀之下的犹太难民自然也活了过来，纳粹集中营里出现了奇特的复苏景象。食物不是从嘴里吃进去，而是从胃里反刍出来。清洁工不扫垃圾，而是往地上倒垃圾。既然一切都颠倒了，双手沾满鲜血的纳粹战犯的罪行也就被漂白了。这种是非颠倒的态度和研制原子弹的科学家何等相似！这部黑色幽默作品，启发读者去思考一个极其严肃的问题。那就是本书的副标题：罪行的本质——是非颠倒，人性泯灭！

1997 年出版的《夜车》是一部简短的作品。叙述者是一位颇有男子汉气魄的美国女侦探麦克·胡里罕。小说情节围绕着她老板年轻美貌的女儿的自杀案逐渐展开，总体气氛灰暗、凄凉而充满着不祥预感。作者炫耀他的语言天赋，随意穿插美国本地土话、切口。评论界对此书毁誉参半。

2003 年出版的第十部小说《黄狗》与《夜车》相隔六年之久。主人公汉·米欧是演员和作家。他的父亲梅克·米欧是极其残暴的强盗，早已死在狱中。他生活在父亲的阴影中，唯恐遇见父亲生前的仇人或同伙，害怕他们对他报复。在沉重的精神压力下，他变得十分孤僻，甚至疏远了自己的妻子和女儿。一直想实施报复的科拉，指使色情演员卡拉把汉诱骗到加利福尼亚，想以色相破坏其婚姻，但未得逞。汉在加州意外地遇见了自己的生身父亲安德鲁斯。这个意外发现使科拉放弃了报复的念头，因为他并非米欧的真正后代。小说把梅克·米欧作为暴君的象征，表现了主人公如何摆脱暴君影响的过程。他渴望摆脱亡父的阴影，正如那条哀鸣的黄狗试图挣脱背负的锁链。小说家泰勃·费希尔写道："我在地铁里阅读此书，唯恐有人从我身后瞥见我在读什么……就像你喜爱的叔叔在学校操场上被当场逮住手淫一样。"马丁·艾米斯却说这是他最好的三部小说之一。此书入围当年布克奖候选小说之列，但最终未能获奖。

《怀孕的寡妇》原来打算在 2008 年问世，后来一再修订，拓展到四百八十页篇幅，到 2010 年才正式出版。此书的主题涉及

1970年代欧美的性革命，西方世界两性关系的规范从此改观。然而，旧的道德伦理被摧毁了，新的道德伦理尚未诞生。亚历山大·赫征将这个过渡时期称为"怀孕的寡妇"，暗示逝者已去，新儿未生，尚在寡妇腹中。作者以此作为本书标题。故事发生在意大利凯潘尼亚一座城堡中，主人公基思·尼亚林是一位文学专业的英国大学生。1970年夏季，他与一群朋友到意大利度假。他们亲身体验了男女两性关系的变化。叙述者是处于2009年的基思本人的"超我"，即他的道德良心。与基思一起到意大利度假的有他若即若离的女友丽丽以及她那位富于魅力的闺蜜山鲁佐德（这位姑娘与《一千零一夜》传奇中的公主同名）。基思与山鲁佐德互有好感，丽丽因而开始折磨基思。小说下半部的情节发生出乎意料的转折，给基思后来的爱情生活留下了难以磨灭的痕迹。此书幽默、机智、感伤，是对于性革命浪潮中失去自控能力的年轻人的漫画写照。

2012年出版的《莱昂内尔·阿斯博：英格兰现状》是马丁·艾米斯的第十三部小说。此书似乎可以看作《金钱》的续篇，金钱魔力在此书中引发的闹剧甚至比前者更为夸张。故事发生在伦敦迪斯顿城。主人公德斯蒙德·佩珀代因住在大厦第三十三层。这位少年的同龄伙伴们在街头打架，他却在图书馆里看书。他的舅舅阿斯博是个贪得无厌的流氓无赖，臭名昭著的罪犯恶棍。他以独特的方式关怀外甥，对他谆谆告诫：男子汉必须刀不离身，与女朋友约会还不如色情挑逗管用，在斗狗场里赢钱的诀窍是用塔巴斯科辣酱拌肉片喂狗。然而德斯对此毫无兴趣，他在书本的浪漫天地中寻求慰藉，这种娘娘腔的行为使他舅舅火冒三丈。德斯学识增长，逐渐成熟，想要开始过一种更加健康的生活。这时阿斯博买的奖券突然中了一亿四千万英镑大奖。一位工于心计的诗人模特儿委身于阿斯博，成了他的情妇。阿斯博腰缠万贯而始终不改其流氓本色，然而舅甥俩的人生轨迹却从此发生了剧烈变化。有人认为作者是以轻蔑的目光审视大英帝国的沉沦。马丁·艾米斯辩称此书并非"皱着眉头对英国评头论足"，而是以"神话故事"为基础的一幕喜剧，并且坚持认为他"作为英国人，深感自豪"。

英国小说家、评论家 A·S·拜厄特认为，现代英国小说有两种传统。第一种传统是前现代的现实主义。菲尔丁是这种传统的鼻祖。这种传统侧重于小说模仿现实、记叙历史的功能，并且通过"情节"与"人物"之间的交织来表述，注重思维的逻辑性、时间的顺序性和文字的清晰性。第二种传统是现代的实验主义。其远祖可以追溯到斯特恩。这种传统侧重于小说的虚构功能，强调探索小说本身的形式结构，挖掘其象征内涵，并且认为叙述技巧与形式结构的标新立异比思维的逻辑性、时间的顺序性、文字的清晰性更为重要。

二十世纪八九十年代，英国小说出现了两种传统交汇合流的趋势。马丁·艾米斯正是这股潮流的代表人物。他在接受记者采访时曾经说过："我可以想象这样一部小说：它和罗伯-格里耶的那些小说一样复杂微妙、疏远异化、精心撰写，同时又能提供节奏、情节和幽默方面沉着而认真的满足感，这些品质使我联想起简·奥斯丁的作品。在某种程度上，我想这是我自己正在试图去做的事情。"马丁·艾米斯兼收并蓄的创作方式，不仅继承了英国小说的现实主义和实验主义传统，而且从法国罗伯-格里耶的新小说、爱尔兰乔伊斯的意识流小说和美国小说家冯内果、索尔·贝娄、纳博科夫那里借鉴了不少新颖技巧。他的标新立异来源混杂而丰富多彩。在当今英国文坛，不少青年作家深受他的影响，威尔·塞尔夫和扎迪·史密斯便是其中的佼佼者。

虽然作者自嘲他的小说不过是游戏文章，我们千万不要被他那种令人眼花缭乱的叙事技巧所迷惑。他创作的那些"讽刺漫画"中所蕴含的社会批判和价值判断，表明他是具有社会责任感的严肃作家。1989年春，我在伦敦英国国家图书馆中初次阅读马丁·艾米斯的《金钱》时感到十分震惊。狄更斯《双城记》的场景在伦敦和巴黎两个城市展开，《金钱》的叙事线索也在伦敦和纽约两个城市之间交织。在西方的传统观念中，爱情是纯洁的、神圣的。《双城记》主人公席德尼·卡尔登是典型的英国绅士。他为自己心爱的女人献出了宝贵的生命。《金钱》的主人公塞尔夫简直是个卑鄙畜生，情妇是他用金钱购买的泄欲工具。摒弃了圣洁的光环，爱情异化为买卖，英雄堕落为反英雄。我原来以为英国是一个具有绅士之风的国度。彬彬有礼的英国绅士，怎么会变成塞尔夫那样猥琐卑鄙的恶棍？我简直无法接受这样的人物形象！

起初我觉得马丁·艾米斯的小说令人反感，难以卒读。后来我注意到，约翰·塞尔夫在小说中自称"六十年代的孩子"。我知道二十世纪六十年代欧美社会经历过一场激进自由主义社会风暴。正是这股强烈的右倾社会思潮，冲垮了西方传统道德的底线，英雄才会异化为反英雄，神圣的爱情才会异化为可用金钱交换的生物本能。在六十年代，中国也经历了一场"文化大革命"风暴，但这股"极左"社会思潮对中国传统文化道德底线的冲击，我们又是否深刻反省过？

与英国著名小说家多丽丝·莱辛研讨当代英国小说发展，使我对此有了更深入的思考。她严肃地指出:"西方现代文明的发展,造就了整整一代文明的野蛮人。他们受过充分教育,掌握了现代科学知识,却用它来满足永无止境的物质欲望。西方现代文明的发展造成了野蛮的后果。虽然科学昌明、物质丰富、经济繁荣,但是精神空虚、传统断裂、道德沦丧、贫富悬殊、两极分化、民族冲突、性别歧视、国家对立、战争灾难、资源消耗、环境污染……中国现代化千万别蹈西方覆辙,必须另辟蹊径,走自己的路。"读到马丁·艾米斯小说中的色情暴力场景,莱辛关于"文明的野蛮人"这个振聋发聩的警句,就在我心中回响。也许这就是阅读马丁·艾米斯的价值所在吧。

致 克里斯托弗·希钦斯

目　录

第一部

谁把狗放了进来?

……恐怕这将是个问题。

谁把狗放了进来?

谁把狗放了进来?

谁?

谁?

2006　德斯蒙德·佩珀代因，兴趣广泛的男孩

1

亲爱的珍娜薇弗，

　　我跟一个比我大的女人发生了关系。她是个老于世故的女士，截然不同于我认识的那些十来岁的姑娘（比如伊莱柯特拉，或者夏奈尔）。性真是个奇妙的东西，我觉得我在恋爱了。但我遇到一个非常纠结的问题；她是我的外婆！

　　德斯蒙德·佩珀代因（德斯蒙德，德斯，德西），本文的作者，十五岁半。如今他的笔迹里透着刻意的讲究；那些字母，以前都是往后倒的，而他经过耐心的训练，如今都往前倒了；把整个句子摆弄通顺了之后，他就开始做一些小小的点缀（他的 e 肯定都要修饰过——像个侧过来的 w）。眼下德斯跟他舅舅合用一台电脑，他在电脑上学习书法课程，以及其他一些课程。

　　另一方面，年龄的差别是惊人的

　　他把那句话划掉，然后重新往下写。

　　事情是从两个星期前开始的，当时她打电话来说，亲爱的，家里的水管又坏了。我说是外婆吗？我这就过去。她住在一英里外一座屋子的一个老奶奶套间①里。那里的水管老有问题。我不是水管工，可我从干那一行的乔治舅舅那里学了一点。我给她修好了水管，她说，为什么不留下来喝点酒呢？

――――――――――

　　①　老奶奶套间，英国住宅中专供老父老母或老年亲戚寄居的套间。

书法（以及社会学，人类学，心理学）已经掌握，但标点还没学好。德斯是个擅长拼写的小家伙，但他知道在标点使用上他有多弱，因为他刚开始上这方面的课程。他凭直觉（相当正确地）认为，标点是一种艺术。

所以我们喝了几杯我不常喝的杜本内酒[①]，她给我做种种怪脸。她始终放着披头士的音乐，放的都是慢节奏的，比如《金色梦乡》，《昨天》，《她正要离家》等。然后外婆说，天太热了，我得去换上睡衣。她回来时穿着一条娃娃裙！

他想让自己受点儿教育——不是在斯奎尔斯弗里学校，他从《迪斯顿新闻报》上了解到，这所学校最近被评为全英格兰最差的学校。但他对这个星球和宇宙的了解上，存在着难以置信的空白点。他一而再、再而三地为自己居然不知道那么多的事情而惊愕。

于是我们又喝了几杯，我注意到她保养得多么好。她一直精心照料自己，鉴于她所过的那种生活，她真的算是健康的。所以又喝了几杯之后，她说，你穿着那身颜色鲜亮的校服，没有被活烤的感觉吗？过来，漂亮的孩子，让我们抱抱！哦，我能怎么办呢。她把手搁在我的屁股上，滑到我的内裤上。嗨，我也只是个人呀，是吧？立体声在放着披头士的《我应该知道得更多些》——但一件事引向另一件事，这是令人极度兴奋的！

比方说，德斯阅读过的唯一一份全国性报纸叫做《晨雀报》，而他的通信对象珍娜薇弗，是那家报纸的答读者问的专栏女撰稿人，俗称"痛苦大婶"，或不如说叫"狂喜大婶"。她主持的版面充斥着也许完全属于杜撰的联系人的详细情况，她的回答则包

---

① 杜本内酒，一种法国开胃甜酒。

括一句下流的双关语加一个惊叹号。而德斯蒙德的故事并不是
杜撰的。

你必须相信我,这一切都是非常"始料不及"的。这完全不
是我们的本意!是啊,我们生活在迪斯顿,这样的事情不会太
受人叱责。而且,是啊,我外婆年轻时喜欢恶作剧。但她是个受
人尊敬的女人。事情是这样的,她的一个大生日即将来临,我
想她是开心过了头。至于我本人么,我有着严格的基督教背景,
至少是我父亲这方面(五旬节派教会^①教徒)。你知道吗,珍娜薇
弗,自从三年前我母亲茜拉去世后,我一直非常不开心。我不知
道用什么样的语言来表达。我需要温情。就像外婆触摸我时那
样。哦。

德斯并不真的打算把信寄给珍娜薇弗(报头上还点缀着她半
裸的画像,不是狂喜大姐,而是痛苦天使)。他写这封信只是为
了让自己的心平静下来。他想象着珍娜薇弗可靠、客观的回答。
比如:至少你还有个老派的外婆!德斯接着往下写。

除了让我深感头疼的法律问题外,还有一个巨大的问题。她
的儿子,莱昂内尔,是我的舅舅,他不蹲监狱的时候,就像爸爸
那样待我。要知道,他可是个极端的暴力犯罪分子,如果他发现
我干了他母亲,他准会杀了我。铁定!

可以商榷的是,他严重低估了莱昂内尔在侵害和报复问题上
的观点……德斯的当务之急是掌握撇号。然后,是冒号、分号、
连字号、破折号以及斜线的奥秘。

---

① 五旬节派教会,基督教新教宗派之一,19 世纪发源于美国,信奉信仰
治疗。

另一方面，年龄的鸿沟并不那么巨大。格蕾丝外婆出道很早，十二岁时就怀孕了，跟我妈一样

他听见门锁咔哒咔哒的声响，惊惶地看了眼手表，尽管双腿麻木，他依然努力站起来，站得笔直——莱昂内尔突然就出现在他面前。

2

莱昂内尔站在那里，一个巨大的白色身形，倚在打开的门上，额头抵着举起的手腕，呼哧呼哧地喘着粗气，紫色背心里隐隐冒着灰色的热气（电梯出了问题，而他们的房间在三十三楼——不过话又说回来，莱昂内尔即便在安静的午后躺在床上打盹，身上也会冒热气）。他的另一只胳膊里夹着两打寄售的储藏啤酒，聚乙烯包装。牌子是：蛇王。

"你回来得早啊，莱尔舅舅。"

他举起一只长着老茧的手掌。两个人一时无语。莱尔舅舅的外表属于凶神恶煞型的——虎背熊腰，一脸横肉，头发刨光的脑袋，留着黄褐色的残株。在这个伟大的世界之都里，酷似莱昂内尔·阿斯博这样的年轻人何止成千上万。有人说，在某种光线和背景下，他很像英国和曼联的足球神童、前锋韦恩·鲁尼：不是特别高，也不胖，但特别宽，特别厚（德斯每天见到他舅舅——而莱昂内尔总是比他预见的要大一号）。他甚至还有着鲁尼的那种齿间豁缝很大的笑容。嗯，上门牙分得很开，不过莱昂内尔难得一笑。你能见到的只有他的嗤笑。

"……你拿着笔在干什么呢？你在写什么呀？我得猜猜。"

德斯的反应很快。"哦，关于诗，莱尔舅舅。"

"诗？"莱昂内尔吓得往后一退。

"是啊。诗的题目叫《仙后》①。"

"什么？……我说德斯啊，有时候我真拿你没辙。你为什么不到外面去砸窗子呢？你现在这样不健康。哦，是啊，听我说。你认识上个星期五在小酒店里被我揍的那个家伙吗？你不妨叫他'罗斯·诺尔斯'先生。他只是提起诉讼而已。竟敢出卖我。说来你还不信。"

德斯蒙德知道莱昂内尔对这样的举动会有什么样的感受。去年的一个晚上，莱昂内尔回家时看见德斯蜷缩在黑色人造革沙发上，好端端地看着电视里放的《犯罪监察》②，结果他遭到他舅舅有史以来持续时间最长、动静最大的一顿暴打。莱昂内尔双手叉腰，站在巨大的电视屏前，说，他们要求公众揭发他们的邻居。《犯罪监察》，这就像……就像一个恋童癖患者的节目，就是。它让我恶心。这会儿德斯说，

"他向法院起诉啦？哦，那是……那是……下三滥中的下三滥。你打算怎么办，莱尔舅舅？"

"嗯，我四处打听了一下，原来他是个不合群的人。住在一个卧室兼起居室的小地方。所以我没别的人可以恐吓，只有他。"

"可他还在医院里。"

"是吗？我会给他带一串葡萄去。你喂狗了吗？"

---

① 《仙后》，英国著名诗人斯宾塞 (1552—1599) 的代表作。
② 《犯罪监察》，英国 BBC 广播电视公司制作的一档犯罪侦查节目。

"喂了。不过我们没有塔巴斯科辣酱了。"

那两条狗,一条叫乔,一条叫杰夫,是莱昂内尔的两条精神变态的斗牛犬。它们的领地是厨房后面狭窄的阳台。它们两个整天待在那里,狂吠,溜达,转圈——跟住在隔壁高楼顶上的一群罗威纳犬比谁叫得响。

"别跟我撒谎,德斯蒙德,"莱昂内尔不动声色地说,"永远别跟我撒谎。"

"我没撒谎!"

"你跟我说你喂了狗了。可你没有喂它们塔巴斯科辣酱!"

"莱尔舅舅,我没有现金!店里只有大瓶装的,要五点九五镑一瓶呢!"

"这不是理由。你哪怕偷一瓶也是应该的。你花了三十镑,三十镑哪,买一本操蛋的辞典,却不能拿出十便士用在狗的身上。"

"我从没花过三十镑!……辞典是外婆给我的。她做填字游戏赢来的。有奖填字游戏。"

"乔和杰夫——它们可不是宠物,德斯蒙德·佩珀代因。它们是我做生意的工具。"

莱昂内尔的生意对德斯依然是个谜。他知道其中一部分与非常过时的讨债手段有关;他知道这部分包括"倒卖"(照莱昂内尔的说法就是收账)。德斯凭借简单的逻辑推理就知道了这一点,因为莱昂内尔大多数进监狱的事由都是威胁勒索和收售赃物……莱昂内尔站在那里,做着他十分擅长的活儿:散布紧张气氛。德斯深深地喜爱他,而且多少有点盲目(没有莱尔舅舅,我今天就不会在这里,他常常对自己说)。但是在舅舅面前,他总是略感不祥。不是不安。是**不祥**。

"……你今天回来得早啊，莱尔舅舅，"他尽量装得轻快地重复道，"你去哪里啦？"

"去看辛西娅了。我不知道自己为什么老是忙个不停。嗨，那个辛西娅的状况。"

那个幽灵似的白肤金发碧眼的辛西娅，或者，照他的读音，叫做希姆菲娅，是莱昂内尔最接近青梅竹马的姑娘，她十岁时（莱昂内尔九岁），他就跟她睡觉了。她也是莱昂内尔最靠谱的女朋友，他定期跟她见面——四五个月一次。对于一般意义上的女人，莱昂内尔有时候会这样说：你要是问我的话，我得说，女人是祸水。我不费那个心。我不为女人费心。德斯觉得这些话不妨这样理解：女人，从总体上来说，应该非常高兴，因为莱昂内尔不为她们费心。有一个女人让他费心——是的，但她让所有的人费心。她是个名叫吉纳·德拉戈的人皆可夫的美女……

"德斯。那个辛西娅，"莱昂内尔使劲斜着眼睛说，"天哪。即便，呃，在，你知道，在上一次见她的时候，我也在想，莱昂内尔，你在浪费你的青春。莱昂内尔，回家吧。回家，孩子。回家，去看些像样的色情节目。"

德斯拿起电脑，敏捷地站了起来。"好吧。反正我得出去了。"

"啊？去哪里？去见那个伊莱柯特拉？"

"不。见玩伴去。"

"做点有用的事吧。偷一辆汽车。呃，你猜怎么着，你的林戈舅舅彩票中奖了。"

"他才不会呢。中了多少？"

"十二点五镑。你要是问我的话，我得说，买彩票是傻瓜才干的事儿。哦，我一直想着问你件事情。当你晚上溜出去……"

德斯双手拿着电脑站在那里，像个端着盘子的侍者。莱昂内尔双手端着蛇王啤酒站在那里，像个开着载重车的司机。

"你晚上溜出去的时候，带着一把小刀吗？"

"莱尔舅舅！你知道我的。"

"嗯，你应该带着的。为了你自身的安全。你内心的平静。你会遭人鞭打。或者更惨。如今在迪斯顿，不流行赤手空拳的打斗了。只有白刀子进红刀子出。致人死命。或者用枪。嗯，"他的口气温和起来，"我看别人在操蛋的黑夜里看不见你。"

德斯只是露出洁白的牙齿笑笑。

"出去的时候从抽斗里拿一把刀子。拿一把黑的。"

德斯没有去见他的玩伴。(他根本没什么玩伴。他也不需要什么玩伴。)他偷偷去了外婆家。

我们知道，德斯蒙德·佩珀代因现年十五岁。格蕾丝·佩珀代因，向来生活拮据，生了很多很多孩子，以其三十九岁的年龄，能有如今的相貌算是过得去了。而二十一岁的莱昂内尔·阿斯博则一副饱经风霜的样子。

……在灰尘漫天的迪斯顿(又称迪斯顿城，或更加简单，城)，没有任何东西超过六十年，没有任何人超过六十岁。根据一份期望寿命的国际调查表，迪斯顿排在贝宁和吉布提之间(男子五十四岁，女子五十七岁)。这还不算完，在关于生殖率的国际调查表上，迪斯顿排在马拉维和也门之间(每一对夫妇——或每一个母亲，生养六个孩子)。所以迪斯顿的年龄结构就非常奇怪。但即便如此,迪斯顿的人口也不会萧条。

德斯十五岁。莱昂内尔二十一岁。格蕾丝三十九岁……

他弯腰拉开门闩,跳下七级石头台阶,拍拍门环。他侧耳倾听。传来了她拖着毛拖鞋来应门的声音,背景(一如既往)是披头士歌曲的纯净旋律。这是她每时每刻的最爱:《当我六十四岁的时候》。

3

黎明初现,燥热已笼罩着那座令人难以置信的高大的建筑物——层层叠叠的、巨大的阿瓦隆大楼。

在拉着窗帘的阳台上(大小如同一个狭窄的停车位),乔躺在那里,梦着别的狗狗,与它为敌的狗狗,眼如宝石的地狱之犬。它在睡梦中吠叫。杰夫带着无忧无虑的叹息,翻了个身。

在一号卧室里(大小如同一个天花板低矮的软式壁球场,每件东西之间都有相当的距离,门与床,床与橱,橱与独立式穿衣镜),莱昂内尔躺在那里,梦着监狱和他的五个兄弟。他们都在杂货店里,排队领取玛氏巧克力棒。

在二号卧室里(大小如同一个大四柱床),德斯躺在那里,梦见一架梯子,直入云天。

白天来了。莱昂内尔带着乔和杰夫早早出门(公干)。德斯继续做梦。

迄今六七个月以来，他一直在感受着这样的状况：他的悟性的猝然刺痛和复苏。德斯的母亲茜拉，在他十二岁时去世，三年来他始终处于一种恍惚状态中，一种呆滞的睡梦中；一切都是麻木的，没有母亲的……然后他醒了。

他开始记日记——做笔记。他的脑子里有一个声音，他倾听那个声音，跟它对话。不，他在跟它交流，他跟他悟性的窃窃私语交流。是不是人人都有一个，一个内在的声音呢？一个比他们聪明的内在的声音？他觉得也许不是的。那么，他的这个声音从何而来呢？

德斯求助于他的家谱——他个人的智慧之树。

嗯，格蕾丝·佩珀代因，也就是格蕾丝外婆，几乎没受过什么教育，原因很明显：十九岁那年，她就已是七个孩子的母亲。老大是茜拉。其余的都是男孩：约翰（现为粉刷匠），保罗（工头），乔治（水暖工），林戈（无业），斯图亚特（一个下流的户籍员）。披头士成员的名字都用完了（包括"被遗忘"的披头士斯图亚特·萨克利夫），格蕾丝只好无奈地给她的第七个孩子取名为莱昂内尔（来自于一个名气小得多的编舞者莱昂内尔·布莱尔）。后来他成为了莱昂内尔·阿斯博①，他是一个大家庭里的老幺，支撑这个大家庭的是一个单亲妈妈，她本身才刚过了享有选举权的年龄。

格蕾丝喜欢做《电讯报》的填字游戏（不是根据上下文猜的kwik，而是有隐含意义的cryptic——她有这方面的天赋），但她

---

① 阿斯博，原文为 Asbo。是 Anti-social behaviour order(反社会行为指令) 的缩写。这是一种专用于约束对公众造成危害的人的行为的指令。

不是个思想敏锐的人。而茜拉，照莱昂内尔的说法，则精得像一群猴子。"天才，"人家说，根本不用费力就成为全班第一。然后她怀上了你。她怀孕六个月的时候，参加升学甄别考试。照样通过。但在那以后，在生下你以后，德斯，一切都结束了。茜拉·佩珀代因没有再生孩子，她家里有了一个娃娃——一个娃娃，然后蹒跚学步，然后成了一个小男孩——但她依然像个孩子那样极尽折腾之能事。

关于他老爸，他知道些什么呢？很少。在这方面茜拉几乎同样一无所知。但所有人都知道他：他是个黑人。所以有了德斯的树脂色皮肤，奶油咖啡色，带着一种阴影，里面有一种更为黑暗的东西。也许是红木：纹理紧密，散发一种特别的芬芳。他是个体味芳香的小伙子，匀称的五官，整齐洁白的牙齿，忧郁的眼睛。他对着镜子笑的时候，就像是在悲伤地对着他父亲的鬼魂笑——对着他失踪的生身父亲的鬼魂笑。但在现实世界里，他只见过父亲一次。

当时德斯和母亲在欢乐谷一个游乐场里玩耍了一番后，手拉手走在斯蒂普斯洛普街上，德斯七岁，茜拉十九岁。茜拉突然说，

"是他！"

"谁？"

"你爸爸！……瞧。和你一个模样！……嘴巴。鼻子。天哪！"

德斯的父亲坐在一张铁长椅上，破衣烂履，一边是一个脏兮兮的黄色背包，另一边是五个空的强弓啤酒瓶。茜拉想弄醒他，

先是使劲摇他，用指甲掐他，最后用手掌啪啪地打他，发出惊人的声响，但折腾了几分钟，硬是没弄醒他。

"你确定他死了吗？"茜拉俯下身子，把一只耳朵凑到他的胸前。"这个有时候能起作用，"她说——专心地、缠绵地亲吻他的眼睛……"毫无希望。"她直起腰来，最后给了德斯的父亲振聋发聩的一巴掌。"哦，好啦。醒醒吧，亲爱的。"

她抓着德斯的手，快速离开，德斯在她身边磕磕绊绊，依然不时地拼命回头张望。

"你确认是他吗，妈妈？"

"我当然确认。不得放肆！"

"妈妈，停下！他醒了。回去，再亲亲他的眼睛。他在动呢。"

"不。是风而已，宝贝。我倒是要问他一件事情。我要问问他叫什么名字。"

"你说过他叫艾德温！"

"那是我猜的。你知道我。我可以记住一张脸——但我记不住名字。啊，哭娃。别……"她在他身边蹲下，"听着。对不起，心肝。但我又能说什么呢？他在一个下午来了又走了！"

"你说过持续了整整一个星期呢！"

"啊，别。别，亲爱的。我的心要碎了……听着。他是好人。他很温柔。你的宗教信仰就来自于他。"

"我不信教，"他说，朝着她递到他鼻子上的餐巾纸擤着鼻涕。"我讨厌教堂。我只是喜欢那些故事。那些传奇。"

"嗯，你的温柔也来自于他，宝贝。不是来自于我。"

所以德斯只见过他一次（而茜拉显然只见过他两次）。他们两个都不可能知道，这次邂逅会在德斯记忆里产生什么样的痛苦。因为他在五年的时间里，也在非常努力地试图唤醒某个人——唤醒某个人，把某个人叫回家来……

那只是一滑，只是小小的一滑，只是在超市地板上小小的一滑。

所以德斯（此刻从他在大避难处的床上爬起来）——德斯觉得，要把任何了不起的敏锐和任何了不起的机智归功于他的父亲，都是草率的。那么，这些窸窸窣窣的声响，这些像太阳耀斑一样将在他心里起作用的令人喜悦的膨胀，又来自于谁呢？多米尼克老人——就是他。

多姆外公刚小学毕业，就让格蕾丝外婆怀上了茜拉。但当他回学校时（待的时间够长，让她怀上了莱昂内尔），他已经进了曼彻斯特大学，学习经济学。大学：德斯念叨这两个字的频率和表现出的崇敬，再怎么估计也不过分。他个人把这两个字翻译成一首诗。对他来说，这意味着宇宙的某种和谐……他需要它。他需要大学——他需要这首诗。

这里有一件奇怪的事情。茜拉和莱昂内尔，在家里被认为是"双胞胎"，因为他们是家里唯有的两个同父同母的孩子。德斯相信莱昂内尔（尽管他有可怕的履历）秘密地遗传了部分多米尼克老人的敏锐。不同之处似乎在于态度。德斯喜欢它，喜欢他的聪明；而莱昂内尔则恨它。恨它？嗯，他总是跟它争斗，故意装出很傻的样子，并以此为傲，这是显而易见的事情。

德斯去他外婆家时，他是故意装傻的吗？当她让他进去时，也是故意装傻的吗？在那致命的晚上过去后，来了那个致命的早晨……

给你来点牛奶，他在门口说。

她转过身去。他跟在后面。格蕾丝在窗边的扶手椅里就座，戴着她的老花眼镜（圆形金属镜框），不施粉黛的脸忏悔似的俯在《电讯报》的填字游戏上。过了会儿她说，

经常被捕，我在最后一刻径直向东。二，三，四，二，四 [①]……在关键时刻。

在关键时刻。这个你是怎么猜出来的？

frequently arrested（经常被捕）*—in the nick oft. I'm—i,m. Heading east — e. At the last minute*。[②] 在关键时刻。德斯。你和我。我们都将下地狱。

十分钟之后，坐在低矮的长沙发上，她说，只要没人知道。永远没人知道。有什么伤害呢？

是啊。我是说，在这儿，这事儿不会被看得那么坏。

对，不会那么坏。舅舅和外甥女。父亲和女儿，到处都有。

而在阿瓦隆大楼，有这么一对生活在罪孽中的双胞胎……但是你和我。外婆，你觉得这是合法的吗？

别叫我外婆！……也许是一种轻罪。因为你不满十六岁。

什么，像罚金一样？是啊，你也许说得对。格蕾丝。不过。不过尽力并且躲开。德斯，即便我要求……尽力并且

---

① 二，三，四，二，三，表示答案分别为二，三，四，二，四个字母。即 in the nick of time（在关键时刻）。

② 以上原文中，in the nick oft. 其中 nick 有"警察局"和"坐牢"的意思，对应"被捕"，oft. 意为"经常"，后面加上 i m 以及 e，即成为 of time，"……的时刻"，谜底就成了"in the nick of time"（在关键时刻）。

躲开。

他的确尽力了。但当她要求时，他去了，像遇到磁铁似的。他回去了——回到了命运的自由落体般的荒诞中。

"分号的主要作用，"他念着《简明牛津辞典》，"在于制造一个语法上的分割，其分量比逗号要重，但是比句号要轻。"

德斯感觉到大腿上的辞典沉甸甸的。这是他珍惜的物品。它的纸面护封是品蓝色的（"深沉，生动"）。

"你还可以在一个已经有了逗号的句子中使用分号，作为更有分量的分割：

是什么让我瘸了腿？是不是我的外婆，看不惯我孩子气的癖好，硬要给我做规矩，讲冷冰冰的礼仪；抑或是我聪明的母亲，以她那病态的谨慎；再不就是我那没有决断的舅舅，尽管无数次的寻衅闹事，却被证明是那样的无能，甚至于……"

德斯听见狗的声音。他意识到，它们不是在吠叫，完全不是：它们在骂脏话（屋顶上的那两条罗威纳犬在回骂，在这个距离听来声音微弱，几乎是痛苦的）。

大笨蛋！乔（或者是杰夫）尖叫道。几乎是单音节的。大笨蛋。……操蛋！……操蛋！大笨蛋！

大笨蛋！杰夫（或者是乔）尖叫道。大笨蛋！……操蛋！……操蛋！……大笨蛋！

4

"狗啊，"莱昂内尔说，"它们是从狼变过来的。狼是它们的祖先。要说狼么，"他接着说，"它们不是人类的天敌。哦，不是。你们的狼不会攻击人。那是神话，是的，德斯。完全是神话。"

德斯听着他说。莱昂内尔把"神话"说成神发。在他的英语中，所有格的发音——你们的，他们的，我的——依然是以宾格的形式出现，他并不是千篇一律地忽视语法中的数（比如 they was^① 等等）。但是他的口头表达和口音则每况愈下。几年前，他还把"莱昂内尔"发成莱昂内尔。而近些日子，他则把"莱昂内尔"发成了莱永内尔，甚至成了莱永奴。

"我知道你认为我对杰夫和乔很凶。但这是有原因的。我就是要让它们攻击人——只听我自己的命令……现在我又得把它们灌醉了。"

每隔两个星期，莱昂内尔就要用特酿啤酒把那两条狗灌醉。德斯觉得这很有趣。在美国，*pissed* 显然意为生气，或者滚开；而在英格兰，*pissed* 只是醉酒的意思。给每条狗灌了六罐烈性的麦芽储藏啤酒后，杰夫和乔就既生气又烂醉了。当然啦，当它们真的喝醉的时候，就一点用处都没有了，莱昂内尔说。它们变得很凶猛，但几乎走不了路。直到第二天早晨——哦呵。那时候它

①　按正确的英语语法，应为 they were。

们才叫棒哪……那个哦呵听着就像是法语里的 ou①。莱昂内尔说话时常常会漏出法语来，这也不是唯一的例子。他还使用过 un②——当作一种适度的语助词，表示沮丧，用力，甚至是轻微的肉体疼痛。此刻德斯说，

"你上个星期六已经把它们灌醉过了。"

"是吗？为什么？"

"你用它们来对付那个从红桥来的骗子。星期天早晨。"

莱昂内尔说，"我是做过，德斯。我是做过。"

他们一起吃了日常的早餐：甜牛奶茶加果酱馅饼（手边还有几罐蛇王啤酒）。厨房像莱昂内尔的卧室一样，很宽敞，但里面放着的两件家具让它变得狭窄起来。第一件是一台墙壁那么宽的电视机，本身很有气派，但几乎没法看。你不可能离它足够远，颜色一团团的，所有的人都像罩着一道幽灵似的白色光环。不管在播映什么，德斯都觉得像是在看关于三 K 党的纪录片。第二件是一个立方体的炮铜色垃圾箱，他们称它为箱子，它的长宽高跟普通的洗涤机有得一拼。它不仅看上去时髦，当时莱昂内尔在德斯的帮助下把它从电梯里拉出来的时候说。它还是一件很好的自动化生产的工艺品。德国产的。天哪。够沉的。但这件东西也有它的瑕疵。

此刻莱昂内尔点起一根烟，说道，"你刚才一直坐在那上面。"

"我从没坐过。"

"那它为什么打不开呢？"

---

① où，法语中可表示"在……地方"等很多意思。

② un，法语，有"一"，"一个""一次"等多种意思。

"它几乎就从没打开过，莱尔舅舅，"德斯说，"从一开始就没打开过。"他们以前为这件事争过好多次。"而一旦打开了，就再也关不上了。"

"有时候是打开的。它对人或畜生都没点儿屁用。关上。"

"为了打开它，我的半个指甲都掉了。"

莱昂内尔俯过身去，使劲拽了一把盖子。"嗯……你坐在上面过。"

他们默默地吃着、喝着。

"罗斯·诺尔斯。"

接下来是一次严肃的争辩或探讨，主题是ABH[①]和它更为苛刻的老大哥GBH[②]之间的区别。像许多惯犯一样，莱昂内尔对于刑法的问题几乎达到了博士的水平。说到底，刑法在他三位一体的生涯中只排在第三位，其他两位分别是犯罪和坐牢。当莱昂内尔谈到法律（寻求一种别出心裁的方式）时，德斯总是听得聚精会神。他在任何情况下对刑法都是很上心的。

"简而言之，德斯，简而言之，这就是急救箱和急诊病房之间的差别。"

"而这个罗斯·诺尔斯，莱尔舅舅，他在迪斯顿综合医院里待了多久啦？"德斯问道（指的是全英格兰最糟糕的医院）。

"哎唷，反对。这是偏见。"

杰夫和乔喘着气，淌着口水，盯着玻璃门朝里面张望：砖

---

① ABH，轻微人身伤害（Actual Bodily Harm）。
② GBH，严重人身伤害（Grievous Bodily Harm）。

块似的脸，凶神恶煞的额头，小耳朵支棱着，使劲指向对方。

"为什么说是偏见？"

"假设。"他说成了假数。"我在一场公平的打斗中，给了罗斯·诺尔斯轻轻一击，他走出幽灵酒吧——走进了一辆卡车底下，"他把 truck（卡车）说成了 truck-kuh（结尾的破裂音上来了个喉塞音）。"明白了吗，这就是偏见。"

德斯点点头。事实上众人都在传说，罗斯·诺尔斯是被担架抬出幽灵酒吧的。

"根据《侵犯人身法》，"莱昂内尔接着说，"其中有普通袭击，ABH，以及 G。那得由你的故意程度和伤害的严重性来决定。如果使用凶器，任何凶器，比如一个啤酒瓶——那就是 G。如果伤者需要输血——那就是 G。如果你踢了他的脑袋——那也是 G。"

"那你对他用了什么呢，莱尔舅舅？"

"啤酒杯。"

"他需要输血吗？"

"听说要的。"

"你踢他脑袋了吗？"

"没有。我跳到了他的头上。我穿着休闲运动鞋，注意……哦，可见的损伤或永久性伤残——这是决定性的，德斯。"

"那你的这个案子属于什么呢，莱尔舅舅？"

"哦，我不知道。我不知道他以前是什么状况。"

"……你干吗要揍他呢？"

"不喜欢他脸上的笑容。"莱昂内尔自己哈哈大笑起来——其实是内脏发出的一连串咕噜声。"不。我没那么傻。"（Thick 发成了 Thic-kuh）。"我有两个理由，德斯。罗斯·诺尔斯——我听说罗斯·诺尔斯说要从杰登·德拉戈手里买一辆旧车。他还留着跟马龙一样的大胡子。所以我就揍他了。”

“等一下。”德斯想要弄明白（他努力做着推断）。杰登·德拉戈，著名的二手车销售商，吉纳·德拉戈的父亲。而马龙，马龙·维尔克威，是莱昂内尔的表兄弟（最亲密的搭档）。“我还是没明白。”

“耶稣啊。你没听说吗？马龙诱奸了吉纳！是啊。马龙诱奸了吉纳……所以这一切都涌到了我的脑子里。我来了火气。”莱昂内尔咬了会儿大拇指。他抬起头来，客观地说，“我依然希望是普通袭击。但我的律师说，那个人的伤情，呃，更符合蓄意谋杀。所以只能等着瞧吧。你今天要上学吗？”

“是啊，我想我得去看看。”

“噢，你真是个小天使。来吧。”

他们重新给水罐里倒满水。然后大人和孩子一前一后从三十三楼下去。莱昂内尔像往常一样，到街角小店去买香烟和《晨雀报》，而德斯则在街旁等他。

“……水果，莱尔舅舅？这不像你么。你不吃水果的呀。”

“哦，我吃的。你觉得果酱馅饼是什么呀？瞧，这串葡萄多好。知道吗，我有个朋友，呃，他不舒服。我想我得去逗他开心。把这放进你的背包里。”

他把塔巴斯科辣酱瓶子递给他。加上一个苹果。

“一只上好的史密斯奶奶苹果 ①。给你的老师。”

---

① 澳大利亚的一种青绿色苹果。

要描绘伦敦迪斯顿自治镇，我们不妨读一下关于混沌的诗：

所有的事情都与

另一件事情针锋相对：在任何方面

热与冷为敌，湿与干相克，软与硬互扰，轻与重抗衡[1]。

所以说德斯生活在隧道里。隧道从住处通往学校，隧道（不是同一条隧道）从学校通往住处。以及所有那些把他带到格蕾丝那里，又把他送回去的拥挤的街区。他生活在隧道里……然而在迪斯顿镇，对于敏感的人来说，其实只有一个地方值得一看。这双眼睛转向哪里？它们往上，往上。

学校——斯奎尔斯弗里学校，在一片白色的天空下：瘦弱的校长，身穿人造丝田径服、萎靡不振的老师们，装着绊网和陷阱的、摇摇欲坠的小体育馆，"生活方式顾问"（"每个孩子都至关重要"），以及特殊需要协调人（他们负责跟所有"不能阅读的人"打交道）。此外，斯奎尔斯弗里学校还是诸如"警察紧急出动次数最多"，"GCSE[2] 通过率最低"，"逃学率最高"等众多纪录的保持者。它在其他方面也是领跑者，如停学，开除，以及PRU[3]"借读生"，这样的借读——即向学生推荐单位的转送——

① 此诗出自古罗马诗人奥维德的长诗《变形记》。
② GCSE，普通中学教育证书。
③ PRU，全称为 Pupil Referral Unit (学生推荐单位)，英国地方教育当局掌管的一个机构，负责因各种原因失学的人的重新就读。该机构又被称为"暂读学校"。

往往是一条通往少年监管中心，然后是少年犯管教所的道路。莱昂内尔就曾经走过这条路，常常用爱恨交加的口气说起他在少年犯管教所（或如他所称的"少教所"）的五年半（断断续续）岁月，就像一个人回忆其进入人生新阶段时的重大事件一样——不可避免，苦中带甜。我出来一个月，他会特别回忆道。然后回到北方。回到少教所。

另一方面，斯奎尔斯弗里学校在它的员工办公室里有一个特别的学习导师——一位文森特·迪格先生。

你怎么啦，德斯蒙德？你以前一向是个懒散的小家伙。现在却学得无厌，老也满足不了。好吧，你接下来准备干吗？

我喜欢现代语言，先生。还有历史，社会学。天文学。以及——

你要知道，你不可能什么都学。

但是我能。我是个兴趣广泛的孩子，不是吗。

……你别老那么笑，孩子。好吧。我们会关注你的。你先去吧。

在校园里？乍看起来，德斯是受虐待的主要人选。他难得逃课，从来不在课堂里睡觉，不攻击老师或躲在厕所里注射毒品——他宁愿跟女生为伴（而在斯奎尔斯弗里学校，女生也够凶悍的）。所以，按照正常逻辑，德斯自然会受到野蛮欺负，正如所有的另类（学生戒烟队员，胆小鬼，四只眼，出虚汗的胖子）都被野蛮欺负——以致到了自杀的边缘甚至就真的自杀身亡。人家称他为"跳绳"和"跳房子"①，但是德斯却没有受到过欺负。这

____

① "跳绳"和"跳房子"一般都是女生玩的游戏，这里借指德斯有点"娘"。

该怎么解释呢？用林戈舅舅最喜欢的话来说，这都不用脑子想。
德斯蒙德·佩珀代因是不可侵犯的。他是莱昂内尔·阿斯博的外
甥，被监护人。

　　在街上境况就不同了。真的，莱昂内尔每学期一次护送他去
斯奎尔斯弗里学校，当天又接他回家（极其费力地牵着两条用粗
链条拴着的、口吐白沫的斗牛犬）。但是如果你以为整个警察管
辖地区每一个团伙成员和结帮的骗子（以及每一个牙买加人和圣
战分子）都听说过这个了不起的反社会分子的传闻，那就可笑了。
而且晚上也是另一种境况，因为不同的人，不同的形状，在天黑之
后浮了出来……德斯跑得飞快，如果不这样的话，他就不能适应
迪斯顿镇的生活。对莱昂内尔来说，暴力是他的第二性甚至是第
一性（他在十八个月大的时候据说就"难以控制"），但德斯则相当
排斥，他始终觉得暴力——虽然它显得极端而又无处不在——来
自于异次元空间。
　　于是，这天，他走隧道去上学。但在回家的路上，他故意走
岔了道，绕了弯路。带着犹豫，带着极度的自我意识，他走进了
布林伯尔路上的公共图书馆。斯奎尔斯弗里学校当然有个图书
馆，在远处一个活动房里，地板上散落着几册识字课本和被撕破
的平装书……但这里，一排一排挺胸凸肚的书架，好似身上挂满
勋章的将军们。你有怎样的权利和头衔，才能要求分享它？他走
进阅览室，那里的木头长报夹紧紧夹着报纸，显然可以供人仔细
阅读。他走上前去，没人阻拦他。
　　他以前当然见过各种日报，在街角小店之类的地方，还有
外婆的《电讯报》，但他对于新闻纸的实际经验只局限于莱昂内

尔扔在房间里的《晨雀报》，皱巴巴的，像日本折纸品风滚草（偶尔还有《迪斯顿新闻报》）。他恭敬地把目光从《泰晤士报》，《独立报》和《卫报》上移开，伸手去拿《太阳报》，它至少看上去像《晨雀报》，猩红色标志，头版上足球球员的未婚妻摇摇晃晃地走出夜总会，脖子上流着血。而且，确凿无疑的是，在第三版上（内裤新闻①）有一个身强体壮的红头发，穿着短衬裤，戴着阔边帽。

但相似的地方到此为止。你可以看到花边绯闻，更多的姑娘，但同样可以看到国际新闻，国会报告，评论，分析……直到现在他始终把《晨雀报》看成是对现实的真实反映。的确，他有时候觉得这是张当地报纸（是《新闻报》的一个轻松随意的陪衬），它对于他的镇子的习俗和大多数人的忠实程度就说明了这一点。不过，此刻他站在那里，《太阳报》在他手里抖动，《晨雀报》显示出了它的真实面貌———一份每天出版的男孩子们的杂志，一份敷衍了事的日志记录。

额外要推荐的是，《太阳报》上有一个答读者问专栏，主持人不是那个无能的珍娜薇弗，而是一个相貌聪颖的老妇，名叫达夫妮，那天，她满怀同情地处理了一大堆相当严重的问题和难题，推荐有关小册子和帮助热线，似乎真挚地……

"亲爱的达夫妮，"德斯蒙德喃喃道。

---

① 内裤新闻，原文为 News in Briefs，《太阳报》的一个传统，每期的第三版上都推出无上装女郎，并将该版命名为 News in Briefs，以区别于 News in Brief（简要新闻）。

5

把时钟拨回到一月份，他十五岁生日的前夕。

莱昂内尔舅舅追着狗儿来到阳台上。德斯戴着白围裙（那时候，他还没做错事，也不懂何为欺骗），在洗餐具。

到这儿来，德斯。别惦着你的家庭作业……听着。你明天不准上学。

这是为什么，莱尔舅舅？

早晨告诉你……德斯。姑娘们。你干了吗？不，别回答。我不想知道。瞧你戴白围裙的样子。十四岁。

德斯被一股烟味熏醒。他眯起那双纯洁的眼睛，只见莱昂内尔穿着黑色网眼 T 恤，赫然耸现在他面前。

刮胡子，他说，坐了下来。你现在是个小大人了。你十五岁了。你是个孤儿。所以你必须听你莱尔舅舅的话。

是的。当然。

好。从今天起，孩子，你可以借用我的电脑。在我出去的时候。

德斯微笑着说了声谢谢，他是真心的。他对莱昂内尔还有着那种熟悉的感觉，当他是伪老爸或反父亲①。

但是听着。莱昂内尔竖起一根短而粗的食指。你可不能只用

---

① 特指那些脾气固执，常常无辜叱责子女的父亲。

它来随便玩玩。我要你集中精力。

在什么上面？

色情。

跟迪斯顿所有到了能走路年龄的孩子一样，德斯知道网络上有色情的东西。他从来没上网看过。色情，莱尔舅舅？

色情。你懂的，德斯，就是色情。你并不真正需要姑娘。姑娘？要是你问我的话，我得说，她们很麻烦的，不值得你费那个心。有了电脑，你每天可以有三个不同的女人——只要使用你的想象力！这花不了你一个子儿。OK。讲座结束了。第一课就到这里。只要你保证考虑我的话。这是额外给你的五英镑。

莱昂内尔舅舅站立起来。他难得地咧嘴一笑，说，

继续，好好看吧……等我今天晚上回来，你得挂上一根白拐杖。在你毛茸茸的掌心里。他的嘴咧得更大了。我只希望杰夫和乔能跟你的领路狗相安无事。给你一个提示：F-up F①。祝你开头顺利。好了，孩子。生日快乐。很高兴我们有这次对话。空气都变得清新了。

事实上，德斯的确迅速浏览了一下*F-up F*。他发现，那个网站的确名副其实：他这辈子都没看到过有它一半那么肮脏的东西。目瞪口呆地看了三十秒钟后，他点击了"浏览历史"栏。里面无疑是有记录的。莱昂内尔看的色情内容品位很成问题。德斯在藏垢纳污的"太平洋"里浏览了——或者说是被困了——小时。他不无害怕地感到，这次浏览或被困，是一种发现你的性爱好的方法，因为

---

① 网络用语。

你可以发现什么是你所喜欢的——不管你对你的喜欢是否喜欢。

那么，他德斯·佩珀代因喜欢什么呢？嗯，他的灵魂在任何怪异的东西面前都会即刻退缩。或者任何粗鄙的东西。在上下翻滚、没完没了的特写镜头中，甚至连直截了当的性交场面看上去都是恐怖的（他突然想到，这就是所谓的淫乱）。所有这些赤身裸体的家伙，以他们摩托车手或犯罪分子的脸，三极文身……同性恋的玩意儿都不错，但他喜欢的，却是这个：一个漂亮的姑娘独自表演，慢慢地脱衣服（再慢也没关系），也许沉溺在谨慎的自我抚慰中——所有的灯光都模模糊糊、隐隐约约。事实上其余的一切似乎都是有争议的。我是个浪漫主义者！他想道。我知道……在绝对的个人挑逗网站，特别是一个名叫卡顿丝·米德布鲁克的嫩枝条似的金发女人，赞助表演的一段令人遐想的幕间戏之后，德斯关闭了这个网站，进入云雾网，开始学习起书法。

云雾网：这是知识之树上结出的果实——关于善与恶的知识。这是现代版的堕落。退不回去了。

你又在做那个怪脸了，下一次跟伊莱柯特拉一起上课时，他说。

什么怪脸呀？

像是在照镜子似的。或者是对着照相机……喔。好伤人啊。

夏奈尔也是这样——还有乔斯琳，还有杰德。你能有什么指望呢？她们三岁起就开始研究鸟和蜜蜂了（分得可清楚哪）。

……你干吗老是吐唾沫，说你多么龌龊啊？

男孩子就指望这样。

他说，我才不呢。你看，亲爱的，我是个浪漫主义者。我生来就是这样的。

跟格蕾丝在一起就完全不一样了。

第一次，当她向他做出那个怪脸时，他觉得一切都那么虚幻，不由得惊呆了，先是杜本内酒——然后是娃娃裙！到这儿来，漂亮孩子，来个拥抱。这是永远不变的前提：他不能伤害她，他不能拒绝她，这不是他的个性，他生来不是那样的人。于是他走过去。这是一段多么长的路啊——十五英尺，走过老奶奶公寓，从优雅走向格蕾丝①。他之所以走过去，是因为不这么做显然是不可能的，他走进了不顾一切的聋人世界。然后他仰面躺下，屈从于一个实验——一个在温柔中进行的实验。在触摸中，她肉体的肌理，里面那种奇怪的弹性，那种曾经沧海的深度，此刻慵懒地施加于他的精神和他的肉体上。

哦，你真漂亮，德斯我的宝贝儿。你漂亮得让我心疼。

而他的心随即也燃烧起来，像一个内在的高潮，从胸口涌向喉咙。他吻了她的脖子。她触摸他的额头。桌上有一个草莓酱的罐子，里面插着一把勺子。那个立体声收音机，亮着小小的但是灼眼的红灯，在播放着披头士的《如果我爱上了你》。

这是三月里的事情，现在是四月。这是四月，小雨滴答滴答滴答……

"德斯，有件事情我从没告诉过你。"

他们正在穿衣服。一切都暂时被他们搁置在脑后——罪孽的隔音实验室。

---

① "优雅"与"格蕾丝"在原文中是同一个词。

"什么事呀，外婆？对不起，什么事呀，格蕾丝？"

"记得——记得我曾经的那些绅士朋友？记得托比吗？"

"托比。我记得。还有凯文。"

"还有凯文。猜猜我为什么跟他们掰了？"

"为什么呀？"

"因为莱昂内尔……记得你外公去世那年的夏天吗？"

多米尼克老头跟他的儿子马克（他跟一个叫艾琳的药剂师结婚十二年中的唯一一个儿子）外出钓鱼。突然造化肆虐，马克从岸上滑到了汹涌的艾冯河里，多米尼克跟着滑了下去。只有马克回来了——只有马克从浓厚的雾网里回来了。

"他们把莱昂内尔从少教所里放出来，参加火化。你在那里，德斯。之后，他陪我回家，他来到了这里，他从架子上拿下《圣经》。他把我的手放在那上面，让我发誓。不要再跟你那些该死的老头来往，妈妈，他说。别再干那样的蠢事，娘们。你好歹已经过了那样的年龄。一切都已经过去了。"

德斯想象自己——那天在戈尔德斯格林大街上，白衬衫，蓝领带，黑长裤。他十岁。外婆或许是三十四岁。

"他恐吓我。他真的恐吓我。"她抓着自己的手腕转动着。"时间在流逝，有一次托比顺道过来喝一杯茶。他来了半个小时，门铃响了。是莱昂内尔。他抓着可怜的托比的头发，把他拽了出去，在台阶上狠狠揍了一顿。就为了一杯茶！哦。可鄙的马斯塔德先生 [①]。瞧，他雇了间谍……别这么受伤的样子，德斯！你没

[①] 可鄙的马斯塔德先生，原为披头士的一首歌曲的歌名，此处是指莱昂内尔。

事的——你随时都可以自由来去。我是你外婆。"

她发出一种新的、带着旋转的怪笑声,伸手去拿填字游戏书,咚的一声坐在窗子旁边的扶手椅上。

"八个字母……这是一个变换顺序造字法。有了。Features[①]。"

"是吗?提示词是什么?"

"杯子使用后被打碎。"[②]

德斯走在四月一场水珠闪烁的阵雨中(他是去邮政支局买一个信封和一枚优先投递的邮票),想着他母亲告诉他的一些事情——关于莱昂内尔小时候的事情。

可鄙的[③]马斯塔德先生这个绰号,来自于披头士的歌,不仅是指莱昂内尔的恶意,还指他的吝啬(在路上的一个洞里睡觉……鼻子上放一张五十便士的纸币。这么一个吝啬的老家伙)。他在蹒跚学步时就获得了这个绰号——他什么东西都想据为己有,不愿与他人分享。他的任何一个兄弟玩了他的玩具(即便他不在的时候),都会后悔不迭,但愿自己没有玩过。约翰,保罗,乔治,林戈,斯图亚特都很怕他们的小弟弟。约翰当时七岁,他对当年八岁的茜拉说,他非常害怕莱昂内尔,而莱昂内尔当时才两岁。

晚上的最后一件事,小莱昂内尔会用从他自己头上拔下的一缕湿头发将他的玩具盒盖子系上。所以当他睡觉时有谁动了他

---

① Features,意为"相貌"。

② "杯子使用后被打碎",原文为 mug smashed after use。其中 mug 又可解释为嘴脸,而 after use 变换字母顺序后即可成为 features(相貌)。

③ "可鄙的"原文为"mean",另一个意思即为"吝啬的"。

的玩具，他就会知道……然后他就会询问（几乎每次都是林戈）；下一次等林戈睡觉时，莱昂内尔就会挥舞着他最重的变形金刚悄悄走近他。

他三岁的时候，已经被第一次执行了受限令。三岁零两天的时候：一个全国纪录（虽然其他原告对此表示异议）。其罪名是用铺路石子砸碎汽车挡风玻璃，当局还注意到他的习惯，跟他母亲外出购物时，他会脚踹码堆陈列的瓶瓶罐罐；一个孩子虐待动物的心理也许在所难免，但莱昂内尔却更为出格，一天晚上甚至正儿八经地试图火烧一家宠物店。要是他晚出生十来年，那他的第一次受限令就将被称作BASBO①，或者叫Baby ASBO……ASBO，（全王国的人都知道）就是 Anti-Social Behaviour Order 的意思。

他到底是怎么回事呢？他干吗老要干蠢事呢？我是说（德斯想道），如果你把你醒着的三分之一时间花在法庭上，那么在你十八岁生日时，根据单务契约②，把你的名字从莱昂内尔·佩珀代因改成莱昂内尔·阿斯博，是不是有点他妈的愚蠢呢？他舅舅能说的只是，反正佩珀代因是个讨厌的名字。而阿斯博则叫起来清脆响亮。这倒是实情：莱昂内尔即便站在老贝利法庭上作证的时候，也会炫耀他的电子圈③（那东西像一个踝扣带，装着电池），（啊，是的。"阿斯博……先生。"阿斯博先生，你这不

① BASBO 即 Baby ASBO，孩童反社会行为指令 (Baby Anti-Social Behaviour Order)。
② 单务契约，即只需单方面执行的契约，尤其多用于个人改名时。
③ 前文中"清脆响亮"的原文为 "ring"，其另一个意思即为"圆圈"，对应此处的"圈"(loop)。

是第一次……）。如果你给愚蠢的行为很多非常明智的考量，那你只能那么做。

亲爱的达夫妮，德斯蒙德在图书馆阅览室里写道。

我是个年轻的利物浦人（十五岁），我跟我外婆有了关系。显然这不是一种理想的处境。我们都住在肯辛顿，听上去像是波兰的地方，其实是城里最蹩脚的地区（我们称其为"肯尼"）。我正在慈善徒步旅行，去伦敦观看"红军"①客场挑战西汉姆的比赛，这就是信封上邮戳的由来。

你能给我提供这件事情的法律解释吗？这件事情折磨着我，让我分心。等法律方面弄清楚了，我会再给你写信（如果可以的话），说说我的舅舅和我面临的其他问题。你看，达夫妮，我非常困惑。

也许我应该直接说清楚是住在迪斯顿，他想道。那样她就会明白。我的意思是，这里的人口统计数据很糟糕……德斯耸了耸肩膀。不，这样不错。"肯尼"肯定几乎一样糟糕。

在你的求助热线上跟你聊天，肯定是个好主意。你有什么可以推荐给我阅读的小册子吗？

6

在迪斯顿有成千上万的塔式建筑物，它们都在嗞嗞作响。墨鱼运河最糟糕的直道像喷柱一样活跃：喷溅，溅泼，向匆匆而过

---

① "红军"是利物浦足球队的绰号，因其主场球衣为红色而得名。

的行人们送上猝不及防的亲吻。在朱佩斯莱恩斯后面懒懒地躺着斯顿明切伊（这是当地的居民——他们是韩国人——给它取的名字），一个十二英亩的像房子一样高的废电器堆场，堆放着旧电脑，电视机，电话机和冰箱：铅，汞，铍，铝。迪斯顿在哼哼。背景辐射，还有为五十五年的半衰期播放的背景音乐。

　　他听见莱昂内尔在拨弄着门锁。咔哒咔哒的声音打扰了他的清梦。在他的白日梦里，勤勉的达夫妮正在处理着高高一叠邮件。她打开德斯蒙德的信；她先是皱眉，随后变成宽容的眨眼；她开始在键盘上打字作答。可怜的小宝贝儿，你肯定急得不知所措了吧。一切都毫无来由！所幸的是，根据1979年法律修订案，这再也不……但这时莱昂内尔噔噔地踩着重步进来了。莱昂内尔噔噔地进来了，拿着两个没有商标的烈性酒夸脱酒瓶（其中一个瓶里只剩下半瓶酒），加上一个外卖的咖喱羊肉——给狗吃的。

　　"我在罗斯·诺尔斯身上尝到了成功的滋味，"他说，"在第十次尝试的时候。但这里。鼓起你所有的勇气，德斯，看看这个。"

　　莱昂内尔似乎很激动，兴奋，要不就是喝醉了（而且，一如既往，身板看上去比预料中大一号）。然而德斯看出哪里出了问题，他意识到危险……莱昂内尔没有醉——他从来不醉。他可以把酒喝到醉死的程度，但他从来不醉。就像毒品，打击，爆裂，地狱，合成迷幻药，以及甲基苯丙胺[①]一样。任何东西都对他起不了任何作用（没有陶醉，没有后果）。至少在这方面，莱昂内尔的状态是稳定的。但今晚他看上去有点醉了，什么地方出了问题。

————————

　　① 一种中枢神经兴奋药。

　　此刻莱昂内尔竖起酒瓶，一口气喝了六口，七口，八口。他用手腕擦擦嘴巴，说，"这个国家现在就到了这个地步。一家全国性的报纸上都印着这种东西。"莱昂内尔边说边用食指和大拇指从他背后的口袋里掏出一卷《晨雀报》，脸上还带着不屑的神色。"第二版上的分类广告。他们称之为 *GILFs*①。"

　　"耶稣啊……那人都七十八了！"

　　"GILFs，德斯。七十八岁照样袒胸露背。她都七十八了，还活着干吗呀？更别说袒胸露背了！这是一种，呃，一种明白无误的矛盾，德斯。GILFs。我想要操的老……没人喜欢操老奶奶。现在他们却说喜欢。明白无误的矛盾。"莱昂内尔含含糊糊地补充道，"也许你可以称他们为 NILFs②。"

　　"NILFs？"

　　"NILFs。我喜欢的奶奶……这就是英格兰，德斯。一个曾经骄傲的国度。瞧。*欲望老太寻求肌肉男性伴侣*。这就是英格兰。"

　　这是五月初一个晴朗的晚上，伴有丝丝凉意。德斯擦去他上嘴唇的汗珠。

　　"……你怎么啦，德斯？你的表情怪怪的。"

　　"没什么，我挺好的，莱尔舅舅。所以，噢，所以你今天得到了结果。跟罗斯·诺尔斯有了了结。"

　　"什么？哦，这是在变换话题。"他打了个哈欠，接着温和地往下说，"是啊，我带着葡萄待在监护病房外面。我运气不错。

---

① 全文为 grans I'd like to fuck（我想要操的老奶奶）。
② 全文为 nans I'd like to fuck，意思与 grans I'd like to fuck 同。

警察在那里——但他躺在担架上。血从耳朵里往外流。一种，呃，超级病菌，我不懂。"

德斯耸耸肩膀，说，"迪斯顿综合医院。"

"对。迪斯顿综合医院……所以当时我站在床头，他睁开了眼睛。我的声音始终像是耳语。我说，呃，记得我吗，诺尔斯先生？也许我可以叫你罗斯？对于给你造成的任何痛苦，我真诚地向你致歉，罗斯。瞧，那天晚上，我不是我自己。我饱受爱之痛苦。因为爱，罗斯。如果你梦中的姑娘让你最好的朋友给干了，你有何感受，你有何感受啊，罗斯？"

"他说了什么吗，莱尔舅舅？"

"没有。他嘴巴闭得紧紧的。然后我走了，你会明白的，罗斯，我是个非常没有理性的年轻人。现在，如果你继续追究这件事，我会进去——多久？八个月？一年？但等我出来，罗斯，我会再来找你。只会变本加厉。然后直接再进去。因为我愚蠢，真的，我愚蠢……所以他想了一下，我们就庭外和解了。"

"你给了他什么？"

"我给了他一串葡萄。"莱昂内尔站起来，说，"我称其为傻子理论，德斯。你使用这个理论不会有错的。好啦。塔巴斯科辣酱呢？"

那两条狗在舔着玻璃门。莱昂内尔站在冰箱旁边的料理台前，把辣椒酱喷洒在冒着气的肉上。他抓着两只碗，慢慢地踢着脚，走到阳台上。德斯准备好了印度咖喱肉。

"啊，印度咖喱肉，"莱昂内尔说，"有了印度咖喱肉，你就知道自己是在哪里了。"

他们慢慢吃着（莱昂内尔无论如何也算个难以捉摸的食客，德斯则感到肚子胀鼓鼓的），此时，一种深深的沉默开始融化、滋长。一种来势汹汹，喷薄而来，类固醇似的沉默，一种莱昂内尔式的沉默，足够瘆人，令杰夫和乔干渴的呜咽嗫声……

"它们太热了，"德斯干巴巴地说。

这时莱昂内尔把他的冷漠抛到一边。他转身，直挺挺地伸开双脚，双手抱胸，嘟哝了一声。几分钟过去了。他站起来，在屋子里转了几圈，挑剔地盯着自己的鞋子。几分钟过去了。

"你知道，我非常为你的外婆担心。"他说。

"是吗？"德斯吞咽了一下，"担心什么呢？"

"她的道德。"

"她的道德？"

"是啊，你知道老杜德利吧。"

"杜德利。知道。"杜德利是个欢快的种族主义者，住在外婆家隔壁。

"杜德利。老杜德。他说他听到过噪声。"

"……什么样的噪声呀？"

"呻吟。"莱昂内尔抬头看着天花板，"好像是，但愿上帝不让这样的事情发生，有人在干她……"

德斯勉为其难地说，"呃，这种话很伤人的，莱尔舅舅。也许是别的原因造成的呻吟呢。比如说疼痛。"

"你知道的，德斯，我也正是这么想的。我也正是这么想的。事实上，我还因为老杜德的无端猜疑，给了他一拳。她决不会对我做这样的事情，妈妈。不是妈妈，伙计！不是我妈妈！"

一时间德斯感觉莱昂内尔快要哭了；但他脸色清朗，话语

流利，

"我知道她一度常常见那个怪家伙，叫托比什么的。但多米尼克去世后，她心境大变。翻过了新的一页。她对我说，莱昂内尔？你爸死的时候，他把他的命给了他的小儿子。他对你也会这样做的。对茜拉也一样。我会尊重他，莱昂内尔。尊重对多姆的记忆。所以我不会再找人了。她还笑了笑说，看着我。我好歹已经过了这一关！……但是现在——但是现在有了那些呻吟。"

德斯说，"我随时都在进进出出。我从没看见过什么。"

"哼。好好睁大你的眼睛，德斯。看看浴室。剃刀。多出来的牙刷。任何，嗯，不合宜的东西。"

"当然，我会的。"

"嗯……发出呻吟的外婆。这是疼痛造成的。就是那么回事。她到了年龄了。靠，德斯，你无法相信她们有多痛苦。在更年期里。这是她们内心的痛苦。你今晚又要出去吗？"

德斯跟外婆有个约会。他挠着胸脯，说，"不。我会留在家里。看足球赛。也许会出去遛会儿狗。"

"……这是她们内心的痛苦。她们内心充满了这种想要堕落的欲望。我的妈妈是 GILF？不。我的妈妈是欲望婆？不。"

几分钟后，德斯牵着杰夫和乔，摇摇晃晃地走下宽阔的楼梯。此刻这件事真的让他惴惴不安——因为外婆从不呻吟。不管是疼的时候，还是激情的时候。他把指尖伸到太阳穴，探询他听力记忆中的风洞和回音室。他听见她的笑声（很久以前的笑声），他听见她唱的披头士歌曲的片断，他又听见了她的笑声（更为近期的笑声，被遗弃的，带着些许紧张）。但外婆从不呻吟。是杰德和伊莱柯特拉在吵吵（至少是他们的妈妈不在家的时候）——
不是外婆。外婆呻吟？绝不⋯⋯

到了前院，他猫进一个被部分破坏的电话亭。

外婆之所以呻吟，是不是因为她得了某种她从没告诉过我的
销蚀性疾病呢？或者她呻吟是因为她——！

这些个念头戛然而止。

他打了电话把见面推迟了二十四小时。关于杜德利和呻吟，
他暂时还没向外婆吐露一个字。

7

白天来临。他听见小鸟的啾鸣、歌唱；城市慢慢复苏；八点
钟光景，整个阿瓦隆大楼成了一座自助式的铸造车间——锤子，
磨床，动力打磨机持续的轰鸣⋯⋯德斯冲了个凉，喝了一杯茶。
莱昂内尔在里面睡觉；他很晚出门，在外面待了很久（直到五点
过后才吵吵嚷嚷地回来）。他的房门打开着，德斯在走廊里停了
一会儿。这儿曾经是他母亲的卧室。那面高高的穿衣镜：她常常
在它面前孤芳自赏，一只手掌平放在上腹部，照照圆圆的脸庞，
照照侧影，再照照圆圆的脸庞；然后她走了。现在莱昂内尔转身
仰面躺着——胸口起伏，鼾声仿佛在清淤。

屋外明亮干燥——暴风雨将带着醉意而来。门乒乒乓乓地开
开关关，垃圾桶滚翻在地，百叶窗噼里啪啦。而德斯，今天觉得
他要让他的眼睛休息一分钟，一分钟的安静。只为让他的头抬
直。但他的思绪在游荡，他跟着思绪游荡，游荡在一片瞬息多变

的、潮湿的天空下。女人，母亲，注意到了它，注意到了这张稚气的圆脸庞上密集的麻烦。长脚穿着短裤和校服，背着书包，每走十码就停一下，把颤抖的手指穿过纠结的头发。

……在开罗街头，周围的噪音，根据科学的平均数，是九十分贝，或相当于十四英尺外一列货车经过（巨大的噪音导致部分耳聋，神经机能病，心脏病，流产）。迪斯顿的噪音没开罗那么大，但它有众所周知的汽车修理厂，锯木场，制革厂，以及无法无天的交通；它还有过分的房屋拆迁，道路施工，市政树木修剪和树叶打扫，过多的车警，盗警，以及火警（咖啡馆讨厌运货车！自行车讨厌商店！小酒馆讨厌大巴士！）；还有，当然啦，过多的汽笛。

在这座国际都会的这个地区，压缩技术尚未完全取代刺耳的晶体管收音机、噪音盒①以及放在窗台上的高保真扬声器。人们在彼此尖叫，此刻声音越来越响。并不是只有杰夫和乔这两条狗遭受图雷特氏综合征②之痛。还有臭嘴巴的斗牛犬，尖叫的猫，以及成群的肮脏的鸽子；只有鬼鬼祟祟的狐狸遵循着它们的沉默法则。

迪斯顿，打着饱嗝的、乳液般流淌的运河，嘶嘶作声的低层塔式建筑物，蝇虫嗡嗡的荒废之地。迪斯顿——一个充满斜体字和惊叹号的世界。

———————

① 噪音盒，音量很大的便携式收音机或盒式磁带放音机。
② 根据法国精神病学家图雷特命名的一种精神疾病，表现为无意识的身体抽搐和说话等。

上学路上，德斯溜进了布林伯尔路上的公共图书馆。在这里，你能切实地听到自己的咳嗽，叹气，呼吸——你可以听到你自己的窦道关节和枢纽的声音。他径直走向灯火通明、布满银色灰尘的阅览室。

首先，他自然啪啪地翻开《太阳报》，一路翻到"亲爱的达夫妮"。担心会勃起，担心会保持勃起，很多姑娘，她们结了婚的男友不愿离开他们的妻子，很多男孩，他们喜欢女人们衣服的感觉：全都是这些，就是没有关于一个十五岁男孩和他外婆的片言只字。从他把信寄出，已经十一天过去了。达夫妮为什么不把它登出来呢？难道是太可怕了？不（或者说他依然存有侥幸）：这事太微不足道了。

德斯闭上眼睛，看见十三岁的自己在外婆的屋子里。他像以往一样，哭着鼻子，用衣袖擦眼泪——而外婆则抚摩着他的头发，轻轻地哼着令人心境平和的旋律，《嘿，朱迪。》。[①]嘿，朱迪，别沮丧，找一首哀伤的歌把它唱得更快乐。那些熊抱，握手，异常的、了无踪迹的沉默，外婆说忧伤像大海；你一定要骑在浪头上（所以啊，让你的爱自由来去，嘿，朱迪！开始啊），然后，过了几个月，过了几年……

此刻，在支路上，有两架冲击钻在轰轰旋转，粉碎着他的思绪。就在这时，一个老门房（扎着马尾辫、脸颊凹陷的那个）把脑袋探进门来。

"你为什么不上学？"

"要做作业，"德斯说。重新看起《太阳报》。

---

① 《嘿，朱迪。》，披头士乐队成员詹姆斯·保罗·麦卡特尼创作的一首歌曲。

国际新闻。达尔富尔 ① 大屠杀。北朝鲜中止核试验？墨西哥毒贩冲突，十多人被杀……他回头看了一眼，伸出一只颤颤巍巍的手去拿《独立报》（至少在大小上可以看出是份小报）。他原以为那些细长的印刷体会让他无法看下去。但结果出乎意料；他居然看了下去……德斯读了《独立报》上所有的国际新闻，然后看起《泰晤士报》。他看了一眼手表，发现四点半了（他已经饥肠辘辘）。

他在那个被称作世界的地方待了八个小时。

"我一直在看报纸。"

"什么报纸呀？"

"正经报纸。《卫报》什么的。"

"你不用看报纸，德斯，"莱昂内尔说，翻着他手上的《晨雀报》，然后把它排整齐：**哈贝尔被捕，尸体在垃圾箱被发现**。他用最不赞成的目光看了德斯一眼，然后接着说，"这一切都不是你要关心的。"

"所以你没明白——所有这一切……莱昂内尔舅舅，我们为什么要待在伊拉克？"莱昂内尔翻过报纸：**诺琳的女同波霸引震惊**。"或者你不了解伊拉克？"

"我当然了解伊拉克，"他头也没抬，"9·11，伙计。瞧，德斯，9·11那天，那些人把家用清洁布顶在头上逃——"

"但是伊拉克跟9·11毫无关系！"

"是吗？……德斯，你太幼稚了。瞧，美国的大儿子。他是

———————————

① 达尔富尔，苏丹西部一地区。

老爸。现在，出了9·11这么档子出格的事情后，一切都玩完了，于是老爸大打出手。"

"是啊，可是打的是谁呢？"

"不管打的是谁。任何人都会这么做的。就像我跟罗斯·诺尔斯。这是傻子理论。让他们都老老实实。"

莱昂内尔翻过一页报纸：探查证实，**持刀小流氓躲过牢狱之灾**。德斯坐了回去，纳闷地说，

"它什么时候开始的，莱尔舅舅。我是说，我们在那个地区没有同盟军吗？他们不会太开心的。那种动乱。我们在那个地区的同盟军。"

"同盟军？"莱昂内尔无精打采地说，"什么同盟军？"

"呃，沙特阿拉伯。土耳其……埃及。我肯定他们不太高兴。"

"是吗？耶稣基督啊，德斯，你真的太棒了。"

"他们是我们的同盟军。我们怎么跟他们说来着？"

莱昂内尔低下头。"你认为我们该怎么跟他们说？我们跟他们说，听着。我们干了伊拉克，怎么样？你们他妈的想要什么，就他妈的能够得到什么，如此而已。"他端起肩膀。"现在闭嘴吧，我在看这个呢。"

而德斯自得其乐地想象着在一个星期五的晚上十二点，一个星球般大小的小妖精。这就是被称作世界的地方。

"哟。瞧，德斯。更多的 GILF。"

猫又出现了。猫又出现了——在通往格蕾丝家的隧道的尽头。没有毛，没有唇须，光秃秃的，像一个白色的热水瓶，带着它那

柔软、苍老、刺耳的哭叫声……他按了门铃，听见粉色绒拖鞋走向地垫的啪啪声（录音机里放着披头士的《亲爱的普鲁登斯》）。

"外婆，"他几乎立刻说道，"那些呻吟声。"

"呻吟声？你说什么呀？"

他告诉了她。"而你是不呻吟的，是吧，"他说，"你呻吟吗？"

"……我的确是呻吟的，"她小心翼翼地说，"时不时地。你只是没注意而已。哦，老杜德，他知道什么呀？"

"别那么笑！你喝了多少杜本内酒呀？"

"你站在那儿别动，小先生。"

"不，格蕾丝……好吧，那就拿个枕头吧。以防你呻吟。另外再把披头士的歌声放响一点！"

稍后，格蕾丝抽起相当钟爱的丝刻烟①，神秘地说（她不会详细道来），"哦，德斯，你真棒。但问题是……麻烦的是，你总让我想入非非！"

8

又一个星期过去了。然后一切到了严重关头——这是三重恐惧集于德斯蒙德·佩珀代因一身的日子。

又一个星期过去了，此刻德斯对于达夫妮，对于达夫妮和她的忠告，多少失去了点信心。然而达夫妮的回音却出现了，就在星期六的《太阳报》上（达夫妮掌管着星期六的两个横贯的版

———————
① 丝刻烟，英国产的一种香烟。

面)。所有其他的信都有标题(**我感觉像个荡妇，因为我无法停止跟陌生人上床；陷在男人的身体里；我想嫁给我死去的哈贝尔的爸爸；为特克斯特·切特心碎；为不愿整容的母亲伤心**)；但德斯的诉求则没有标题，登在左边的角落下，旁边是深灰色的葬礼背景。

亲爱的达夫妮，我是住在利物浦肯辛顿的小青年；我跟我的外婆有了性关系。你能解释一下是不是合法吗？

达夫妮说：这件事必须立刻停止！你们俩都犯了法定强奸罪，将面临拘禁。立刻再写一封信，附上邮政地址，我会把我的小册子寄给你，关于家庭内性侵害及法律解释。

这天剩下的时间里，德斯都待在斯蒂普斯洛普，从一张长椅磕磕绊绊地挪到另一张长椅。他听见从欢乐谷传来的露天马戏场尖利的音乐声；空气里布满潮湿的分子，不会很快就化成一场雨。山坡另一头，某个黑漆漆的东西似乎变得越来越大。

七点钟，莱昂内尔夹着一堆狗具，用肩膀开路，挤进了厨房。他停下来，脑袋往后仰。

"……箱子打开了。"

"是啊，我试过了，"德斯平静地说，"盖子弹了起来。但是现在关不上了。"

"那肯定是你的问题。"莱昂内尔说着，啪的一声把一大堆东西扔在厨房的操作台上——调教杆，驯狗棍，四个带尖钉的粗皮带颈圈。"你一直坐在上面来着。"

德斯皱眉时额头从来不起皱，但今晚他的眼睛让人感到(以及看上去)凑得很近，像个平放的数字八。此刻他看见莱昂内尔宽松的长运动裤口袋里塞着一张报纸：不是《晨雀报》，不是《迪斯顿新闻报》（同样是一份小报）——而是《太阳报》！

莱昂内尔在离德斯左耳三英寸的地方打开一瓶蛇王啤酒，说道，"关于你外婆的可怕新闻。"

他声音沙哑地低语道，"哦，是吗，莱尔舅舅？"

"情节复杂……我跟老杜德又谈了一次。不光是呻吟，德斯。"

"哦，还有什么呢？"

"咯咯的笑声。咯咯的笑声。所以那不是疼痛，不是。不是疼痛。你知道还能是什么吗？"

德斯用十指挠着胸脯。

"她开始把音乐声调得很响！……星期二晚上杜德说他听到了咯咯的笑声。然后音乐声响了起来。那还不是关键。"他伸出舌头，把上面的一根头发剔掉。"说来你不会相信，德斯，但是老……"

莱昂内尔陷入沉默。他走到玻璃门前，把帘子拉开，朝下凝视着杰夫和乔；它们并肩躺在那里，弓着身子在睡觉。

"我今天下了个注，"他用令人惊讶的声音说，"你自己看吧。"他手一挥，掏出报纸，摊在桌上。

"我们现在在看《太阳报》吗？"

"是啊。如今，呃，已不是科学家的年代了。"又嗞地打开一罐啤酒。"不，德斯，看三版女郎附加赛。我把钱押在了朱丽叶塔身上。瞧，她让我想到了某个人……我不是个赌棍，德斯。从来不是。我把它交给了操蛋的马龙。"

吉卜赛人似的朱丽叶塔的赔率自然惹人注目，并引起简单谈论。莱昂内尔把报纸翻到《太阳报》电视导览版面。然后又翻了一面：**亲爱的达夫妮！**

"我感觉像个荡妇，因为我无法停止跟陌生人上床。"莱昂内尔念着（嘴唇慢慢做着唇语）。"是啊，你是个荡妇，亲爱的。继续……这里，德斯。达夫妮认为——达夫妮认为一个打扮得像美女一样的人，呃，是想要跟某人结婚……一个寡妇可以跟她的公公结婚吗？……这里。这里，德斯。这个利物浦的男孩……"

德斯感谢那个快被遗忘的梦或恐惧，是那个梦或恐惧让他想到了利物浦和肯辛顿。关于肯辛顿和"肯尼"，他了解多少呢？

"天哪。这个肮脏的利物浦小子干了他的外婆！他的亲外婆……有趣的旧世界啊，是吗，德斯？"

德斯点点头，咳了起来。

"……是啊，太对了，达夫。拘禁。绝对的。哦，里面的人会爱他的。你知道他们会对他做些什么吗，德斯？在他要离开的时候？"

"不知道。他们会做什么呢？"

"嗯，首先他们会把他的屁股操烂。然后他们会用水冲他的喉咙。他们也令老奶奶们着迷，伙计。……肯辛顿。'肯尼'——我就是在那里进的少教所！"

屋子里一片寂静，飞驰而过的云洒下一片石板灰色。

"来看妈妈的人，德斯。他进进出出，出出进进，随心所欲。"

德斯感到一种莫名的冲动，他说，"或许有一半的时候是我，莱尔舅舅。我总是在那里进进出出的。"

莱昂内尔啪地又打开一瓶蛇王啤酒。"你？哦，不错。听着。你去看格蕾丝的时候，德斯，你是不是习惯于……你是不是习惯于在半夜过后吹着口哨进去？十点钟时又吹着口哨出来？在又一次匆匆完事并吃了英国式早餐之后？"

她匆匆走在克林波路上，越走越快，越走越心无旁骛，只见她脑袋低垂，下巴前凸，她的头发梳理、修剪过，染了色，她穿一件红色汗衫，一条金属灰紧身裤。她抿得紧紧的薄嘴唇，剪刀似的双腿，在坚持着什么——坚持她要发达的决心。他觉得（他倚在她家的门上）她看上去比实际年龄要年轻；但现在，随着她穿过马路，每走六英尺都要老六年。

"德斯，"格蕾丝从他身边走过时平静地说，"快进来，宝贝，但你不能留下来。"

她把买来的东西放在厨房操作台上：面包，蛋，土豆，一袋牛肉，一听烤豆子（以及她的丝刻香烟和一瓶新的杜本内酒）。她透过洗涤槽上方的窗子观察他的映像。

"怎么啦，格蕾丝？"

"别再说话，亲爱的。一切都是它该是的样子。"

"不，格蕾丝，"他恳求似的皱着眉头说，"一切都变了。莱昂内尔——他找到了专爱听墙根的老杜德。"

"莱昂内尔？可鄙的莱昂内尔。听着。我分分钟都要到四十岁，眼看着就要超过四十岁了——是啊，超过事事小心的年龄！……啊，德斯。我有话要跟你说，亲爱的。我有话要跟你说。"

屋外下着雨，淡紫色的天空暮色越来越浓，石板路上一层雨水在流动。路灯反射出的橙色污渍伴着他走上克林波路。他对自己的如释重负感到一种强烈而梦幻般的敬畏……德斯·佩珀代因十五岁。他认为早点学到这个是件好事。现在他鞠了一躬,脑袋往后一仰,几乎大笑着,对于这件事上的迪斯顿逻辑表示赞同。

这样更好,德斯。你又可以叫我外婆了。你和我,我们正好可以回到从前的状态。谁都别想看出任何蛛丝马迹。这样更好。

是的。是的。但是外婆。想想吧。他盯上了你和你的新朋友。莱尔舅舅知道!

哦,是吗?他压根儿不在乎他的妈妈。我这个世纪里就没见过他!他想拿这件事怎么样呢?如果这事传出去,谁会更痛苦呢?他!他想干什么?他想干什么?

9

莱昂内尔在斯金特里夫科洛斯有一个储藏室,或者叫仓库。走近它时,你会嘎吱嘎吱地踩到满地雪花似的碎玻璃碴,同时你还要绕过烤焦或闷燃的床褥,以及沼泽和矮林似的奇形怪状的破烂和杂物,包括各种各样被遗弃的汽车。小型摩托车,野营车,拖拉机;甚至还有一辆碰碰车,木屐形的,电动杆像一条畏缩的小腿;还有一个跟真马一样大小的木马,有一双上年纪的酒吧女招待的眼睛……德斯被手机招到这里:这个手机就是他十六岁的生日礼物,用来应对一般的紧急状况(就像一件军事装备似的颁发给他)。

"我来了!"

这家店(这是莱昂内尔对这儿的称呼),看上去不在最佳状态——一方面是莱昂内尔刚刚把这里捣毁。这里有两个车库（停放着被煤烟熏黑的福特全顺），一个拥挤的办公室，还有一个凉飕飕的小房间，里面有一个深水槽，一个破马桶。德斯听见链条的哗啦哗啦声；只见莱昂内尔穿着背心出来了。他用一块厨房毛巾擦着身子，平静地说，

"我的气消了。"他指着左边：一把破椅子，碎支架和托架，烘焙过的茶叶箱。"因为现在不是生气的时候，德斯。现在要厘清思路。进来。"

莱昂内尔的办公室：一个个杂乱的抽斗，放满手表，照相机，电动工具，游戏机；一个低矮的书柜，放满药瓶（给健美运动员服用的——合成激素之类）；水果篮，里面放满指节铜套和大砍刀。所有的碰擦，暴抢，吊起……莱昂内尔有多聪明？对于这个问题——德斯五六岁时就被这个问题给迷住了——即便是最大度的回答，也会坚定地从缺陷这方面入手：没有证据证明莱昂内尔干活有多在行。他是个以犯罪为生的人，半辈子都在监狱里度过。

"外婆。天哪。我知道这是在迪斯顿，"他说，"但这是荒唐的。"

他们隔着一张粗糙的桌子面面相觑。桌子上散落着珠宝首饰，额度用完的信用卡。莱昂内尔招呼都没打，就轻轻打了个喷嚏：像是从无声手枪里射出的子弹。他擦擦鼻子，说，

"有人看见了。是个男学生。德斯，穿着紫色校服。斯奎尔斯弗里学校的校服。她跟一个男学生干。"

德斯装出吃惊的样子。因为他并不吃惊。这就是迪斯顿逻辑：他十五岁——而外婆把他当成了小伙子。莱昂内尔说，

"杜德看见了他。紫色校服。杜德看见他离开的。"

德斯感觉到一种不太熟悉的回旋余地，便问道，"那肯定不是我吗？"

"他说不是你。他说，也不是你那个枪头人①外甥。斯奎尔斯弗里学校。所以，德斯，你得帮助我调查。"

"你认为你该怎么办呢，莱尔舅舅？"

"对于这样的事情，德斯，你一定得考虑到你的目的。"他又坐了回去，"这些目的是：一，结束这种愚蠢的性关系。这是显而易见的。二，不要让它张扬出去。操他妈的，我是非得移民不可了。我想去美国。或者澳大利亚。一个恋童癖母亲？一个强奸犯母亲。好吧……三，确保，毫无疑问，这样的事情不再发生。永远……这就像——就像难题，一个迷宫。你考虑一下你的目的。然后开始你的选择。"

根据经验，德斯多少有点下意识地感觉到，某种不祥的事情将要发生。莱昂内尔的线性风格，他表现出的理性，甚至是他发音吐字上最微不足道的改进（比方说，"labyrinth"（迷宫）发成了"labyrinf"，而不是预料中的"labyrimf"）；每次莱昂内尔像这样说话的时候，你完全可以确信，某种相当糟糕的事情将要发生了。此刻他伸手去拿一包开过封的万宝路，上面有几个被狠狠划去的大写字母。

"黑色长发。戴着唇环。牛仔靴。还有短裤。他是谁？"

"哦，让我想想。"

---

① 对黑人的一种贬称。

"得了吧。有多少孩子穿短裤配牛仔靴的？我再问一遍，他是谁？"

德斯确信：那是罗里·奈廷戈尔……罗里是个慢性子的翘课大王（才十四岁），但斯奎尔斯弗里学校所有人都知道罗里·奈廷戈尔。脸形匀称，过于自信，聪明程度远超一般人。他常常让德斯联想起你在游乐场和马戏场的幕后看见的年轻人——有他们自己的领域，他们自己的秘密，他们眼睛中流露出的浅笑里蕴含的游艺场人的、西洋景方面的知识。

"是啊，我认识他。"

"名字？"

"名字？"回旋余地的窗子——不管是空气还是自由——正在关闭。"哦，哦，这都是迫于你的威力，莱尔舅舅。但这就像在出卖人。你知道的。扮演犹大。"

莱昂内尔慢慢朝天花板看去，他的眉毛弓了起来，他的两只手抱住后脑勺（露出两个狡诈的腋窝）。"说得好，德斯。说得好。但你知道，孩子，生活不是，呃，像那样直来直去的。有时候，有时候你崇高的理想不得不……好吧。他多久去一次学校？牛仔靴和短裤。唇环。我自己就能把他认出来。"

"大概两个星期一次。"

"……哦，我可不想在大门外站上他妈的两个星期，才不。想想它会给我脾气造成的后果……听着，德斯。我得让你放心。我要把这事做得干净利落。我不会碰他一根手指头。好吗？所以下次他露面的话，你就用你这只新的好手机给我打个电话。至少为了你的亲舅舅，你能做到吗？真见鬼，孩子。她可是你的外婆啊。"

　　从斯金特里夫科洛斯回去的路上，一阵粗粝的寒风让他快步而行。废弃的木马，废弃的碰碰车。此刻，就在最后半个小时，又运来一堆废弃的孩子玩偶，被高温晒坏的，黏乎乎的，粉红色的一大堆。

　　新的发展势必造成新的困惑。虽然德斯难得跟罗里·奈廷戈尔交往，他却跟他父母——欧内斯特和乔伊——颇为投缘。这并没什么奇特：奈廷戈尔夫妇常去阿瓦隆大楼阴影下的街角小店，他们第一次招呼德斯，是因为他穿的那身斯奎尔斯弗里校服。交往就此延续下去——打招呼，闲聊，鼓励的话语……

　　罗里本人是个潮男，而他的父母则像是被困于五十年代。夫妇俩都在四十五岁左右，身高都在五英尺四，两人都是木桶身材，虽然不漂亮但却自我感觉良好。你从来不会看到他们单独一个人的时候；他们总是手牵手步伐一致地逛街。有一次，德斯吃着乔伊给他的苹果，看着奈廷戈尔夫妇过斑马线。走到一半的时候，一块手帕掉了，一辆卡车正好驶过，眼看着就把他们隔开了；欧内斯特就耐心地等候在另一边的马路牙子上，然后他们又手牵手，步伐一致地走了起来。罗里（德斯知道）是他们唯一的孩子。

　　事情会变得怎么样呢？他一边朝大马路走去一边想着。在他前面，一串白色货车呼啸而过。迪斯顿有很多白色货车，以及很多白色货车司机——他们是白色货车的白人司机，因为迪斯顿以白色为主，像贝尔格拉维亚区①一样白（没人真正知道是为什

————————

　　①　伦敦一富人住宅区。

么)。莱昂内尔有一辆白色货车,福特全顺。德斯想道,所有的白色货车都有那么厚的煤烟,真令人惊讶,足以让它们裹上一层深灰色。把我洗干净,一根渴望的手指在全顺被熏黑的车身上写道。

"我把门开着——只开了一条缝。半英寸。先是杰夫出去了,然后乔也出去了。它们被门缝夹着了鼻子。十分钟之后它们回来了。"

"瞧,你这是自己在责怪自己。要是我在这儿的话,它们会这么做吗? 现在门大开着,它们会进来吗? 你对它们太心软了,德斯。在对付狗的时候,你就像个姑娘。别转换话题。"

话题。夜复一夜,德斯面对着情绪低落和关于罗里·奈廷戈尔这个话题的不停盘问。紧张的气氛在日光灯管下消失,其速度就像莱昂内尔吐出的袅袅上升的烟一样。莱昂内尔一手夹着万宝路,一手握着叉子,默默地吃着一大盘东西,这是他唯一喜欢做的(或至少是加热的) 食物:斯威尼托德肉馅饼。这些馅饼,这样的分量,是有深刻含意的。德斯靠得太近,看不清它们的花式,但是莱昂内尔每当准备应付某些相当糟糕的事情时,就会突然胃口大开,达到惊人的程度。

"所以他是聪明的,"莱昂内尔会说。德斯会说:"是啊。迪格先生认为如果他愿意的话,他会非常聪明。但他从来不那么做。"

"所以他老是跟所有人要钱,"莱昂内尔会说。而德斯则会说:"是啊。他老是跟所有人要两个英镑。行骗。"

"所以他是个笨蛋。像林戈一样,"莱昂内尔会说。德斯则说:"是啊,他是有点像林戈舅舅。至少在那个方面。"

"……告诉我,德斯,姑娘们喜欢他吗? 或者只有难看的老女人喜欢他？……说吧，德斯，你肯定有什么事情瞒着我。我看得出来。我总能看得出来。"

"嗯，是啊，伊莱柯特拉说，她们都为他发疯。但他喜欢年纪大一点的。他说，在性的事情上，孩子只是垃圾。"

"继续，德斯。让我们听听。"

"他——他老说他是个双性恋。他说，我很大胆。我是个性感的男孩。"

停顿一下后（咀嚼，抽烟，点头），莱昂内尔说："不。我不会碰他一指头。我不会自贬身价。我不会自贬身价，德斯蒙德。"

"……那你会怎么样，莱尔舅舅？警告他，让他收手？"

"警告他，让他收手？警告他，让他收什么手呀？他已经干了！昨天晚上又去了那里。外婆肯定以为我年纪大了，所以心慈手软了。"他舔着嘴唇，"性感的男孩，是吧。我就让他性感。"

这天是星期四。到了星期五，出现在斯奎尔斯弗里学校的不是别人，正是罗里·奈廷戈尔。

10

这样的早晨，这个岛上王国的市民难得一见：一种稳定的、金刚石般的清澈，太阳牢牢地钉在那里，像一枚镀金的大头针；而天空，似乎被这种过分的压力弄得窘迫了，脸越来越红，甚至变成了深蓝……像他的影子一样又黑又瘦的德斯（对他来说，可爱的天空似乎总是在轻声诉说失败和悲伤），站在体育馆外含沙的阿斯特罗草皮上。罗里·奈廷戈尔在这里。是德斯打的电话。

他不知道自己此外还能做什么。

三点五十五分。莱昂内尔一身休闲打扮，半边脸被一张《迪斯顿新闻报》挡着，坐在街对面敞开式公车站里等待着。德斯朝他走去。

"他被留校了。要关一个小时。"

莱昂内尔从他那副灰尘做点刻的日暑似的眼镜看出去。"这样更好，"他迅速断定，并掏出手机，发了条信息（里面包含一个数字）。"我们将比我们预想的更快除掉这个垃圾。"

"那我就回家了。你不会错过他的。"

"不，德斯，你得坐在这儿。"

学校里已经人去楼空，穿着校服的人影儿没精打采地散去，原本稀疏的交通更稀疏了……

"他来了。"

"你站起来。把他叫过来——叫他过来。"

莱昂内尔一只胳膊搂着德斯，德斯觉得脖子后面被抓住了似的。

"这儿，罗里！罗！"

那孩子慵懒疲乏地穿过马路。他的唇环嗖地闪出一道炽烈的亮光。

"他们总算放你出来啦？"莱昂内尔说，"在这么一个下午。那些老师啊，他们就是一群失败者。现在让你认识一下我——我是这位德斯的舅舅。听着。我有一个搭档，我有一个搭档，他是个，呃，一个业余摄影师。时尚。钱多得不得了，呃，德斯？名字叫瑞德。他……等一下。他来了。"

一辆铮亮的、派头十足的小轿车停了下来，车里走出了马龙·维尔克威。马龙·维尔克威——他那闪亮的额发，他那含讥带讽的眯眼，他那种女戏迷喜欢的男明星的笑容。

德斯觉得自己被推了一把，这是在打发他离开，于是他告辞，试图装得不慌不忙。一分钟之后，他走向第一条支路时，回头看了一下——一切正常，一切正常，那孩子正朝另一个方向走去，两个大人正作势低头往光滑的车身里钻，三个人轻快地挥着手，马龙的粉色衬衣在微风中飘曳。

周末悄悄地过去了。

"一个晚上都在外面，"莱昂内尔说，口气颇为无奈（这是星期六晚上）。"辛西娅。今天是她的生日。我几乎从不错过她的生日。嗯。从不连续错过两次。"

星期天，莱昂内尔在黄昏时分又出去了，坚定而沉默（都是为了生意），又是直到第二天早晨才露面。所以周末就这么悄悄地过去了——对德斯来说几乎就是听不见的。他说不出是为什么，但似乎又进入了聋人受阻的世界。

"啊，德斯。小德斯。那孩子今天早上怎么样？"

他们是在二十一楼的楼梯平台上碰到的，德斯下楼，莱昂内尔上楼。在阿瓦隆大楼，此刻电梯只到二十一楼。

"哦，你知道的，"德斯说，"还可以。"

"嗯，这会给你的脚下装上弹簧。关于那个孩子的事情。问题解决了。"

"你做了什么？"德斯郁郁地问道，"干掉了他？"

"德斯蒙德！不。不。决不会干那样的事情。你不能干掉一个孩子……德斯。你说你跟他的爸爸妈妈关系很好。好吧。绝对不能让他们知道。绝对不能让他们知道他是怎样自己惹上这个事儿的。瞧……我们该庆祝一下，德斯。今晚——就让我们按惯例庆祝一下吧。成交？"

透过圆形窗子，你可以看见伦敦苍白的天空，像一片灰尘上的一层薄雪。莱昂内尔转身，轻轻哼了一声，然后说，

"我想你跟我说过他很聪明……"

话没说完，莱昂内尔接着往楼上去，德斯往楼下去。

"肯德基炸鸡。肯德基炸鸡。肯德基炸鸡。肯德基炸鸡。"莱昂内尔的声音并不大，但却有足球啦啦歌那种吓得人嘴唇发白的气势。"肯德基炸鸡。肯德基炸鸡。肯德基炸鸡。"

他们放下盘子，面对面坐下，面前放着斑马图案、小包装、已经打开的番茄酱，芥末，甜调味品；他们用粗吸管喝雪碧，然后品尝薯条和肯德基炸鸡。

"别说我没照顾你。"

"我绝不会那么说，莱尔舅舅。"

"我承认你做得很好，德斯。自从我把你揽到我的羽翼下面之后。瞧，我刚来救你的时候你是什么样子啊。晚上都要哭着睡去。你……你老是缠着我，要我抱，像个猫似的。我就会说，去你的，你个小精灵。去你的，你个小娘娘腔。我会说，你要是想让人抱，可以去找你外婆。但是现在，"他说，"你做得很好。"

"……是啊，我很好。"

"哦，你没吃晚饭。吃晚饭吧。吃晚饭呀。"

德斯蒙德吃了起来。吃了鸡，炸得正如他喜欢的那样，肯德基风味，山德士上校亲自准备的，照理十分合他的口味。但是现

在……他想起四五年前唯一一次镶牙齿，之后，茜拉照她答应的
那样，带他去咖啡馆，吃他最喜欢的蘑菇烤面包，他的嘴巴里尽
是奴佛卡因①，除了麻木的舌头，他什么都分辨不出来——他的
舌头被咬了，可他甚至感觉不到，他的下巴上有血，但是脸颊上
没有眼泪……

"你知道的，德斯，"莱昂内尔说，非同一般的体贴（异常困
难地皱着眉头），"星期天早晨。星期天早晨我躺在那里。我刚梦
到吉纳·德拉戈。她一身乌黑，并且，哦，浑身发光。漂亮。然
后我睁开眼睛，我看见了什么？辛西娅。像个乳制品。像个该死
的酸奶。她说，你怎么啦？你做噩梦啦？我说，不，亲爱的。只
是肠胃有问题。因为它们都有感情，是吗，德斯。一切都有感
情。上帝保佑它们。"他用一只手擦擦嘴巴。"肯德基炸鸡。肯德
基炸鸡。肯德基炸鸡。"

离开肯德基后他们去了戈黛娃夫人夜总会。

"把你的奶子挺起来，把你的奶子挺起来，为了男孩子，把
你的奶子挺起来！"莱昂内尔唱道，"为了男孩子，把你的奶子挺
起来——**哦呵**……去看表演吧，德斯蒙德。我在门口给你付了五
块钱，可你却不看。去看表演吧。"

按照惯例，去过肯德基后总要去戈黛娃夫人夜总会。那催人
狂饮的琥珀色和红木色，那镜子中映出香烟的帘子般的烟雾。那
浅舞台，无精打采、忽慢忽快的舞者。德斯由衷地讨厌这个地
方（尤其是当姑娘们捧着钱袋子讨要小费的时候，那些看客们多

---

① 奴佛卡因，一种局部麻醉药商标名。

给个五十便士就可以摸她们）。但今晚他对戈黛娃夫人夜总会几乎没有感觉——就像早些时候他对肯德基没有感觉一样，尽管服务台上有一排排带图示的菜单（在他看来，似乎每一个盘子里都是不同程度的俗丽腐烂），而那个掌控一切的山德士上校的塑像，也像个盲人先知。

"我跟她在一起十年——辛西娅。十年。还不止。我甚至不——估计是有什么事情让我讨厌女人。我孩时发生的什么事情。别人个个都喜欢女人。为什么我偏不？呃？"

"……也许你太忙了，"德斯说，吞食了一大口东西。"你常常出门。"

"这倒是真的。不管怎么样，我们别扫了庆典的兴。正义的天平，孩子。正义的天平。这是她，格蕾丝，这些年来一直在自找的。现在我知道，德斯，你几乎不在乎，呃，小罗里。但不管罗里发生了什么，都没关系。这是无关紧要的。完全无关紧要。重要的是要让你外婆感到害怕。再则说，"他哼了一声，又笑了一下，"罗里是大胆的。他什么都敢试……等一下，亲爱的，这块钱给你。好吗？我不会碰她！把你的奶子**挺**起来，把你的奶子挺起来。为了男孩子，把你的奶子**挺**起来——**哦呵**。"

此刻这一切都开始明白无误地成形。

早在星期三早晨，德斯路过街角小店，看见一张熟悉的脸，透过汗湿的玻璃无望地凝视着他：你见过这个孩子吗？同样的启事贴在邮政支局的门上。在学校，一个穿着大衣的警察站在大门口，学校里面，谣言频传，说是有两个便衣警察在盘问每一个十岁的学生。德斯俯身坐在课桌前，有一种山雨欲来的感觉；但是什么也没发生，星期三过去了。到了星期四，卡克尔广场的所有电线杆上都贴了寻人启事——《太阳报》的补白上也登了（迪斯顿又一小孩失踪）。星期五的《新闻报》上有一篇报道，在第十二版上，标题是"我们已智穷计尽"。星期二早晨，报道引用乔伊·奈廷戈尔的话说，我已经知道发生了可怕的事情。我的喉咙感觉到了。因为他总是打电话回来的，从来不落下。不管他在哪里，他总是打电话回来。两张照片：欢乐谷长椅上，罗里坐在父母中间，笑嘻嘻地吃着棉花糖；乔伊和欧内斯特在家里，坐在一张低矮的长靠椅上，手牵着手。如果有人知道任何事情，拜托，拜托，拜托……

"他站在门口。我五年没见他了。五年哪。自从他打了可怜的托比之后。他说，你好，妈妈。这儿。拿着这个。他把这根拐杖搁到我的脸上，这根拐杖搁我的脸上……我双腿一软，瘫了下去，天哪。"

毫无修饰，毫无装扮，格蕾丝坐在窗边她常坐的椅子里。但没有放音乐，没有折叠起来的《电讯报》放在她的膝头，没有冒着热气的茶杯放在小圆桌上，没有丝刻的烟雾在当烟缸用的茶托里袅袅上升。

"看着我，德斯。"

他看着。叠在一起的粉色绒毛拖鞋，交叉着的细瘦僵硬的双臂，瘪进去的嘴巴，深褐色的长鬈发，无力的灰色目光。他想象着填字游戏中的空格，没有答案，没有提示词。

"哦，我现在全完了，亲爱的，"她说，把自己抱得更紧。"我无法闭上眼睛。那个孩子。我无法闭上眼睛，害怕我会看见的东西。"

11

　　莱昂内尔跟乔和杰夫一起待在阳台里，那根驯狗棍，调教杆，塑料桶，十二罐装的特酿啤酒，中间下陷的纸板箱。在他前面，是伦敦常见的天空。伦敦的白色货车天空。

　　德斯放下书包，走了出去。

　　"接着。抓住，"莱昂内尔说，"接着，抓住。"

　　"……你今晚要让它们喝酒？"

　　"是啊。我一早要干一个深眼窝的家伙。为了马龙。罗瑟海特的空气里有一股肮脏刺鼻的气味。我要去把他搞定。看见这个新的玩偶了吗？"

　　莱昂内尔的纸板箱里放着开心商店买来的五六个橡胶模拟像，一个黑色，一个棕色，一个黄褐色，一个苍白色。新玩偶有着傅满楚式的胡须①，卷曲的八字须。

　　"为什么？"德斯声音尖刻地问道，"这是为什么呀？"

　　"我不知道。我没问。"他耸了耸肩，"我们是表兄弟。我们得相互帮衬。你别问为什么。"

　　德斯回进屋里，狠狠地坐在厨房椅子上。他刚刚在克里科尔街上见到过奈廷戈尔太太，就她一个人。他的心在耳朵边怦怦地跳，看着她步子沉重缓慢地走过，独自一个人的样子怪怪的，不对劲儿；没有欧内斯特与她同步而行，没有欧内斯特牵着

————————
①　傅满楚是英国一侦探故事里的中国恶棍，其胡须从嘴角垂直挂下。

她的手……抓住。捏紧，莱昂内尔说，挥动着调教杆，用尖的一头刺着那个口水浸透的中国人……此刻德斯闭上了眼睛——他看见了什么？罗里。但是罗里没有死；他是不死的；这个不朽的孩子不断地失踪，再出现——老是被撕碎，又拼接好，再被撕碎……跨坐，抓住，切断，莱昂内尔说，挥动着驯狗棍。这根驯狗棍就像一个硬木凿子。它伸进狗的后牙之间。然后邪恶地扭动。

十二罐特酿啤酒像手榴弹似的被一罐一罐地倒立在塑料桶上。

"瞧啊。林戈的彩票又中奖了。猜猜中了多少。"

"……多少？"

"十英镑。你要是问我，我得说，买彩票是傻瓜玩的游戏。"莱昂内尔带着暗自的满足翻阅着《迪斯顿新闻报》(《迪斯顿新闻报》像个污水坑一样，总会再次被灌满)。在他身后，是乔和杰夫，正啧啧有声地舔着什么。"真滑稽。一个失踪的姑娘——一时间会吸引他们所有的注意力。但一个失踪的男孩？就像他从来没有……瞧这个，德斯？耶稣啊。这个毫无意义。毫无意义。"

此刻德斯面前放着报纸的第一版，上面有个标题是：**疑犯的神态**，以及六个年轻人沮丧的像被催眠似的脸，全都是黑人。

"六个。流氓，"莱昂内尔接着说，"这么看来，六个伦敦场地①的年轻人来到了这里。他们是来自找麻烦的。他们杀死了这个十五岁的孩子。他们有六个人！这是毫无意义的。毫无意义。

---

① 《伦敦场地》是作者于1989年出版的一部关于凶杀、侦探的黑色幽默小说。由上海译文出版社于2015年引进出版。

他甚至还不是个白人！"

在第四版上，有一张孩子母亲的照片，她叫维纳斯，还有那个孩子达希尔的照片。一个做家长的从没想过孩子死在他们前头，维纳斯在老贝利法庭上陈述道，尤其是当他们如此突然被带走、成为他人惨无人道的暴力的牺牲品的时候。照片中的母亲还很年轻，戴着优雅的耳环，穿着律师似的羊毛大衣，带有看似厚天鹅绒的轮状皱领。那个孩子，达希尔，他的肤色像红木……

"现在他们被判了十五年。六个人。这说明什么呢？为了一个小孩子，搭进去九十年哪！"

他所能做的就是用那双大眼睛看着你，你的心都融化了。人人都爱他的眼睛。那个孩子，在绿色背景下，头发一缕一缕被编得紧紧的，他的牙齿散发着留兰香味，他的眼睛被爱调情的阳光照亮。

"这是毫无道理的。毫无理智可言。"

达希尔是个"自由的精灵"，夏天放假时和他外婆在牙买加享受阳光、大海和自然……

"好吧。就算达希尔有点，嗯，令人讨厌。需要被教训一顿。这是非常公平的。但你不必一哄而上，全体出动呀。你可以挨着个儿问你的同伴，谁自告奋勇？你说，轮到谁了？但是，哦，不。他们六个人一起去夺人的性命！毫无意义，毫无意义。"

"你杀了他吗，莱尔舅舅？"

"又来啦？"

"你杀了他吗？"

"谁？罗里？听好了，德斯蒙德，"他清醒地说，"我为什么要那么做？我认为他对我一钱不值。"

"是啊，一钱不值。"

"他只是个跟你上一个学校的小混混。我是谁呀，流氓？专门欺负男生的人？像头野兽？……不，德斯。我只是跟一帮新朋友修理了他。我没有杀他。我卖了他。"

德斯感觉在《新闻报》或《太阳报》或《每日电讯》上看到了另一幅带有纹理的画面，上面有六张脸，这回都是白人，但此外没一个相同之处（一撮胡子，一个发亮的脑袋，一副无框眼镜）——不，其余没有任何相同之处，除了苍白，模糊不清的眼睛，以及薄嘴唇里永远潜藏的邪恶目的。莱昂内尔说，

"再说一遍。我没有杀他。我卖了他。哦呵。喔——我给了他性感。"

剩下一个人后，德斯凝视着外面讨厌的狗。它们在转着圈子，相互追逐着尾巴，像在斜坡上似的，向旁边倾斜。乔转过身来，它们都用后腿站立，紧紧抱在一起，然后，它们的爪子使劲刨着，寻找支撑点，结果在腰腿、胯部和口鼻部的纠缠中，倒在了地上。杰夫爬了起来，开始呻吟，像哼着一首招呼黄昏来临的挽歌。

此刻，莱昂内尔身穿无袖高领短上衣，头戴棒球帽，堵在了门口。"出去，"他说，"听话，德斯。你想怎么着？他干了我的妈妈。如果你干了我的妈妈，后果会很严重。这是很明显的。来。接住。"

莱昂内尔边走边把一件东西抛在空中。德斯接住了：小小的，胶质的，沉甸甸的。他把手指伸直——那件小装饰物似乎从他掌心里跳了出去。他小心地蹲下身子，把它捡起来。一个金属环，上面沾着干血迹以及一束粉色纤维。原来是罗里的唇环。

那些伤害了他的人，总有一天他们会明白爱的意义，以及当你失去你爱的人后你所感受的痛苦。

我们心里有一个永远解不开的结。一道被遮暗的、从我们的生活中驱逐出去的光。

我们始终没有机会跟达希尔说再见。我们知道他在休息，他是安全的，他在安息。我曾听说，悲伤是我们为爱所付出的代价。

德斯蒙德的脑袋往后仰……那次茜拉摔倒的时候——只是滑了一下，只是在超市地板上滑了一下。她摔倒时肘子和肩胛窝触地，脑袋后仰。但她爬起来时还哈哈大笑。然后，第二天她就没能醒过来。他抚摩她，捏她，摇晃她。他吻她的眼睛。她在呼吸，但她就是醒不过来。

几分钟后，他站起来，用厨房毛巾擦着脸颊、下巴和喉咙，他透过移门往外看。那两条狗：它们湿漉漉的脸，它们的舌头从嘴角伸出来，像被咬掉一半似的，它们的盲眼和惹人注目的鼻子，它们的前腿傻乎乎地分得很开。它们粗哑的叫声。它们没有叫出声来——它们在心里叫着。

滚你的，乔叫道。

滚你的，杰夫叫道。

12

2006 至 2009 年之间，没有发生什么特别意外的事情。

莱昂内尔·阿斯博服了五段刑，收赃物两个月，恶意敲诈两

个月，收赃物两个月，恶意敲诈两个月，收赃物两个月。此外在
2009 年春天，他还难得地因严重扰乱治安 (外加恶意伤害) 受到
起诉并被捕和监禁——但那另当别论。

德斯十七岁时 (其时他找到了与他的良心共存的方法)，莱
昂内尔用福特全顺给他上了驾驶课。德斯暗地里并不理会莱昂内
尔的一般性教导 (不放过任何超车的机会，尽可能使用喇叭，永
远不要在斑马线前面停车，黄灯永远表示可以通行)，省钱参加
考试，记熟了交通规则，在考试那天，表现得十分老到——一
次性通过！……这似乎是他们通常的安排。伪老爸，反父亲。莱
昂内尔说；德斯听归听，做的则是另一套。

在那些年里，格蕾丝·佩珀代因的生活变成一种单调的传
奇：焦虑，体重暴减，心悸，失眠，悒郁，慢性疲劳，骨质疏
松。此外，她老是把东西放错地方。她会把电话放进浴室柜子
里；她的房门钥匙会藏进冰箱的冰冻豌豆荚里。有人每天都去她
那里，几乎无一例外的是德斯，但经常去的还有保罗，时常去的
有约翰，乔治以及斯图亚特 (林戈难得去，莱昂内尔从来不去)。

2008 年夏天，乔被一个特警的射手开枪打死了。在跟辛西
娅 (莱昂内尔不在家) 出去遛弯时，乔在卡克尔广场袭击了一个
女警察骑着的警马。它在清脆的马蹄声中整整被拖了一条迪斯顿
大街，在伦敦环形道上被拖了七英里半，沉甸甸的狗链子在地上
滑行、晃荡。乔死后，杰夫异常痛苦，并且病了。等到莱昂内尔
下一次出狱时，决定重新开始。他以象征性的价钱把杰夫卖给了

马龙的一个兄弟(特洛伊),买了两条纯种的美国斗牛犬——乔尔和乔恩。

　　罗里·奈廷戈尔的案子没有新的进展(同样,官方也没结案)……德斯开始看望罗里的父母,乔伊和欧内斯特;他每过两个星期跟他们一起喝杯茶,为他们跑跑腿;他们说从他的青春活力、他的校服以及他与他们的交往中感到了舒服,而不是痛苦。在探访他们的过程中,他想到了很多事情,最多的是这个:这该是多大的讽刺和悲哀啊——乔伊这个名字①。

　　同时,德斯开始令斯奎尔斯弗里学校为其震惊。2006年他通过了GCSE②考试——获得十一个A!他被"天才培训计划"选中,转送到布利菲尔霍尔。2007年,他在那里参加A级考试——获得四个优秀!他才十六岁。接着,他被安妮女王学院临时录取(他必须通过面试)!伦敦大学的安妮女王学院……他过了很久才把这个消息告诉莱昂内尔。莱昂内尔是非常反对高等教育的。

　　德斯时不时地与伊莱柯特拉见面,又时不时地跟杰德见面,时不时地跟夏奈尔(她是爱尔兰人)见面。努力变得温柔一点,夏奈尔,一个深夜他对她说。温柔,浪漫。继续。你是大胆的。努力变得温柔一点。瞧你想些什么呀。一个星期之后她说,我喜

---

① 乔伊,原文为joy,意为"快乐"。
② GCSE,全称为General Certificate of Secondary Education,意为"普通中等教育证书"。

欢跟你这样，德斯。太浪漫了。温柔，梦幻。我不知道为什么，但这样的性爱真棒。

于是，到了 2008 年，当德斯去安妮女王学院面试时，他遇见了唐·谢林翰，一切都改变了。

一段时间里，一种熟悉的变化似乎已经让莱昂内尔舅舅感到了惊讶。事情是这样的：2008 年小阳春，吉纳·德拉戈跟马龙·维尔克威分手。问题出在马龙嗜赌（传言吉纳在朱佩斯莱恩斯赌场跟一个叫安托瓦尼特——马龙的前女友之一——的赌台管理员大吵了一架）。反正接下来的事情大家都知道了，吉纳看上了莱昂内尔·阿斯博！

现在又怎么样了呢？作为**亲爱的达夫妮**和其他专栏的忠实读者，德斯做好了从中得益的准备。达夫妮会怎么说呢？虽然你的舅舅明显是个发育迟缓的人，等他适应了更多，肯定很快就会神经放松……不是那样的。不，达夫妮，事情不是那样的，他喃喃道（德斯常常在醒来与起床之间这段时间，这样跟达夫妮对话）。

他比以往任何时候都更令人心烦！他变得十分冷酷，专横，但他的双手颤抖，他的眼睛盯着所有的地方。我也不明白吉纳。关起门来，她待他就像他不存在似的，他们从来不抚摸，亲吻或笑。但到了街上，她对他殷勤至极。我有一次看见他们在幽灵酒吧外的长椅上。吉纳坐在他的身上，穿着紧身连衣裙和芭蕾舞短裙，叉开两腿骑在他的大腿上！她在玩什么把戏呢？就个人而言，记住，我不得不说……

个人而言，不得不说的是，德斯被吉纳吸引了。她始终保持着最亢奋的心情，看上去乌黑一团，生动的眼睛，丝一般的脸颊（奇怪的是，她的下巴中央青春痘留下的淡淡的痕迹，反而让她的肤色更漂亮了）。她随时都会一跃而起，来上西西里歌剧中整个一场表演，包括所有的合唱，声部，舞蹈……莱昂内尔则以德斯从未见过的表情看着她的表演。一种虚假的微笑，一种毫无天才可言的虚假微笑：他只是把上嘴唇噘起，露出前牙，如此而已（莱昂内尔的前牙又白又方正，但牙缝很宽，会令你想到万圣节前夕的南瓜灯）。她从来不过夜。他们去她在多伊斯格罗夫的小屋。因为吉纳不单是迪斯顿小姐；她还是城市夫人——有争议的自助洗衣店国王和二手车沙皇杰登·德拉戈的女儿。

吉纳花了很多时间帮助德斯学习意大利语，西班牙语，法语（她还懂巴斯克语——甚至马罗奎因语！）。所以达夫妮，你怎么看？为什么一个能说六门语言的姑娘会围着一个只能说英语的家伙转？加上她又是个著名的性欲狂——而他几乎是个童男！耶洗别[1]在跟约瑟干什么？公主从青蛙身上看到了什么？吉纳在玩什么把戏？

2008 年寒冷的秋天，期中假的一个早晨，他去看望外婆，发现她手里捏着一支圆珠笔，正对着《每日电讯》皱眉头。他鼓励地说，我们又回到填字游戏上了，是吗？

沉寂，她头都没抬就说，一个提示词。我盯着它看了一个星期了。一个提示词。

---

[1] 耶洗别，《圣经·列王纪》中人物，以色列王亚哈之妻，以邪恶淫荡著称。

……但是外婆，有一些比另一些更难。你常常这么说的。得看设计游戏的人。他们都是不一样的。

她把报纸递给他。那个填字游戏不是 Cryptic——而是 Kwik！格蕾丝已经解决的唯一提示词，或至少已经填好的，是纵 22。那个句子是 Garden of—— (4)。在右下角上她写下了，ENED。

即便那个也不完全对。

是啊，不完全对。

……看来我现在变傻了，是吗？

他们四目相对。

德斯。我有时候都不知道我在说什么，这是怎么回事啊？

会过去的，外婆。

……我睁不开眼睛。我闭不上嘴巴。

不，外婆。正好相反。

他觉得他正准备一次在海上的长途航行，一路上，星星会一颗一颗地陨灭。

吉纳·德拉戈为什么要去看莱昂内尔·阿斯博？因为她要伤害和刺激马龙·维尔克威，从而达到与他重归于好的目的。德斯总是想方设法地躲开；但任何人都能看出这是怎么形成的。吉纳的粉色手机，上面的唇印和雪花莲，有着可怕的力量：每一个咂嘴声都有一个警报器的唤醒力量。她会回应说，哦，你不该那么想，或者，滚开，或者干脆用西班牙语说，出去！但有时候她会站起来，哈哈大笑着离开房间，把手机紧贴在喉咙口。德斯的眼睛始终盯着地板……莱昂内尔是否跟马龙谈过，无人得知；但是

什么都没变，什么都没发生，直到 11 月，命运笨拙地以 RSP①
的形式加以干预：莱昂内尔收受了赃物，并因此而被捕。

　　他被判在伦敦西部的沃姆沃德斯克拉布斯服刑两个月。德斯
在节礼日② 去探望他。乘了很长时间的巴士，一路上只看见枯萎
的灌木。莱昂内尔穿着皱巴巴的深蓝色工装，站在监狱快餐店的
柜台前。他们点了餐，端着热巧克力和麦丽素袋子，来到方桌
子前。这些年来，德斯在各个监狱（以及青少年犯教养院和少教
所）探望过他的舅舅，而莱昂内尔，即便服再长的刑期，似乎都
没有什么过多不方便的感觉（监狱是个不错的地方，他常说，在
监狱里你能知道自己身在何处）。但今天，他向前蜷着身子，坐
在铁皮椅子的边上。收受赃物，他不停地悲悲戚戚地说，摇着
头。收受赃物！……德斯不明白为什么这件事本身会这么令人吃
惊，因为莱昂内尔一年总有两三次因为收受赃物而被抓。但是随
着暮色来临（狱警们无声地带着钥匙走近），莱昂内尔说，

　　你知道吗，德斯？他把我弄到这里。马龙。他算计了我！为
了吉纳！

　　德斯离开了他，他那紧张倾斜的后背，一根接一根点上的万
宝路烟……甚至在莱昂内尔重获自由前，《迪斯顿新闻报》就宣布
了杰登·德拉戈先生的大孩子吉纳·玛丽娅与马龙·维尔克威正
式订婚！日子已经定好。将在生灵降临节举行婚礼……

　　随着德斯继续他的旅程，从男孩到男人的旅程，他发现存在

---

① 　RSP 即 received stolen property（收受赃物）。
② 　节礼日，英国及部分英联邦国家的法定假日，在圣诞节后一天。

于他心里的关于他舅舅的各种看法，变得有点难以归类了。比如说，莱昂内尔坐在监狱里，憎恨它就像任何正常和无辜的人一样的憎恨（但理由却截然不同）。或者，再比如，他关于吉纳·德拉戈的背叛的反应里面含有的出人意料的因素。加上疼痛，怒火，羞辱，以及疯狂的复仇念头，其中还藏有一丝不可告人的轻松。

如今事情至少比较简单了。莱昂内尔出狱那天，他向马龙挑战，这种挑战被称作车库之约（赤手空拳，衣服脱到腰际，有付费的观众，没有裁判，没有规则，没有限制），马龙当然接受了——但那是另外一个故事。

十七岁生日那天（2008年1月）德斯举行了他一个人的生日派对。唯一的嘉宾是乔恩和乔尔（它们各自得到一根新鲜的肉骨头）。嗯，它们很难再被称为小狗。行动时它们像是肉弹……他买了两壶强弓苹果啤酒，把些许大麻洒进一支卷烟里。关于他父亲，德斯只知道一点皮毛。艾德温（鉴于德斯总是在想着他）是个特立尼达人，一个五旬节派教会教徒；他戒喝有伤害作用的饮料——至少在早年的时候；不过，与此相悖的是，他从不否认吸食大麻后那种令人神清气爽的作用。于是德斯吮吸着苹果酒，抽着火星闪闪的大麻；他觉得艾德温灵魂附体：潮湿的粗大麻叶的气味，村子山顶上一座巨大的教堂，一轮被轮廓清晰的地平线切割和吞食的丰润的月亮。他知道另一件关于他父亲的事情——他把娃娃们称作青年。德斯还知道艾德温是个温和的人。茜拉说过。

只是稍稍滑了一下，她的双脚在她前面抻了出去，脑袋往后砰的一声，然后又是砰的一声——但她爬起来时还哈哈大笑。他们手挽手回家时，太阳打着细雨，把每一个雨滴都变成了焊锡的焊粒，一道蓝色和紫色杂乱交错的美丽彩虹成为迪斯顿城的屋顶风景……只是稍稍滑了一下。尸检报告说是钝器撞了脑袋，造成硬脑膜血肿。但他心里挥之不去的那个短语是：对脑子的大量伤害。这样说他妈妈，他感到，这是不公平的——因为，这一次只是稍稍滑了一下。

他洗干净杯子，清理了烟灰缸（把狗放了出去），迷迷糊糊地梦见了安妮女王学院（那一首诗，大学中的宇宙），有件事情突然击中了他，就像他妈妈出事那天，雨中突然出现太阳一样：一定要有一个全新的人才能将我完全塑造。一个全新的人。这不会出自内在。我需要的只是……我需要的只是等待。我要等待。

她在哪里呢？

我要等待。

她在一张硬背椅子上，紧挨他坐着。屋子里大约有二十来个年轻人（三十五岁以下），她是在场的唯一做着有意义的事情的人：她在看书（他偷瞄了一眼——《金枝》）……其他人，包括德斯，只是无奈而无聊地等待着，像病人等着医生的招呼。每过十五分钟左右叫到一个名字……他们是在伦敦安妮女王学院一个贴着护墙板的候见室里。一只肥硕的蜜蜂不停地笨拙地啄着窗玻璃，似乎认真地盼着葡萄园会打开，让它进去。它在这里干什么？现在是 2 月初。德斯的脑子里一团浆糊，不知该说什么；他觉得，散热器的竖条片散发着干洗剂辛辣的气味。他擦去上嘴唇的汗珠，两只手同时伸到额头上。

你紧张吗？她说，把头抬起一两英寸，但没有朝上看。我不是泛泛而指，我是说现时现刻。

紧张？他说。我像在生孩子！

哦，别……

这时他看见了她的脸，在她那一头浓密的金发下——阳光和狮子般的金色。她那异样的眼睛，童话般的蓝色，无可挑剔的圆。

你知道吧，她说，今天早晨我的状况糟糕极了。后来我一边准备早茶，一边有了一个想法。我想道：他们想要在我身上看到点什么呢？于是我就彻底冷静下来了。我叫唐。

我叫德斯蒙德。他们握了手。她的声音很高，像唱歌一样，但她的谈吐，她的措辞，让他想到一种他一时还无以名之的类型：难以察觉的掉价。你的想法是什么，唐？

我是突然想到的。嗯，我们都获得过好成绩，对吧。所以他们将从我们身上发现什么呢？这时我突然就想到了。认真的学习态度。就这么简单。我想到了。我相信你也想到了。

是啊，他说。我想到了。

那就好，德斯蒙德。

她耸耸肩，或者是抖了一下；她的身体一声叹息，重新成了一直线。他看着她过马路，穿过未来很多条路中的一条，衣着相当与众不同，牛仔裤的裤腿塞在高达膝盖的长筒靴里，紧身上衣——穿过马路，步子有力地走向安全岛，然后从那里下去，继续向前……他感受到一种万有引力似的欲望，就在那时（他血脉舒缓，改变），伸手去抚摸她。但结果却是，他向她送上了最为纯净的笑脸。

德斯蒙德·佩珀代因，一个声音说。

这么看来最先轮到的是他，二十分钟后，他出来时，他们都垂着脑袋，彼此皱眉蹙眼……

唐·谢林翰，一个声音说（跟前面那个声音不同）。

她在收拾东西时，他说，"我会等你。如果你喜欢的话。我会等着，然后我们一起去喝茶。"

"哦，我很想喝一杯，"她叫道，"我需要喝一杯！"

他看着她走开。他迟疑着，然后说，"……我会等你的！"

欧内斯特的悒郁症更重了，奈廷戈尔夫妇只好搬到乔伊在赫尔的母亲家里去住。德斯在云雾网上查到了赫尔，它的姐妹城市叫格里姆斯比。晚上吹来的迷雾充满了鱼腥味。

德斯觉得现在是时候处理掉罗里的唇环了。但它还留在原来的地方。他打开书桌抽斗：封口的白色信封上面有个环形的压痕，信封底部有点儿沉，透着不祥。

2006 年 9 月，尽管当局作了大量的研究，最终还是导致见不到头的交通堵塞，让西迪斯顿彻底瘫痪——从西勒里环路一直堵到马伦西隧道——整整堵了五天五夜（直到皇家空军部队派出几百台吊车，状况才有所缓解）。2007 年 4 月，当地学校爆发了多少年未见的学生（都为病态肥胖）营养缺乏症（陪拉格拉病[①]，脚气病，佝偻病）。2008 年 10 月，斯顿明切伊一场九英亩大火

————————

① 陪拉格拉病，即烟酸缺乏症。

烧了整整一周，给那里蒙上一层半透明的烟雾，就像一条巨龙蜕皮似的（据说从空中看下去非常漂亮）。

这些年的冬天格外寒冷。

第二部

谁把狗放了进来？恐怕这将是个
问题。谁把狗放了进来？
谁把狗放了进来——谁？谁？

2009 莱昂内尔·阿斯博，彩票傻瓜

1

就在他打扫畜舍——也就是说在他把那个没有喷口的便壶交给戴着围兜的勤杂工时——莱昂内尔·阿斯博听说了自己中了将近一亿四千万英镑大奖的消息。

"呀，你真有点运气。显而易见。不知道为什么，"警官菲普斯说（他是个不错的家伙），"长官有话跟你说。他会派人来找你。"

"谁？"

"长官。你知道的，你的爱之光①。典狱长。爱。这是合辙押韵的俚语。"②

"……耶稣啊，你得去看看你的脑子了，真的。合辙押韵的俚语都是狗屁。"

菲普斯警官继续执行他的任务。"照他的说法，你有那么点儿好运。不过他的话向来是不靠谱的。"

"是吗？那这是怎么回事？"

"他会派人来找你。"

莱昂内尔转向他的狱友，彼得·纽，说道，"撤诉。看样子他们找到了理由，撤诉了。"

---

① 你的爱之光，原文为 light of your love，其中 light 与前文的"长官"原文为同一个词。

② "典狱长"的原文为 guv（governor 的缩略讹误变体）。"爱"的原文为 love。英文中为同韵字。

"是的，莱昂内尔。很可能是。"

斯托尔沃特是个拘留所——拘押的是些等待审判或判刑的人——被收押者受到的指控五花八门。因为没有支付赡养费，因为连环强奸，因为拥有大麻，因为刀砍一家六口。

"嗯，但愿如此，"彼得·纽说。

彼得·纽因为养了一条肥胖的狗而被拘押。

因为有一条肥胖的狗而被拘押？莱昂内尔进来第一天时说。

我知道，纽说。听上去很荒唐。是的，嗯。十二次训诫，五次最后警告。来自社会福利机构。

纽的巴吉度猎犬廷克贝尔重达一百九十六磅。它只会睡和吃；它总是四仰八叉地躺在地席上。

它，廷克贝尔，一定得有人帮着才能翻身，明白吗。或者你会试着帮它翻身。它还会发火。它会狂吠滥叫。于是邻居们就……

莱昂内尔说，你既然让一条狗落入那样的状态，那你还养它干吗呢？你应该让它，呃，适当地控制食物。

纽谦卑地耸耸肩，一瘸一拐地回到他的铺位上。他的左脚上打着石膏：彼得·纽在看电视的时候扭了韧带。十一个小时保持一个姿势，当他准备站起来时，他说，他听见了喀的一声。

你看电视扭了韧带？

我知道。听上去不太聪明。

你得洗洗你的脑子了，伙计。

嗯，你知道是怎么回事，阿斯博先生。

叫我莱昂内尔。

这是 6 月。

彼得·纽因为养了条肥胖的狗而被拘押。

莱昂内尔是为什么被拘押的呢，跟四个佩珀代因，十一个维尔克威，二十七个德拉戈（包括吉纳）一起？

为什么他们都在拘留所里呢？拘留所里有镀锌的餐盘，铁推车，温驯的蜘蛛，颜色像牛肉汁的砖结构建筑。

啊，不过要回答这个问题，我们必须回到当时——回到 5 月，回到生灵降临节。

2

"这是个家庭聚会，同时也是场婚礼。你知道，唐妮，我要换学科。德语我是学不下去了。"

"……德斯，在这个聚会的场合，他们都要烂醉如泥吗？"

"不，"他有点愤怒地说，"哼。嗯……不。不完全是这样。保罗舅舅就清醒得很。斯图亚特舅舅就清醒得很。不过，是啊。我想他们都忙着这样或那样。男人嘛。他们不是干点这个就得干点那个。"

"跟马龙的纠葛呢？"

"解决了。我跟你说过。莱尔舅舅是男傧相。他是男傧相。"

"来吧，"她说，"亲一个。"

德斯快十八岁半了；他站起来超过了六英尺；他的脸变长、变窄了，但他依然有一张笑脸，明亮的眼睛半睁半闭，令人发笑。此刻唐·谢林翰挽着他的胳膊——她颀长的身形穿着一件白印花布裙子，头发如蒲公英一般。

"妈妈说你太瘦了。"

"她说得对。是熬夜的关系。为了拉客人。"

"噢。是好车公司。这都是我的错。"

"没事，唐妮。我们这年纪的人都为钱操心。"

钱当然变得很紧——因为现在莱昂内尔常常不在家。莱昂内尔最近未受羁押，但当他不在家时，德斯就没有每周的十块钱（做所有家务的报酬），没有鸡块或印度咖喱肉，没有肯德基炸鸡。也没有租金（他不得不申请国家补助）。他还得喂乔尔和乔恩：莱昂内尔不在的时候，对于维持他们生活的唯一贡献就是辛西娅偶尔带过来的一点辣酱和几塑料袋的特酿啤酒。更为迫切和神秘的是，唐的信用卡以及跟信用卡绑定的对数式债务。因此，一周六个晚上，从七点到半夜（以及星期日整天），德斯都要为好车公司开小型出租车。好车，他们的招贴上如是说：你喝酒，我们开车……

"我从来不喜欢马龙，"他接着说，"他的绰号叫瑞德·巴特勒①。他很英俊。但这里面有点……那本短篇小说集里有一句话，很能概括他。呃，有一股难以琢磨的、柔滑的邪劲。那就是马龙。"

"他们一向就是这样伟大的搭档，他和莱昂内尔。打小起就是。"

"哦，是啊。他们就像双胞胎。"

"直到吉纳的出现。"

———

① 瑞德·巴特勒，即美国女作家米切尔的长篇小说《乱世佳人》的男主角。

"嗯。然后一切都完了。"

"这是有可能的。"

在国王十字街口，他们由皮卡迪利线换乘了大都市线。他们继续往西，手拉着手，书搁在大腿上。唐在看的是杰西·亨特。德斯在看埃米尔·涂尔干①。

他说，"现代历史。或社会学。犯罪学。"

"你换学科的话，人家要不高兴的，而且很花钱。意味着你得多学一年。"

"不一定。很多人都换的……我受不了德语。"

"德语有什么不好呢？"

"嗯。好吧。在法语里，星期三是 Mercredi。在西班牙语里，是 miercoles。在意大利语里，是 mercoledi。而在德语里，则是 Mittwoch! 就是周中的意思。你称它是什么语言？"

手拉着手。书搁在大腿上。亲吻。文明，德斯·佩珀代因想道。

这将是一场生灵降临节婚礼。人们喜欢在生灵降临节结婚——五朔节花柱，丰富多彩的春天的仪式。生灵降临节：意思就是白色星期天②。今天是生灵降临节前夜。德斯伸展了一下身子，放松肩膀。这天是星期六：意味着唐将跟德斯一起度过晚上。星期天之前不必开出租。

"年轻妇女围着五朔节花柱跳舞，"他说，"那是钢管舞的起

---

① 埃米尔·涂尔干 (1858—1917)，法国犹太裔社会学家。
② 生灵降临节原文为 Whitsun，白色星期天原文为 white Sunday。

源吗？"

"是啊，但如今你可以上这方面的课。这是许可的。"

突然列车驶出了黑漆漆的隧道，呼啸着驶入 5 月正午的阳光中。而天气——空气——如此新鲜，明亮，如此迅疾，忙碌。唐说，

"瞧，德斯。"她指的是梅特罗兰。排列整齐的别墅，合法的后花园，都在突然转向的风中飘动着。"我有一次晚上走过这条路，"她说，"你看看，你想想，那里所有的灯光都代表着什么。一个希望，一种野心……"

车厢渐行渐远，他们的亲吻越来越频繁，持续的时间越来越长……亲爱的达夫妮，他对自己说。事情怎么样了？我，我依然跟一个比我大的女人有关系——我十八岁，她二十！这甚至都算不上关系——还没到那程度！我跟唐在一起十四个月，但我们有点节制——在肉体方面。你看，达夫，唐"还没开窍"。我们想要做好"准备"。我已经准备好了。她说她快要准备好了。这个世界已经不流行前戏。但她的父母是个大问题。她的母亲普瑞纳拉，是个可爱的人，可她父亲霍勒斯，是个相当老——

"德斯？他们为什么打架呀？约在车库里那次。"

"嗯，稍等。听上去有点……瞧，莱尔舅舅认为是马龙告发了他。害他坐牢——不让他接触吉纳。但他何必呢？吉纳跟莱尔舅舅约会，只是为了让马龙吃醋。嗨，这只是莱尔舅舅编造出来的。为了安抚他的自尊心。"

"他的自尊心？这个我可搞不懂。这是犯罪学。"

"为了安抚他的自尊心。在他出狱后可以有个人让他伤害。所以他们就有了车库之约。毫不留情。衣服脱到腰际。有一个付

费的观众。"这肯定像是在戈黛娃夫人夜总会一样——但都是男性。"持续了一个小时。"

"谁赢了？"

"莱尔舅舅。技术胜。他在医院里躺了一个星期。但马龙在医院里躺了一个月。我听到他们在救护车上还吵个没完。"

"有点蠢，是吧？"

"是啊。"

"但现在一切都解决了。"

"也许吧。曾经剑拔弩张，如今握手言和了。"

"言归于好。"

"他们有过一次约会。一开始都很尴尬。然后他们握了手，然后他们拥抱。挺感人的。接下来的事情你都知道了——莱尔舅舅答应做男傧相！"

唐说，"那你干吗这么担心呢？"

"我没担心！"他说，亲了她。"只不过是……言归于好——我不明白莱尔舅舅为什么这么做，这不是他的风格。"

"看外面。哦，德斯，"她说，回亲了他。"德斯，想象一下我们今天结婚。"

"是啊，想象。并坐飞机去马耳他度蜜月。"

"……你知道妈妈给我们的那些蜡烛吗？我们回家后我要做一个农家馅饼。我们来一个烛光晚餐。我们要疯上一把，喝一点儿佐餐酒。"

三点九五镑！他想道。

她目光严峻地又亲了他，亲在了嘴唇上，脸颊上，额头上，眼睛上……"今晚，"她说，"今晚。我准备好了。我准备好了，德斯蒙德，我的爱人。"

他的头搁在她的肩膀上，他喘着气，微笑，闭上了眼睛。

"是啊，正是，亲爱的。打会儿盹吧。正是。躺下。来，躺在我的大腿上。好了。好了。"

他闭上眼睛，很快就被熟悉的情绪和记忆包围，这是他每逢快要睡着时都会出现的——星期天放学他和戴贝雷帽的女孩舌吻的时候，茜拉被撬起的汤罐盖子割伤手的时候（她手指绽开的伤口流着血，露着肉，放在水龙头的冷水下），那次他从乔治舅舅那里偷了五块钱，买了柠檬雪宝，红葡萄酒，跟他身穿粉色娃娃裙、仙女似的外婆一起喝到吐，黏黏的糖，黏黏的饮料，还有他半梦半醒的世界里的老爷，一个戴着风帽的人影儿（总是比预期的大一号，更宽，更深），还有那些喘气的狗……

"醒醒，醒醒，德斯。终点站到了！"

"我们到了吗？"他笔直地坐了起来，双手指关节揉着眼睛。

"是谁迈出的第一步？"唐问道，在她的草袋里翻找着。"莱昂内尔接触过马龙吗？还是反过来？"

"哦，小道消息。"他站起来，拉直了领带。"林戈。林舅舅。还有特洛伊。特洛伊·维尔克威。他们是中间人。"

"但是你说过，林戈讨厌马龙。"

"是啊。他是讨厌马龙。特洛伊也讨厌他。"

"……哦，德斯，这没事吧？"

"当然没事。这可是婚礼。莱尔舅舅一直在准备他的发言呢。男傧相的发言。你知道的。赞美辞。"

3

　　很容易就找到——帝国宫，建造在公路旁边的一家宾馆，占地面积庞大，楼层很低，前面是一长条草坪和一个逼仄的停车场。门童穿得像公告传报员，引导着旅客穿过门廊，走过必富达酒吧，进入L形前厅，这里已经可以听到人声鼎沸，就像校园里的那种喧闹声，只不过音区要低一点——女低音，男中音，节日般和谐。春天，恋人的团聚，聚会狂欢……对于所有在场者的种种瑕疵给予适当的容忍，这一面声音之墙就是爱之墙。

　　唐立刻匆忙进到女盥洗室，德斯立刻碰上一个穿着奶油色夹克的侍者，端着个银托盘：普罗塞柯^①！泡泡在他鼻子里嗞嗞响，围着他的脑子追逐、纷拥，他啜了第二口酒之后，已经感觉到巨大的幸福和骄傲。唐来到他身边，他们一起穿过高大的门廊往前走。

　　而今，德斯以前从没进过一家旅馆，而这家旅馆也许给它自己布置了纵容他的各种感官的任务，让他有点被吓到了——不时地点头微笑的侍者，无穷无尽的点心，绵软的音乐，靠墙排列的软垫椅子，厚人造丝挂毯，微微闪烁的塑料烛架，合适的尼龙地毯（橙色的，带点吸引人的黄色），四周穿着最好的生灵降临节服装、活色生香的宾客。

　　"他们还不错，唐妮，"他说，伸手去拿第二杯酒。"我觉得他

---

　　① 普罗塞柯，一种意大利起泡葡萄酒。

们挺好的。他们能行。瞧他们。"

聚集在高大的舞厅里的九十多个人里，最令人尊敬的，恐怕得数"骗子"布里安·菲茨威廉（约翰舅舅的岳父），他结实的脑袋上顶着一头长柄大镰刀似的雪白头发，跟他在一起的是他贵妇人似的妻子，明妮，敏捷地拄着她的黑色拐杖。声望居次的是杰登·"一英里"·德拉戈，新娘的父亲，腰围肥大得难以走动，跟他在一起的是他现在的伴侣，年纪比他小一半的布立特，穿着迷你裙，丰满的胸脯上长着雀斑。宾客中还有"乞丐"丹尼斯·维尔克威，以及摩西·维尔克威太太（娘家姓佩珀代因），她的妹妹格蕾丝，扶着助行架，戴着发网还有……

"你看上去很可爱，亲爱的。可爱。是吗，德斯？"

"是啊，她是挺可爱的。呃，那是什么，外婆？橘子汁吗？"

"不。是巴克鸡尾酒！"

"普罗塞柯起泡酒，啊哟！天哪，所有这一切。肯定得花老多——"

"哎哟，"外婆说，转过身去。"夏天来了。我看得出来。他的眼睛里有那样的神色。"

莱昂内尔·阿斯博顺利挤过拥挤的人群，拍拍这人的背，握握那人的手，拥抱了约翰舅舅，保罗舅舅，乔治舅舅，林戈舅舅以及斯图亚特舅舅，跟马龙的兄弟们击击掌：查尔顿，罗德，尤尔，伯特，特洛伊，以及洛克，郑重其事地向吉纳数不清的兄弟姐妹鞠躬致意，自我介绍（朝德杨、夏克拉、纳姆鲁、阿里亚、瓦萨罗、亚斯明、奥瑞斯特、小富扎璐等等鞠躬致意）……德斯心想：这可能吗？莱昂内尔·阿斯博，这个极端的反社会者，在一定的环境里就成了社会的一分子，这可能吗？

唐说，"瞧那里，德斯。哦，瞧，好时髦啊。"

一支弦乐队出现在舞台上，乐队成员都穿着背心，他们像一个人似的站立起来，开始演奏《教父》的主题音乐。是的，在仪式之后会有舞会，然后是传统的马耳他菜肴为主的盛宴，有菊芋心，豆荚荷兰芹，蔬菜杂烩，乳清干酪馅饼，牛乳糖等等。但眼下的小吃都是清一色英国式的——正宗的小酒店食物——德斯说，

"你最好先吃饱了再说，唐妮。那种外国垃圾食物你不会喜欢的。霍勒斯不会喜欢。给，来个汉堡包。"

"哦，拿开……你笑什么呀？"

"我只是在想，我在想今天晚上。"

"嗯，我也是！"

他们亲吻。

"哇！"

他来了（穿着他那一身好衣服，白衬衫，细如绳子的蓝领带），梳洗得干干净净，胡子也刮了，肉嘟嘟的手里拿着一罐难以打开的蛇王啤酒。

"莱昂内尔，能问你个问题吗？"

"当然可以，姑娘，"他说，从桌上凑过身去。他用叉子叉了一块香料醋汁鲱鱼卷，又用急吼吼的手指去拿一口一块的两块肉馅饼。

"为什么德拉戈先生被称作'一英里'？"

他嘎吱嘎吱嚼着满口的腌洋葱头，解释说，杰登·德拉戈的汽车非常便宜；但是最多只能开到"一英里"就会抛锚。

"对不起——但他的生意还怎么做得下去呢？"

"哦，你要知道，唐，一英里是个，呃，夸张的说法。五英里比较靠谱。或者甚至是十英里，"他一边嚼着苏格兰辣味煮蛋一边说，"我曾从他那里买过一辆。如果你能开着它从城里穿过，那就值了。就像一辆出租车。"

"你的发言，莱尔舅舅。你说要给我口述一遍的。可一直都没说。"

莱昂内尔头往后一仰，吞下一捧盐醋味薯片，把掌心擦干净，然后用指关节狠狠敲了一下额头。"都在这里了，孩子。都在这里了……这个早晨的漂亮的仪式。不，那是，"他接着说，看上去茫然，沉思。"这些捧着花的小伴娘。彩色玻璃……吉纳。吉纳，她在花园里把我拉到一边。一身的白，头发上扎着白色的丝带。她说，莱昂内尔？谢谢你，莱昂内尔，她说，谢谢你给我带来我生命中最完美的一天。她的笑容像一道小小的阳光。我跟你说，它温暖了我的心。它温暖了我的心。"

弦乐队撤走了。在一片喝彩声中，以及随之而来的咯咯的笑声中，新郎，新娘以及男傧相踏上了低矮的舞台。莱昂内尔和马龙相互拥抱，莱昂内尔和吉纳拥抱，鉴于她踌躇再三并往后又往旁边退了一步，他便亲吻了她的手（优雅的接触）。

接着莱昂内尔·阿斯博开始讲话。

"你们都能听见我的话吗，朋友们？"一阵喃喃声表示肯定。"……马尔和我？我能跟你们说些什么呢。我们一向就是最好的朋友，"他尖刻地说（似乎是要给任何有疑义的人一个下马威），"自从我们还是娃娃的时候起，"女人们发出轻微的咯咯声。"有时候，为了好玩，我们的妈妈轮流给我们喂奶。是吗，格蕾丝。有没有呀，摩西姨妈。我们就是这么亲密，我和马尔——他总是那个叼下一个奶头的家伙。"更多母亲的欢笑声。"日子就这么一天天过去。当我们不再为争夺下一瓶奶而打架时，嗯，我们就开始做出正常小男孩的样子了。没错。我们是混蛋。没有别的词可以形容。我们是十足的混蛋。如果各位愿意，也可以称我们是无赖。"

德斯想道，莱尔舅舅他找到了一种风格。或许有那么点小毛病，但他找到了一种风格。唐双臂抱胸，专注地看着他。

"从日托所逃学，爬太平梯看成人电影。"男人们哄堂大笑。"摁所有邻居家的门铃，朝他们竖中指。当时才两岁。"女宾客哈哈大笑。"我们有一项专长，我和马尔。那是从一个篝火之夜①开始的，当时我们三岁，但很快我们就整年都做这样的事情了。你在一辆漂亮的小汽车附近要留心一大堆湿漉漉的狗屎。你会把一枚大樱桃爆竹埋进黏土，点燃引信，然后跑到街角。"场子里响起表示不满的啧啧声。"嘭！你回到现场，油漆上沾满黏土，每一英寸都是。漂亮。过路人，呃，不太喜欢。"更多表示不满的啧啧声。

"偷三轮车，然后是自行车，接着是机器脚踏车，再后来是小型摩托车。这就是你成长的过程。然后是正规的摩托车，然后是货运车，然后是卡车。我不瞒各位，为了谁来操纵车子，我们偶尔会打架。瞧，我们才六七岁的时候就开始操纵车子了。"一

---

① 篝火之夜，即每年的 11 月 15 日，1605 年，有个叫盖伊·福克斯的天主教徒，试图用炸药炸死詹姆斯一世国王，盖伊于 11 月 15 日被处死，从此每年这天被称为盖伊·福克斯日，晚上民众则点燃篝火以示庆祝。

阵表示羡慕的喃喃声。"所以我们一个人踩踏板，另一个坐在他的胸口上掌握方向。如果你是在上面的，你就负责刹车或动力。而如果你是在底下的，如果那是一辆厢式家具运输车，而马尔老是动力，动力，动力，动力，动力，嗯，那你只要闭上眼睛，往最好的方面去想就行。"

他打动了他们。一张张脸上泪光晶莹。等这一段过后，德斯想道，我要请格蕾丝外婆跳个舞。只是在舞池边上轻轻跳上几步，如果她有精力的话。

"然后，嗯，就到了青春期。商店扒窃，信用卡，背后袭击，砸抢橱窗。在学校里——停学，开除，被学生推荐单位除名。少年法庭，少年拘留所，地处偏僻的少教所。然后就到了成年。对我来说就意味着监狱。"有人克制地哼了一声，有人发出了大笑。"马尔手脚灵活，我则是头脑固执。我不喜欢学习。对我来说，对我来说这是一条原则。绝不学习。

"所以嘛。我们要创造我们的生涯。我感兴趣的是收账——各位知道，就是倒卖——是债务工作。马龙天生是个拼命往上爬的人。B and E①。或者说是著名的破门盗车贼。不过他是挺有用的。所以他被称作漂浮者②。马尔，他可以在大白天洗劫一个兵营，谁都不会有任何察觉。多大的天才啊。多有天赋啊。所以他有他的上进心，我收我的账。再加上，各位知道，呃，总是会有一点这个，那个，等等等等。

"好吧，好吧。我们在做的事情，呃，严格说来是违背法律

① B and E，即 breaking and entering，(非法) 破门而入。
② 漂浮者，指到处钻营，挑拨离间，泄漏消息的人。

的。但我们不道歉，马尔和我。"全场鸦雀无声，表现出强烈的兴趣。"为什么？因为法律保护的是富人的钱。"一阵热烈的喃喃声，表示首肯。"没有一个配得上人的称号的人会对此屈服。"一阵长时间的暴风雨般的掌声。

莱昂内尔举起双手，低下头，让大家安静。"当然啦，一路过来，少不了女人。美女，美女，美女。耶稣啊，这儿的这位瑞德·巴特勒，高大，黝黑，英俊，带着可爱的伤疤，就像踏进奥林匹克赛场似的。什么项目？性交！"勉强的嬉笑声。"比如一天能干多少回。或者一个小时。他的卧室——他给卧室安装了一扇旋转门！"由衷的大笑。"要说我嘛，以我丑陋的嘴脸，我只是拿着他的外套，温暖他的屁股，"男人们压抑的笑声。"对不起，女士们。我是说他的套套——他的，呃，计划生育。"女人们压抑的笑声。"嗯，我不想那么麻烦。但是他呢？他的那些阴毛？他用阴毛来设计他的发型。这就是漂浮者。这就是马龙·维尔克威。"

莱昂内尔半转过身子。新娘正似娇似嗔地朝新郎微笑；马龙潮湿的眼睛闭着，肩膀在颤抖。德斯也半转身子，注意到林戈从高大的双开门溜了出去。

"如今我一直在想，马尔？马龙·维尔克威？他不是个适合结婚的人。马尔？没有危险。娘娘腔的男人。不妨说，是个坚定的鳏夫……啊，但随后他倒在了符咒的魔力之下……倒在了华丽的吉纳的魅力之下。"欢呼声，叫好声，刺耳的口哨声。"吉纳·德拉戈。看着她。像瀑布上的落日一样美丽。是的，今晚迪斯顿的酒馆里会弥漫沮丧的气氛。随着吉纳·德拉戈这颗庄园明珠泯然众人，她现在成了吉纳·维尔克威。"

　　莱昂内尔郑重地拍起手来，全场跟着一起鼓掌。掌声持续了一分半钟。

　　"关于所谓的车库之约有很多议论。"一阵表示肯定的喃喃声。"其实根本说明不了什么。瞧，我们老是打架的。婴儿的时候，蹒跚学步的时候，幼儿的时候，青年时候，成年之后——老是打架。长时间的打架，认真的打架。为什么？出于尊重。为了让我们保持诚实。是啊，我们打架，马尔和我。嗯，"他说，带着相对温和的嘲笑，"没人比我们更能打。"众人恭敬地清着喉咙。

　　"我的话扯得太远了。不再废话——让庆典开始吧！……哦，对了。趁我没忘。朋友们，各位知道，半小时前我碰巧踏上一楼。楼梯上有，呃，一排酒店员工。他们不是穿着奶油色夹克的年轻英俊的侍者。不，他们穿的是厨师的圆领衫。是从锅炉房和垃圾堆里出来的可怕的老家伙们。苍蝇绕着他们的头顶嗡嗡叫。他们都在解裤腰带。"全场寂静。莱昂内尔皱起眉头。"我说，出什么事了，先生们？其中一个指着走廊。我看到了什么？吉纳。"异常寂静。"她那操蛋的新娘礼服往上围在腰际，她那操蛋的短衬裤往下褪到小腿上，她那又肥又大的屁股翘在空中，她的——！"

　　……所以，不。不，那个晚上，马龙和吉纳没有在马耳他戈佐岛上他们租来的别墅泳池旁的游廊里喝格干提娜①，吃蜗牛。

　　不，德斯蒙德和唐那个晚上没有在阿瓦隆大楼的三十三楼，就着烛光喝餐前酒，吃乡村馅饼。

---

　　① 格干提娜，产于马耳他的一种白葡萄酒。

不。在场的每一个人，所有的人，甚至是伴娘们，甚至是外婆们，都是在梅特罗兰警署里（以及医务室）里度过的，罪名是涉嫌刑事损害和公共场所闹事。

帝国宫的修复费用将达到六十五万英镑。

唐在第二天早晨被释放，德斯是第二天下午。他们被明确告知，将在法庭作证。四天后，唐的身体不再颤抖。

德斯记得他最后一次瞥见帝国宫（他撞上了警车的后窗，脸上流了血）。他看见一个招牌，写着吃，喝，睡。标准房间，合理价格。他看见了扎着白色缎带的奥斯汀公主①，被砸开花的风挡，砖块还躺在它的引擎罩上——这是林戈为圣灵降临节婚礼做的贡献。

4

下午两点，菲普斯警官来提他。

"祝好运，莱昂内尔，"彼得·纽在他的铺位上说。

阿斯博自由地顺着石头走廊走去。他被领上四段梯级，然后经过一个门厅，那里弥漫着呕吐物和碳酸的令人振作的强烈气味，然后走进一条滴水拱顶的柱廊。典狱长办公室的门大开着。

沃尔夫典狱长瘦小，秃顶，眉毛鬈曲，额头凸出，他开口说话时，干巴巴的，一点不像有什么好消息的样子，

———————

① 奥斯汀公主，一车牌名。

"啊，他来了。这位值得尊敬的阿斯博先生……我猜你肯定在使劲研究它，是吧，莱昂内尔。月复一月。害得你脑袋疼。你的舌头从嘴角耷拉出来。研究彩票。"

"彩票？我当然没有研究。以为我傻啊？这是怎么回事？"

"怎么回事？"

莱昂内尔隐约记得，他只是偷过一次赠券，给某个惯犯添了点小小的麻烦（反正那都是一派胡言）。他站在那里，双手插在口袋里。沃尔夫典狱长——他早已不再试图让莱昂内尔称他为长官——又说，

"怎么回事？"

莱昂内尔叹了口气说，"好吧。你让我来这里，因为我赢了十五块钱。要是你问我的话，我会说，彩票是个赔本的买卖。"

沃尔夫典狱长把铅笔扔在桌子上，说，"好吧。我觉得这说明上帝是有幽默感的。"

莱昂内尔警觉起来。

"比十五英镑可要多，阿斯博。这可是个天文数字啊。"

莱昂内尔像个士兵似的，从稍息的姿势转为立正。

"大到什么程度？长官？"

因为早些时候的一次违法行为，莱昂内尔被限制在囚室里。但是第二天早晨彼得·纽被送到医务室去做理疗，回来时他说，

"你上了《太阳报》头版了。"

莱昂内尔正躺在那里检查指甲。他说，"什么标题？"

"莱昂内尔·阿斯博，彩票傻瓜。"

"有照片吗？"

"你在老贝利法庭外面，被带走并伸中指。"

莱昂内尔只是耸耸肩膀，纽大着胆子往下说，

"当时没有一个方框让你打钩的吗，莱昂内尔？你应该打钩的。不管是要求保密还是怎么的。现在你再也别想有一分钟的安宁了。"

"我才不费心呢。公众打扰不了我。我能掌控……你知道的，彼得，滑稽的是，我这辈子从没玩过彩票！要是你问我的话，我会说，这是操蛋的赔本买卖。"

那天下午，莱昂内尔接待了一个官方客人：达伦·马洪，由法律援助机构为他指派的律师。他们坐在食堂里的一张桌子旁，达伦带着手提包和矿泉水，莱昂内尔穿着海军套衫，喝咖啡，吃黑三角巧克力。

"事情很简单，"律师说，"支付民事诉讼费，他们就会以较轻的罪名起诉。比如说醉酒或妨害治安。付一笔罚金外加一份保证。你就能出去了。"

"什么？全都由我出吗？"

"是啊，别人谁也没钱。德拉戈先生愿意稍微出一点。我是说，吉纳还在里面。更别提"——她掏出记事本——"德杨，纳姆鲁，奥瑞斯特以及瓦萨罗。还有所有的舅舅和表兄弟们。"

莱昂内尔露出充满柔情的表情。帝国宫的事情发生之后，吉纳肯定是惹人注目的。她一只手拿着一根椅子腿，一只手拿着半把小提琴。"吉纳，她是个勇敢的姑娘……听着。我准备付我的那部分。我已经算好了。八千。就这些。"

"莱昂内尔。你是个一百四十多倍的百万富翁。"

"是啊，但是最多七十万。"

"九十万。得加上主顾的流失。"

"耶稣啊。有些人……"

"莱昂内尔，你的财务状况变了。这点儿都付不起吗？"

"等一下。如果我出钱，马龙就能解脱吗？"

"马龙就能解脱。还有……还有查尔顿，罗德，尤尔，伯特，特洛伊以及洛克。"

"可是我不能接受。事情是马龙惹起的。现在他倒能解脱？用我辛苦挣的钱……我的成功让马龙借光？做你的白日梦吧，达伦。"

"你们都能解脱。约翰，保罗，乔治，还有斯图亚特。第二天再决定吧。待在你的囚室里。"

"我会的。"

"第二天早晨，在你和你的狱友去打扫畜舍的时候，"她说，"你会改变想法的。"

"我会的。你说的这个顾问在哪里呢？"

达伦朝警卫做了个走近点的手势，警卫走开去，稍后又回来，带来一个皮肤晒得黝黑、四十来岁、穿条子衣服的人。

"莱昂内尔·阿斯博吗？我是杰克·费斯－赫瑟林顿。"

"对不起，达伦，你可以回避一下吗？我们要稍微聊一聊。关于现金流。以及，呃，我的投资项目。"

德斯在厨房里，乔恩在他大腿上。唐坐在对面，乔尔在她大腿上。当天的《太阳报》在他们中间，翻开在第四第五版：用正方形号做引导的方式回顾莱昂内尔的整个生涯，配有更多的照片，包括两张三岁时的大头照（正面的脸和侧影）。唐说，

"林又来电话了。他坐立不安。他说，你觉得他会出多少钱？我应该要多少？"

"要多少？跟莱昂内尔要钱？林戈犯傻呢吧。你永远别想跟莱尔舅舅要钱。他从小起就那样。你跟他要钱，他会揍扁你的脸。"

"……哦，可鄙的马斯塔德先生。而你还说你爱他。他是个十分可怕的家伙。你居然还爱他。"

"唐，他比你知道的还要坏。但我就是爱他。就像你跟霍勒斯一样。他也是个非常可怕的家伙——可你照样爱他。你也没有办法。"

"是啊，我倒是希望我能有办法。有办法不爱他。"

"往光明的一面看。乔利斯大道上再也不会有血淋淋的晚餐了。"

霍勒斯·谢林翰？

这与隐私毫无关系，德斯蒙德，他坐下来，面前放着亨氏西红柿汤（跟着无疑会是鸟眼牌炸鱼条），随即就以其特别的口气往下说，但是你看，你和唐，你们俩的脑子不一样。

哦，行了，老爸，他女儿嘀咕道。

拜托了，亲爱的，别说了，他妻子呻吟道。

怎么个不一样，谢林翰先生？

而霍勒斯，一个失业的交通监督员（在迪斯顿——那里的交通监督员都是不为人知的），将会耐心地接着往下说。嗯。你的脑子比较小，形状也不一样。而她的则很正常，你的更接近于一个首席主教。跟隐私无关，孩子……哦，我明白了。我甚至无法陈述一个科学事实。在我自己的家里。

霍勒斯的家是乔利斯大道上一个低矮的公寓小套间，底下是一个电器商店。在这件事过去几个月后，德斯说，

你的脑子怎么样，谢林翰先生？你的脑子也比我大吗？

那当然。这是明摆着的。所以你才有这么张娃娃脸。

霍勒斯的脸是暗红色的，带着病态的歪斜，一张甲壳似的脸（鼻子和下巴像爪子），细小的黑眼睛。

你看，唐，他跟你和我都不一样。

你跟我，德斯说。

你说什么？

你跟我。你不会说，他跟我不一样，是吧？[①]

那当然。但你跟我（you and me）是粗鲁的。

那不是粗鲁。那才是正确的。你的法语怎么样，谢林翰先生？

我的法语？

对。你的法语怎么样？[②] 你的意大利语怎么样？你会说西班牙语吗？[③]

他想要干什么？别再胡说八道了，德斯蒙德我的孩子……那好吧，谢谢你。真的非常感谢。我的晚饭给毁了。

所以在经过了梅特罗兰那件事之后，一切都非常简单了。德斯没有目睹最高潮的一幕——骨瘦如柴的霍勒斯气喘吁吁，咳嗽连连，把一大捧一大捧唐的衣物和书从一楼窗子扔出去时，摔倒

---

① 你跟我，他跟我不一样，正确的英语语法应为：you and me, he is different from me。但是霍勒斯都把其中的宾格 me 说成了主格 I。
② 原文为法语。
③ 原文为西班牙语。

了，普瑞纳拉·谢林翰跪在地上抽泣……

滚！我跟你断绝关系，我的姑娘。去跟你的黑男人过吧。去坐牢吧！你们两个都属于那里。去吧。滚你的。滚出去！

德斯啜着茶，说，"现在他对我会客气一点了。现在家里有了个百万富翁。"

"说真的，德斯。我们得到了自尊，我们不用卑躬屈膝。但说真的。他应该给你点什么。要不是你，他一个子儿也别想赢！……看这个。不错。他可以保留一亿三千九百万。他可以保留九十九万九千。但那九百九十九点五英镑呢！……这是正当的，德斯，毕竟数字是你填的。"

这是千真万确的。一个来月前，在他的一次探监过程中，莱昂内尔说，给我们拿着这个，德斯。什么乱七八糟的。我都签了名了。而德斯，看着那东西说，这是新的，莱尔舅舅。你得填上数字，把它寄走。经过片刻对峙后，莱昂内尔说，好吧，你自己填吧，德斯。呀，不，不能弄脏我的手。你来填吧。要是你问我的话，我得说，彩票是他妈的赔本的买卖。

"嗯，你一点都不了解莱尔舅舅。我到现在还没得到他的欢心呢。"

"到底为什么？"

"你别说到底了，只要说什么①就行。这就跟 while 和 whilst

---

① 上句"到底为什么"原文为 whatever for，是强调的说法，如果去掉 ever，则成为 what for，意思差不多。所以有下句的 while 和 whilst，都是"一会儿"的意思。

一样。对不起。"

"不。不，德斯，接着说。"

"……他不喜欢我在法庭上的陈述。"

"你的陈述比他的陈述好。我郑重宣誓，以……"

"你不懂罪犯的心思，唐妮……还有别的事。那些狗。"

"嗯，那些狗。"

"唐，别在意钱。钱是……我们不该想着那些钱。只能这么看。我们额外得到了一个完整的房间。"

"我们可以租房的！"

"……不。不。我们可以把它布置成我们两个人的好书房。像图书馆一样。"

"是啊……想钱是不对的。"

"有朝一日，唐妮——也许弄成个育儿室什么的。"

"哦，德斯。你说什么是什么。"

"一个额外的完整的房间。他现在用不着了。他不会回到这里来了。会吗？"

5

为此痛苦了两个星期之后（在跟彼得·纽严肃地讨论了好几次之后），莱昂内尔最终承担了八十八万五千（杰登·德拉戈补上了余额）。随后的进程就流畅了。

6月下旬，那个可怕的信封（透明纸窗，暗褐色，怀有恶意的小尺寸）由二级邮局寄来。德斯从没见过他的舅舅笔下写出过这么长的信（**牛奶**和**手纸**还有**辣椒酱**——这是他所习惯的事情）。莱昂内尔的信用的是不带标点的大写，像没有句号的电报一样。德斯和唐在去安妮女王学院的公车上又把信看了一遍：

> 德斯七月二日星期六十二点半来北门带上我的免下车快餐店执照我的出生证明我的黑色手机我的电脑（后面四个字被划掉了）还有我的房间里放着狗的纯种系谱所以那个星期六不能归你告诉辛菲娅我很好莱昂内尔

"耶稣啊，"德斯说，"他这是存心让我上火啊。辛菲娅！他干吗不把莱昂内尔签成莱永奴呢？"

"他这是在开玩笑。辛菲娅。"

"辛菲娅。你知道辛菲娅的母亲以及——基督啊，知道辛西娅的母亲和父亲都叫她辛菲娅吗？真让人惊讶。你给你女儿取了个七个字母的名字。而你只发四个字母的音！"

"他们发不出来么，"唐说，"但我打赌他们可以拼写出来！"

"他唯一对的地方就是那个 a ！电脑——瞧那个带喉音的句号①。他真是在开玩笑。"

但这封信营造了一种氛围：莱昂内尔讨厌写这封信，那些字儿本身也讨厌被写出来。甚至那信纸也讨厌钢笔。德斯皱了下眉头说，

"我不明白他的意思，唐妮。永远不明白。我是说，只要他

———————

① 上文莱昂内尔的信中有一个 UH，似用来代替句号，其中 H 带喉音。

愿意，他是很聪明的。上次我去看他的时候，他说了一些真正有道理的话。我觉得非常尖锐。"

"往下说。"

"好，在监狱小饭馆里，有这么个家伙。他显然疯了。流着口水，自言自语。莱尔舅舅说那家伙会躲避惩罚。减轻责任。莱尔舅舅说，那全是扯淡，减轻责任。他们请来了那些专家，问他们，被告是否知道他们在做什么，他是否知道他在做的是错的？莱尔舅舅说那全是扯淡。"

"他怎么知道的？"

"嗯，他是对的。警方只有一个问题要问。莱尔说，哦，疯子！对着精神变态者。哦！疯子！要是有个警察看着，你会干那个老太太吗？那疯子摇摇头……莱尔舅舅是对的。要是有个警察看着，你会干吗？这就是问题，别的什么都别在意。我觉得这个非常尖刻。"

"……有个几百块就够意思的了，"唐说，"他甚至都不会注意到。别担心。亲爱的。数字是你填的。莱昂内尔会做出正确的事情。"

"是啊，"德斯说。

7月11日星期六，中午时分，斯托尔沃特监狱北门外，德斯蒙德踌躇不前，他注意到有三十来个记者和摄影人员，电视台人员，一辆白色豪华汽车，有两个人靠在车身上——穿着哔叽制服、戴着鸭舌帽的司机，穿着细条纹裤、戴常礼帽的伦敦城金融商人。星期六没有太阳，且非常潮湿，红砖建筑阴湿得冒汗，看上去像是一所供非常老的老人上学的可怕学校。

十二点半，莱昂内尔从内门准时被押送出来，他穿着进去时穿的衣服——被撕坏的灰色套装，气味难闻、沾着血迹的白衬衫，细长破布似的深蓝色领带。他在写字夹板的一张表格上签了字，警卫则忙着开锁。

在面面俱到地回答莱昂内尔的狱中来信的过程中，德斯提供了以下忠告（当然啦，我不知道，但这似乎是明智的）：努力跟媒体建立起一种欢快（即便这是违背意愿的）而尊重的关系，因为（不管喜欢不喜欢，莱尔舅舅）他们将在你近在眼前的未来生活中扮演一个角色。记住——他们只是在干他们的活。彼此客气一点，如此而已。说到底，这能花费你什么呢？德斯反复想象着他的舅舅，在囚室里皱着眉头，玩味着这些话……

"有几个问题，阿斯博先生！"

"去你妈的，"莱昂内尔猛一耸肩，挤了过去。

"阿斯博先生！你怎么——"

"去你妈的。你知道你在说什么吗？你他妈的就是人渣。来，德斯。躲开这些卑鄙的家伙。来吧，孩子。"

"德斯蒙德！一个问题！"

"去吧，我跟你说了。去你妈的！"

司机打开后门。莱昂内尔停了下来。然后，在照相机闪光灯的喀嚓喀嚓声中，他做出了一系列令人惊讶的世界流行的下流手势：手背朝外的 V 字，中指，小指，无名指，绷紧的五指，大拇指的指甲轻弹上排牙齿；然后他用左手拍打右臂的二头肌——右手的拳头往空中挥击。最后，他弯腰上了汽车，伸手摸着肛门的 V 形豁口，迟迟疑疑地解开衬裤。

"德斯？"他坐定后说，从冰桶里拿出一罐蛇王啤酒。"永远别跟报社的人说话。明白了吗，德斯，他们会歪曲你的话。你说一件事——他们登出来的是另一件事！呃，对不起，呃，费斯-赫瑟林顿先生。"他说的是费夫-赫弗林顿先生。"你好！"

"你好，先生？"

"你不介意吧，是吗？"以一个此生从未用别的交通工具旅行过的人的执拗，莱昂内尔按下一个按钮，一块隔音玻璃慢慢伸向车顶。"跟我外甥说会儿悄悄话。"

"当然不介意，阿斯博先生。"

德斯长吸了一口气后说，"嗯，恭喜你，莱尔舅舅。真像是童话故事。魔术。"

"是啊，明天这一切就将消失。市场消失，把自己掏空，德斯。那些银行对它大泼冷水，现在它们缠住了我们！你能相信什么呢？"

他们往前行驶。过了一会儿，为了打破沉默（这是一种新的沉默），德斯温和地说，"金子。我听说它永远不会贬值。金子。"

"……哦，你听说，是吗。你把东西给我带来了吗？"

"当然。"德斯把塑料袋递给他。

"没有电脑！"

"你把它划掉了，莱尔舅舅。我以为你把它划掉了。"

这时轰鸣着的白色汽车驶到了伦敦环形道。一辆摩托车一会儿跟它平行，一会儿落到了后面，一会儿又平行。一张戴护目镜的脸朝车里张望。

"这是什么？"

"玻璃，上色的，莱尔舅舅。他看不见你。他只是个偷拍者。一个不足挂齿的家伙。"

"我要操他这个不足挂齿的家伙！"

莱昂内尔一只手摇下车窗，另一只手拿起一罐蛇王酒，但没等他把罐子掷出去，德斯叫道——"别！别，莱尔舅舅！他们是在激你呢。别扔！别让他们得逞……"

接下来的两分钟里，莱昂内尔的眼神变得冷静、清澈了。

"你一定得小心啊，莱尔舅舅。要学会体谅。你的身体已经受到震扰。"

"震扰？"震攘？①

"是啊。你的整个生活变了。学会体谅。你是公众人物。拥有一亿四千万身家。"

"哼。呵。倒更像是三千九百万。都被那些吸血鬼给吸走啦。"

"莱尔舅舅，在一两个星期里，你将不是你自己。你一定要冷静。"

"我冷静着呢。"

然后是沉默。新的沉默。

"那现在你要去哪里？"

"潘森大酒店。"潘森说成了潘风。"等我把我的事情处理好之后再说。基督啊，这事还没完没了了。在这个上签名，在那个上签名。签这个，签那个。签这个，签那个。"一时间莱昂内尔把那些繁文缛节咒骂了一通——还有那些贪赃枉法的警察。经过了又一次的沉默后，德斯说，

"唐已经搬进了那个房间。挤在一个房间里有点紧，但我们

---

① "震扰"原文为 shock，指人的神经系统受到的干扰。莱昂内尔说成了"震攘"(shoc-kuh)。

会对付的。没碍着你吧，莱尔舅舅？瞧，她——"

"行了，别跟我说。"莱昂内尔第一次笑了。"别跟我说。他叫什么来着，那个老屁眼？霍勒斯。别跟我说。霍勒斯在关键时刻发现了她在哪里过夜。*如果你踏进我的房门*……这么说她进来了。这事儿你得怪你的莱尔舅舅吧，德斯·佩珀代因。"

圣詹姆斯旁的私家道路被用作通往潘森大酒店宾馆的车道，那里聚集了更多的记者，更多下流的手势，更多经过斟酌的咒骂（加上一时的拳头乱舞）。莱昂内尔从旋转门挤过去——进入中庭古色古香的棚子。他低头跟着费斯-赫瑟林顿走进入住登记室，摇晃着停了下来，喘着粗气，用袖子擦着上嘴唇。他的四周围着一小群一小群油光满面上年纪的人，窃窃私语，团团乱转。

"你要的东西都在你的套间里了，先生。男用化妆品什么的。"

莱昂内尔板着脸点点头。

"提供旅行装备的人，如果你方便的话，他们将在三点钟过来。"

莱昂内尔板着脸点点头。

"今晚你要在我们这儿用餐吗，阿斯博先生？"

"……是啊，姑娘。预订好了的。七点三十分。六人桌。"

"噢，是的。我能看一下你的信用卡吗？"

"当然可以。"莱昂内尔把头往边上一歪。费斯-赫瑟林顿啪地打开旅行包。"给。你请看。"

"明天早上需要报纸吗，先生？"

"好的。来一份《晨雀报》吧。"

"对不起，先生？"

"耶稣啊。《太阳报》吧。"

"祝你入住愉快，先生。"

他们往后退去。

"我刚才在想，阿斯博先生，你——"

"叫我莱昂内尔。杰克。"

"我只是在想，莱昂内尔，你在别的地方会不会更愉快一些。有一个更加——"

"什么意思？"莱昂内尔说，带着突如其来的、非同一般的威吓。"这是什么意思？这里难道不是伦敦最好的宾馆吗？"

"对，是最好的。但稍嫌过时。在斯隆广场附近有家宾馆，是家新开的，叫南部中央，我想你会更加觉得……在家里一样。"

"更觉得在家里一样？更觉得在家里一样？那是市建公寓套间吧，是不是？我对家已经受够了。明白吧？我对他妈的家已经受够了。"

德斯看着莱昂内尔的脸开始肿了起来（他以前就见过这种状况）。他说话的时候脸已经像游艺场的气球那般大小了，嘴上因为摩擦起了泡沫。

"我在潘森大酒店会非常舒适的，非常感谢费斯-赫瑟林顿先生。"

所有的头转了过去——然后耷拉下去……所有的人都等待着这个裂缝，事情的前后顺序上出现的裂纹，能够闭合和治愈。

"嗯，"费斯-赫瑟林顿退后一步，轻声说，"请随时打电话给我，莱昂内尔。"

"叫我先生，杰克。"他猛地一抬下巴，一把抓住领带，把它松开。"你可以走了，德斯。哦，注意听着点。"

"是，莱尔舅舅。"

"我得在这儿住上一两天。呃，德斯蒙德，我很想减轻一下你的经济负担。这是我的承诺。为了我母亲的生活。"他笑着说，"哦，是啊。她怎么样啦，老……？"

"很不好，莱尔舅舅。"

"哼。嗯。我会关心格蕾丝的。一劳永逸地。你走吧，孩子。"

"莱尔舅舅，说真的。那些家伙，"他说，把大拇指朝前庭那里一指，"他们想让你再进去！这是妒忌，莱尔舅舅，就是这样。别让他们得逞。好吗？"

"啊，但你的担心毫无根据。一切都在我掌控之中。"

德斯于是就离开了他，把他留在了潘森大酒店玻璃门的那一边。板寸头上汗珠晶莹。撕破的外衣，沾着血迹的衬衫，蓝色细领带。新的沉默。那双眼睛。

"只是出于兴趣。你老爸真的不待见黑人吗？抑或他生来就那样？"

"嗯，"她谨慎地说，"他有时候倒是絮叨过，说他们毁了他的职业。"

"他的职业？哈——这个理由好！从什么时候起一个停车场管理员……不。那样不好。忘了我说过这话，唐妮。"

她跟乔尔和乔恩一起躺在床上（德斯则穿着开出租时的衣服——旧运动鞋和运动衣）。她喜欢做的是——她会用脚趾夹住狗的耳朵。说那耳朵感觉像丝绸。哼。乔尔和乔恩只要一有机会就会偷偷地、恭敬地舔一下她的脚。

"我有点紧张。因为莱尔舅舅。"

"我才不。再也不。如果他为我们做了什么，那当然好。如果没做。也罢。"

唐一星期工作四个晚上——教外国学生英语。微型出租车呢？德斯最终在意的，是空虚。他不停地问自己：还有什么比干坐在那里盯着红灯更愚蠢的吗？

"我小时候，"她说，"我非常想要一条小狗。或一只小猫。我养过一只宠物蚂蚁。我在窗台上安了一个蚂蚁吧。我喂它果酱……现在我有了这两个很棒的家伙。我有了你。我们还将有一个全新的房间。我们将有两倍大的空间，德斯。想想都开心啊。"

他检查了他的钥匙和钱。

"他的眼睛。他的眼睛不行了……我真希望有个警察监视他。如果有个警察监视着他，他就什么也干不了。我真的希望有个警察监视他。"

6

莱昂内尔·阿斯博坐着银白色的电梯到了十一楼他的套房。卧室，休息室，办公区，两个浴缸的浴室(浴室本身的小壁橱里还有一个额外的马桶)。手纸卷筒的主要部分呈 V 形：一种周到的设计。他脱去衣服，在一个伞那么大的花洒下站了十分钟——把斯托尔沃特监狱的晦气全部冲洗掉。他用沉甸甸的刷子和沉甸甸的剃刀修了脸。刷子的重量，剃刀的重量：这些重量有一种意义，莱昂内尔一时还无法说明。

他到隔壁房间换上费斯-赫瑟林顿给他摆好的新衣服：白衬衫，黑便裤，带流苏的平跟船鞋，运动夹克。但是在监狱里吃了过多的淀粉类食物，让他胖了一点，裤子在腰那儿扣不上了。于是他用了浴袍上的白色软腰带。看上去有点傻，但只能这样了。现在已经一点半，接下来该干什么呢？

用软管把自己从头到脚冲了个遍之后，莱昂内尔期待一种物超所值的感觉。但他不得不承认，他依然有那么点怪怪的感觉。不舒服。事实上，他的确感到非常古怪。空气似乎是停滞、二维的：像电影那样。詹姆斯·邦德或不管你想到的是谁。只不过詹姆斯·邦德从不……莱昂内尔的性器官区里有一种凝固的压力，像根插在那里的曲柄，他左边的蛋阵阵疼痛。他再一次试图大便。毫无快感。回想一下，自从见了典狱长那天起，他的排泄量就没有正常过，而通常他都像时间本身一样有规律的……提醒一下，他正盼着他的晚餐呢。七点三十分，六人桌：约翰，保罗，乔治，林戈，斯图亚特。莱昂内尔咧嘴一笑，上嘴唇翘了起来。那将是一顿有滋有味的晚餐。他把一切都搞定了。

此刻莱昂内尔来到了底层的柏林布鲁克酒吧。他跨坐在一张高凳子上，要了两瓶香槟，吃光了几盘孟买混合小吃①。整个宾馆都是禁烟的；但敞开的大门外面有个花园，那里可以抽烟，他每隔十五到二十分钟就去那里，安安静静地抽上一根万宝路。奶白色的雕像。玫瑰和风信子麻醉药似的香味。还有一个喷泉，闪光的水滴静静的啪嗒啪嗒的滴水声。他一时间（时间不长）相信，他感觉到了某种改进。

他坐在兰卡斯特休息厅里一个暂时不用的壁炉旁，大腿上搁

---

① 孟买混合小吃，一种内有兵豆、花生等的印度味小吃。

着一张《乡村生活报》。邻座的长靠椅上，两位穿得山青水绿的老先生在聊天。莱昂内尔想都没想就确信他们年近五十；但随后他留意起他们聊天的内容——他们在回忆诺曼底和D日[1]！莱昂内尔——小的时候——对第二次世界大战中的大屠杀刻骨铭心，所以他一下子就算清楚了。1944——那他们俩十足过了八十了。莱昂内尔仰头凝视着天花板，稍稍思量起晚年生活。听说过走路都摇摇晃晃的大亨娶了年纪只有他五分之一的娼妇，当然还有女王——但他们不得不强行让她走路，不是吗，鉴于——抑或这意味着，在富人中，活那么久，甚至只是正常寿命的一半而已？然后，那两位先生跳了起来，大步向前，朝他们的妻子挥手并拥抱她们。

在兰卡斯特休息厅经历了这么一个小插曲之后，在拱廊商店跟某些宾客交换了看法之后，莱昂内尔来到门廊。朝外看去。他猜想，如果他感觉好的话，他可以去散会儿步——买一份《晨雀报》，比较一下当地的小酒馆跟……第四地产的九到十位代表：还在外面。他面呈焦虑，要把他的一点想法告诉给他们；但是一种陌生的疑虑止住了他（什么？这像是一种未经检查的对嘲笑的恐惧）。他走过去站在那里，斜靠着廊柱，朝外看去。你不妨说，那是个金丝笼。他走过去站在那里，斜靠着那里，朝外看去。

三点了，他回到楼上去应付那些为他准备行装的人。女时装师，制帽商，定做鞋匠，袜商，绸布商，珠宝商，皮货商。一匹匹鲜亮的布打开来。他站在那里，像个将被搜身的重罪犯似的，

---

① D日，第二次世界大战时，盟军在法国北部的开始进攻日，即1944年6月6日。也称"诺曼底登陆日"。

裁衣师拿着针和卷尺围着他嘀咕。在这种情况下，时装模特儿会想些什么呢？他先是把下巴抬起来，但过了二十分钟后，他垂下了下巴，还歪着头。祭坛上的牲畜——他殉难的、被十字架处死的样子。这一幕过后，他依然机械地思考着，我要好好利用宾馆设备……就在这时，一个拿着剔牙针的小个子转身凑上前来，用粉笔在人体模特苍白的漂亮胸口划了个叉。

先是在健身房：在长凳上练习卧举。他一直保持着生活规律，如同你在监狱里始终会做的那样，不一会儿他的胳膊就像毛茸茸的活塞上下活动起来。随后他突然想到了什么。我练这一身力气干什么呢？他出声地说。现在？不过，他依然练了个满身大汗，然后去泳池洗澡，并（在经过一点小小的误会之后）由穿着粉色罩衫的丹麦姑娘把身子擦干（擦了很长时间）。接着他修了指甲，上了光，把监狱里积起来的脚趾间的污垢清除掉。他再三考虑了之后，又去剪了一下头发。

再次回到楼上，他惊讶地发现自己如此需要人的陪伴。他考虑把辛西娅叫来。辛西娅？他出声地说。辛西娅在潘森大酒店？不。辛西娅在潘森大酒店？不。不过，吉纳可以。吉纳不会有异议。她会喜欢的。四处走动，扭着屁股和……他突然意识到他在干什么：他在自言自语。哦。稳住，伙计。你在失去你的……沉甸甸的家具，沉甸甸的房间，建在深不可测的基础上，紧紧抓着地面的沉甸甸的酒店。

……于是他在电视上（把电脑从德斯那里要了回来）看了一些（蹩脚的）色情影片，戴上新的红领带（快到六点三十分了），最后一个小时他去了底楼的商务中心（引起一点麻烦）。他整天像个宇航员，处于失重状态，与人没有联系，在空中游动……

但终于到了晚餐时间：这将是个完美的阿斯博。

"你怎样才能让一个上流社会的龟孙子毁容呢？"

"接着说。"

"在他熨衣服的时候打电话给他！……一个上流社会的龟孙子走进一家小酒馆，手里捏着——"

"对不起，先生，你准备点菜了吗？"那个留胡子的侍者第七次或者第八次问他（而这个留胡子的侍者，尽管年轻，就是莱昂内尔眼中的龟孙子）。

"等一下……一个上流社会的龟孙子走进一家小酒馆，手里捏着一把湿漉漉的狗屎。他对酒吧侍者说，瞧我差点踩到了什么！……有多少上流社会的龟孙子着了它的道儿……？等一下。等一下。哦，集中精力，伙计们。"

他们在格罗斯文诺餐厅吃饭。现在刚过十点。

"哟，它盯着你的脸呢，是吧。牛排薯条。"

"显而易见，"约翰说。

"开与关，"保罗说。

"普通常识，"乔治说。

"非常简单，"林戈说。

在这种场合，斯图亚特总是缄默无语；不过话又说回来，斯图亚特（这个下流的户籍员）在任何场合都不怎么说话。

"这个可以，"莱昂内尔说，指着菲力牛肉片。

这些年轻人间隔均匀地围坐在一张椭圆形的桌子前，他们像一群亲兄弟吗？不。他们拥有一个共同的母亲，这一点是事实，但格蕾丝·佩珀代因的基因脚印轻得难以察觉，男孩子们都是他们各自父亲的翻版。所以约翰，二十九岁，看上去像斯堪的纳维亚人；保罗，二十八岁，像西班牙人；乔治，二十七岁，像比利时人（或者像非洲人）；林戈，也是二十七岁，像东亚人；只有斯图亚特，二十六岁；当然还有莱昂内尔，像英国人（虽然斯图亚特事实上有一半的西里西亚血统）。约翰，保罗，乔治以及林戈，再怎么说，穿着同样破旧的佐特套装，留着同样的发型——大背头，逐渐变细、最后形成尖角的长鬓角胡子。

"你想要怎么个烧法，先生？"

"烧法？"莱昂内尔说，"只要把它的角去掉，把它的屁股擦干净，把它扔在盘子里，然后拿出你们所有的蘸酱，醋汁和芥末……我们是与全世界为敌的，是吧，小伙子们？"

莱昂内尔注意到，他每隔三小时出去抽一回烟，回来时总会见到五张绷紧的脸，以及戛然而止的说话声。他知道他们大家的困难，约翰，保罗以及乔治债台高筑，屋子狭窄（他们疲惫的妻子，蹒跚学步中闹腾的孩子），林戈领了十年的失业救济金，斯图亚特（就他一个人可能有望得到某种养老金）跟 SE24 的一个公车售票员合租一个卧室兼起居室。此刻莱昂内尔邀请大家伙儿举杯。他觉得一切都在往好的方向发展。

"那个上流社会的龟孙子为什么横穿马路呢？"他继续这个话题。

"接着说。"

兄弟们一起喝了四十八瓶杜松子酒补剂。

"莱昂内尔。"

"林，兄弟。"

林戈咳了一下。他用一只手擦擦嘴巴，低下了头。

"……我今天花了一万两千英镑，"莱昂内尔说，"猜猜买什么了。"

"什么？"

"袜子。我们与全世界为敌，是吧，小伙子们？"

于是过不多久，约翰开始数落林戈，林戈开始数落乔治，乔治开始数落保罗，保罗开始数落约翰，而莱昂内尔也没闲着，他开始数落斯图亚特（他什么都没说）。很快大家就都安静下来。

"莱昂内尔。"

"约翰，兄弟。"

约翰咳了一下。他用一只手擦了擦嘴巴，低下了头。

然后食物上来了，以及所有的啤酒，所有的葡萄酒。

"看见了吗？"莱昂内尔说，拍拍拉图波雅克红葡萄酒的商标。"这可是好酒——看看这日期。猜猜怎么着。价钱却是一样的，相差不了十块钱。我们每人一瓶。我们是与全世界为敌的，是吧，小伙子们？"

于是约翰开始数落保罗，保罗开始数落乔治，乔治开始数落林戈，林戈开始数落约翰（莱昂内尔开始数落斯图亚特）。这回持续的时间比上回长很多，随后大家才安静下来。

临近午夜时，莱昂内尔吩咐埋单。

"空气里有一种紧张的氛围，伙计们，"他说，端着白兰地球形酒杯，夹着香烟，顺着彩色小灯走进花园。"肯定的。我是说，看看四周。这里不是迪斯顿。不是肯德基。现在一切都不一样了。"

莱昂内尔听见那五个人皱缩的喉结吞咽的声音。

"紧张。这是很自然的。幸运女神向你们兄弟们泄露了天机。你们问问你们自己，他将为他自己做些什么？"

莱昂内尔听见五个人吸气时轻轻的冒泡声。

"约翰。保罗。乔治。林戈。斯图亚特。你们的生活将被改变。"

莱昂内尔转过身子。五双脚跟跄着往后退去。

"你们第一头疼的事情——从今天起将得到完全的照料。你们不必再费任何心思。永不。那个永远挥不去的阴影？那个总是令你们牵肠挂肚、半夜醒来的担忧？这已成为过去。过去了。"

莱昂内尔宽容地看着那一张张脸。

"有什么可担心的呢？嗯。行了，我们不必害羞。从说一个 em① 开始。说吧。Em. Mm. Mmuh⋯⋯"

莱昂内尔抬头注视着夜空。

"妈，"他说。

兄弟们。像雕像一样苍白，静止，无声。

"妈。妈。'妈。'我们的妈，在她每况愈下的年月——妈会变得怎么样呢？⋯⋯他们没有给我们的妈找伴儿！"莱昂内尔低下头，擦眼睛。他使劲擤鼻子。"啊，瞧。我可以看见你们脸上可爱的红光。你们已经感觉好多了。知道我会照料妈妈。我们的妈妈。我们与全世界为敌，是吧，小伙子们？我们为了妈妈！"

---

① em，即英语字母 m 的发音，也是 mum(母亲，妈妈) 的第一个字母。

……正是如此。在门廊里令人震惊的熊抱。然后，一个接一个，五个佩珀代因出了转门，冲刺了一段路，踉跄着停下。

莱昂内尔在密切注视。不知谁的头突然往前一冲，像是报社的基干人员出了什么有趣的事情——但这只是斯图亚特撞到了一根路灯杆，往后倒地，约翰和乔治跪下来要呕吐。

7

"他们在星期日早晨把他赶了出去。他放火烧了他的套房。但显然他们只是把那当作借口！"

"耶稣啊，"德斯说，"他还做了什么？"

"嗯，他……耶稣。等一下。"

德斯躺在厨房沙发上，裹着一条白被单。他正发着间断性神经衰弱（每次半天，这个世界似乎让他难以忍受，对他来说太多余，太圆满，太富裕，太强大）。唐瞪大眼睛看着《太阳报》。

"他在柏林布鲁克酒吧里哼哼得脑袋像是掉了似的。上下两端放出臭气……他穿着三角裤在泳池里游泳……他请女按摩师为他'放松'……他在房间里看了一部叫做《波霸发疯》的电影。然后他去商务中心看了更多的淫秽片子！"

"商务中心？"

"那里有电脑。莱昂内尔开着音响看片子！"

"开着音响？"

"人家是这么说的。他跟那些银行家、外交官和族长们一起坐在那里。看着一些不能刊登的关于美容的东西。美容？德斯，那都是些什么呀？"

"呃，这我可没把握。开着音响？"

"经理来了……晚餐时发生了两次斗殴。第一次只是扇巴掌。但第二次……他们认为是林戈撞上了甜品小车……约翰和乔治在街上呕吐。斯图亚特摔倒，脑袋开了花。然后莱昂内尔去了，手里拿着香烟打起了盹。所有的洒水车出动……喝你的可乐！"

"我喝着呢！"

"哦。人家说宾馆起诉了他。不为具体的损害。而是无法言喻的名誉和信誉损失。这是昨天的事情。听着。星期六……星期六有两对老夫妻坐在宾馆门廊里。关注着他们自己的事情。莱昂内尔走上前去，说……明白了吗？莱昂内尔走上前去说，你们还在这里干什么？你们怎么就不统统操 XXX 的去死呢！"

莱昂内尔有些日子没来阿瓦隆大楼探访了。但这段时间里他们始终清楚地知道他在忙些什么。他们密切关注着他那些引人注目的、一成不变的活动（打架，消费，准入，被逐），一个小时又一个小时，在小报上，或《每日电讯报》上。

星期日。10:00。彩票傻瓜莱昂内尔·阿斯博被赶出潘森大酒店。11:15。阿斯博登记入住拱门城堡酒店。12:45。阿斯博在莱斯特广场一家名叫幸福之人的小酒馆打架被捕。15:15。阿斯博走进多佛街的金丝笼餐厅，花 1900 英镑吃了单人午餐。18:40。阿斯博成为老肯普顿街日落大道娱乐厅的临时会员。21:50。阿斯博成为索霍运动俱乐部临时会员（听说他在那里玩双骰子和黑杰克时输掉的钱是天文数字）。

"我受不了了，唐妮，"德斯说，"怎么回事？莱尔舅舅——他消失在头版里了！"

　　星期一。2:05。彩票傻瓜莱昂内尔·阿斯博成为加里克街塔布俱乐部的临时会员。4:15。阿斯博回到索霍运动俱乐部。7:50。阿斯博在拱门城堡酒店被逐。9:35。阿斯博登记入住贝克莱广场上的朗斯顿酒店。11:15阿斯博在牧羊人市场一家名叫惊奇的小酒馆打架被抓。13:00。阿斯博在公园巷的皮尔斯·爱德华兹展示厅订了一辆宾利"奥罗拉"(377990英镑)。15:20。阿斯博在朗斯顿被逐。16:10。在金融顾问杰克·费斯-赫瑟林顿陪同下，阿斯博登记入住皮姆利科路上的南部中央宾馆。17:30。阿斯博收到一件托运的货物，大多为衣物，价值——

　　随后报道的频率就越来越低了。

　　"喂？"

　　"唐。莱昂内尔。我十五分钟左右到你们那里。跟德斯说一声。"

　　此刻是星期六午茶时间。德斯出车了（他做的是中晚班），预计能赶回家看《今日赛事》。唐满脸兴奋地给"好车公司"的这位骨干员工打了电话，然后等着他回来。两条狗抬头朝她笑。它们似乎也总是着迷于《今日赛事》，并肩坐在电视机前，轻轻喘气，像一对老派的足球流氓，急切地等着终场哨响，开始赛后的大打出手……

　　莱昂内尔用他自己的钥匙开了门。

　　"是你吗，莱昂内尔？"

　　他走近来，他露了面，他慢慢点了一下头，耷拉着脑袋、双臂抱胸站在那里。三个不同的生物——一个人，两条狗——注

123

视着他。

在唐看来，他像是一个身材高大但处于半退役状态或受伤或(更像是)被禁赛的足球运动员，偶尔屈尊客串电视台的解说员：一个浑身有力、身穿低腰裤、经常受罚的家伙，此刻裹着一件真正有气派的、昂贵的套装(那材料像是从做礼拜仪式用的跪垫或教士的法衣上裁下来的)。他高昂着头，她看见了他天蓝色的丝领带及其近乎夸张的等边的温莎领结①。

"非常欢迎。坐下，孩子们！"

这是对着乔恩和乔尔说的……乔恩和乔尔是充满柔情的、聪明的动物——这些品质怎样能够结合起来，并影响到莱昂内尔·阿斯博呢？它们光滑的腰背剧烈晃动，但它们的前额起皱，带着歉意和紧张。唐说，

"它们不知道是否……"

稍后，两条狗似乎感到了不安，它们转身离开了。

"好。滚开。我讨厌你们。你们让我恶心。是啊……"

唐试图把话说得开心一点。"你的套装很漂亮，莱昂内尔。"

"德斯在哪里？"

德斯三级一跨地上得楼来。

"……啊。游客回来了。开车带着讨厌的家伙们在迪斯顿转，肯定把他给累坏了。为了保证跟他的莱尔舅舅见面……我得认真地跟你谈一下，佩珀代因少爷。唐，姑娘。你何不带着，呃，

---

① 温莎领结，相传为英国温莎公爵(即曾经的爱德华八世国王，因爱上美国人沃利斯·辛普森，得不到王室等支持，遂退位，成为温莎公爵，并与沃利斯·辛普森结婚)发明的一种领结的打法，相对比较复杂，适用于比较正式的场合。

'狗狗们'出去透透气呢。"

"是啊，你还是去吧，唐妮。外面空气不错。"

她拿起钥匙，伸手去牵狗颈圈上的皮带。"我这就去，"她说。乔尔和乔恩已经在门口乱转。德斯看着他们出去，唐困惑地喃喃道，

"请他把他的房间收拾干净。"

"现在还不行，"他轻轻地回答说。

德斯上了厕所，用凉水泼洗了脸。厨房在他后面等候着，怒视着。

"总算安静了。放松。到时候，德斯，我得把你的屁股咬掉。但现在你可以……呃，把鞋子脱掉。毕竟辛苦一天了。"他正斜靠在冰箱上，双手插在裤兜里。"这里不一样。你可以说是女人的手笔。"

唐的手笔：色彩悦目的坐垫，镶着镜框挂在墙上的复制品，玻璃花瓶里猩红的罂粟，还有，总体而言，不同一般的整洁和干净，空气中似乎弥漫着甜食的味道。莱昂内尔从炮铜色的烟盒里抽出一支烟，用厨房火柴点上，说道，

"哎。我的电视机呢？"

"哦，我们把它置换了。画面越来越模糊。要想看清楚任何东西，你都得坐在走廊的半中央……这一台依然是你的财产，莱尔舅舅。"

"好吧，把水壶搁上。我不看那种劳什子。"

他指的是星期六的《每日镜报》(第五版)，上面刊登着莱昂内尔在南部中央宾馆外面为自己的照片签名。

"我无意中看到的。瞧，德斯，我雇用了我的公关团队。"顶级人才"经纪公司旗下的梅甘·琼斯合伙人。有点贵，但我不介意付钱给，呃，专家。听起来有点奇怪，德斯，但你要做的是——我知道这听起来像发疯一样，但对付报界你要做的就是，你要向他们表示一点尊重。你知道，要友好！当你考虑到这一点的时候，这又算得了什么代价呢？听着，孩子们。你们有你们的生活费要挣。我有我的日子要过。公平合理。对吧？他们现在十分听话。让我紧张不安，但是……瞧，德斯，他们以前试图挑事。他们原本想让我再进去！"

德斯说，"这是为什么呢，莱尔舅舅？"

"妒忌！信我的没错。反正就是这么回事。压力去掉了。我终于找到了一家像样的宾馆。不像以前那些垃圾。在这个地方他们知道怎样让一个人呼吸。"

关于彩票傻瓜的报道，不管怎么说，总算是渐渐消停了。莱昂内尔安全入住南部中央宾馆，除了公干，不出大门半步。哦。莱昂内尔出价购买的西敏寺城市住房的照片；一艘据称莱昂内尔打算购买的游艇的照片；针线街上一处被介绍给莱昂内尔的投资团队的宿舍的照片。偶尔还有从前的材料。一则关于约翰，保罗，乔治和林戈（但没有斯图亚特）的笑话；关于马龙和吉纳·维尔克威（在他们的结婚日）的介绍（以及照片），关于德斯自己，以及关于早早成为母亲的格蕾丝·佩珀代因的介绍……

"哦，好啊。一定要顺路过来，跟你外婆说再见哦。"

"你什么意思？"

"我要把她送进疗养院，"他说，"就在那里不远。我跟她说，妈？收拾好你的睡衣。他们早上来接她。两个很好的男护士。"

德斯星期五下午刚去看望过外婆。他觉得，那次看望非常好，有音乐陪伴——《麦克斯威尔的银色榔头》①轻快、悠扬的节奏和悦耳的音调。她坐在窗边的椅子上，一只手拿着丝刻，另一只手里拿着 Kwik 填字游戏——大腿上躺着一只猫（老杜德利的孙女的礼物）。那只猫名叫小戈尔迪，小得连眼睛都难以睁开。她够大方吧，是吗，德斯？亲你。他确定，那个填字游戏已经全部填好了；但答案像一个大杂烩。

"疗养院，莱尔舅舅？在哪里？"

"往上一点。北面。"

"多远的北面？"

"苏格兰。"

"苏格兰？"

"开普莱斯。"

开普洛甫。德斯碰巧知道那个开普莱斯，一个出名的荒芜之地，坐落在王国最北面左手的顶端。"她怎么会同意的呢？"

"哦，你知道的。哭天抹地。我会想我姐姐的！诸如此类。我说，老妈呀——你四十二岁了。你斗不过时间的！……她到了那里就会喜欢上那里的。"莱昂内尔饶有兴致地说，"瞧，德斯，我的生活里有了新的东西。一个新的，呃，维度。这是——什么？什么？"

"钱？"

"不。是未来！未来，德斯。瞧，以前，只是日复一日地过日子。就像俗话说的，活在当下。从来不考虑明天。未来？什么

---

① 《麦克斯威尔的银色榔头》，披头士的一首歌曲。

他妈的未来。"(神马他妈的未来。)没有什么比什么重。一切都只
是，呃……所以外婆——外婆，她现在还没那么糟。但再过一两
年会怎么样呢？呃？呃？"

"更糟。"

"更糟。面对现实吧，德斯。她的脑子已经在衰退。当你的
脑子衰退……我跟那家疗养院的老板长谈了一次。他是个，呃，
专家。老年问题专家。他认为她会因为德国疾病而每况愈下。"

"早老性痴呆？"

"对。德国人发现的那种高速传染病，会侵蚀你的脑子。如
果她得了那病，那一切都完了。病人会开始说胡话，明白吗？
我们不能让外婆说胡话，不能，德斯。不能让她胡说八道。也
许说……说些她会后悔的话。"

莱昂内尔转身，走到阳台上。德斯跟了过去。迪斯顿，在 7
月下旬沙砾的闪烁中，它那层层叠叠的山坡。

"可是莱尔舅舅，她在那里连个说话的人儿都没有。"

"要的就是这个。"

"你去那里看过吗？"

"干吗浪费我的时间呢？价钱说明了一切。她需要专业的看
护，德斯。"莱昂内尔用唾液漂洗了一下嘴巴，然后说，"这事
儿……挺可怜的。"被他说成顶苦怜的。"她老是重复自己的话。
老是说一件事，反复说。你在重复你的话，老妈！……这个疗
养院，德斯，像个五星级的宾馆——而且有医生。好了，就算
四星级吧。她在那里会像猪在粪堆里一样开心。妈。我的茶在
哪里？"

德斯去热茶的当口，莱昂内尔的目光落在了擦得铮亮的铁箱

子上。"说到那个,"他疲惫地说,"现在打开了吗?"

"是啊。关了几个星期了。然后就开了……开着比关着好。一旦关上,你就打不开了。"

"你一直坐在——"

"不,我从没坐过。"

"……哦。哦。这就是他现在跟他亲舅舅说话的样子,是吗?他的亲舅舅啊。是他舅舅养大了他。坐那儿。那儿。"他朝张开的盖子伸过手去(那盖子呈锯齿状,像某种黑鳃深海鱼的上颚),啪的把它关上。

"那儿,"他说。"坐箱子上。"

8

太阳在隔壁那幢楼往下落时,最后看了一眼阿瓦隆大楼 33 楼——它的阳台和阳台上的小盘子,水碗,玻璃移门,厨房和两个默默的侧影……

莱昂内尔站着;他品着茶;他以一种难得的优雅动作脱去夹克;他把椅子转过来,坐下。他把一只手指很粗的手搁在外甥的后颈上。他说话声音很温柔。

"你很紧张啊,德斯。我感觉得到你很紧张。整天蹲在那个方向盘后面。迪斯顿的交通。那可是个要命的活儿啊。即便对一个年轻人来说。你干那样的活儿,不到三十就会死。你不该干,孩子。你应该学习。读书。耶稣。你的肩膀硬得像岩石。你的脖子——一点没有弹性……那两条狗,德斯蒙德。那两条狗。它们从来没有机会。它们还是崽子的时候，你就糟踏了它们。"

德斯的脸颊感觉到莱昂内尔新近才有的金属般的呼吸。

"我出去了一段时间。我回来了。它们两个仰面躺在地上，晃着尾巴！它们像贵宾犬……我只要求你做三件事情。一，二，三。一。二。三。"

塔巴斯科辣酱。特酿啤酒。严格而有规律地使用训练工具。

"莱尔舅舅，我尽力了。但这不是——这不是我的本性。"

"……你的本性？那它们的本性呢？它们应该强硬。它们就是为这个而生的。"

莱昂内尔凶狠的目光纹丝不动，他把手伸到右边，啪地打开食橱门。所有的东西一览无遗：没有动过的红椒酱盒子，没有动过的六罐装麦芽啤酒，没有动过的训练工具——驯狗棍，调教杆，外国人体模型。

"你说什么？"

"……你再也不必让它们强硬了。你现在不用出去收账了，是吧。"

"啊，但事情过后总要变得聪明一点。你这爱炫耀的龟孙子。我始终都需要强硬的狗。为什么？为了我的安全。"

"好吧。非常遗憾，莱尔舅舅。"

"好吧。你为那个而遗憾。试着为这个而非常遗憾吧。你在法庭上的陈述。那些话从你的嘴里出来后，我都死了一千回了。死了一千回啊。"

"什么话？"

……我打生下来就认识了莱昂内尔·阿斯博。自从我妈妈去世后，当时我十二岁，他就更像是我的爸爸而不是舅舅。他对我总是那么善良，理解，大方。妈妈去世让我非常伤心，公平地说，如果没有莱昂内尔舅舅的爱和照料，我是挺不过来的……人人都知道莱昂内尔舅舅是个冷面滑稽。确实，他在婚礼上的讲话可以被当做是有争议的。但我发誓，莱昂内尔·阿斯博不是最先动手的人。

那么是谁先动手的呢？那个人今天到庭了吗？

……"什么话？"莱昂内尔说，"在你伸出手指的时候！当你指出他名字的时候。"

德斯默默叹了口气。他的陈述最多也就是证实了十一个侍者，四个雇来的乐手以及三个德拉戈家的人（德杨，奥瑞斯特和瓦萨罗），还有马龙的两个亲兄弟（特洛伊和尤尔）的证词。

"我该怎么说呢？"

"像约翰，保罗和乔治一样！你什么也没看见！你在看别的地方！"

"……是马龙出卖了你。为了吉纳。"

"不，他没有。一切都在我自己的脑子里。瞧，这就是女孩子们对你的作用，德斯。她们让你发疯。"

莱昂内尔又点上一支烟（把它当成万宝路那样抽起来，长长地吸上一口，又深深地吸进肺里）。房间又暗了一层。莱昂内尔带着沉思的笑容，平静地问道，

"还记得罗里·奈廷戈尔吗，德斯？你当然记得，你当然记得。他说了些什么，罗里。在你之前，呃……他说了些什么。关于你……德斯做的……一切都是他做的！对那孩子来说当然是紧张的时刻，"莱昂内尔很不情愿地承认（一时抬起了下巴）。"他们塞了他的嘴。要把他带走。德斯——一切都是德斯做的。现在我

为什么特别想到这个呢？这是我想知道的。我为什么特别想到这个？看着我，德斯……"

一分钟，两分钟，三分钟，德斯坦率地面对着那双灵动的小眼睛。也许他会就这么看下去，永远这样下去……但最后他听见了门锁的震动声，那两条狗闪躲和拖着脚步行走的声音。

"你站起来，孩子。我们有活儿干。"

德斯从箱子上滑下来，那箱子啪地打开了。

"……你一直坐在那上面。"

莱昂内尔换上了宽松长运动裤，运动鞋，网格背心。随后这两人花了三个半小时把装货箱，茶叶箱，纸板箱等从莱昂内尔在斯金特里夫科洛斯的储藏室运到他在阿瓦隆大楼的卧室——干完的时候，那卧室里堆满了赃物，他们甚至连门都关不上了。

"你没问题的，"莱昂内尔说，"从边上挤出去就是。"

"我行的。但你怎么办呢？你怎么出去呀？"

莱昂内尔大汗淋漓，面红耳赤，阵阵抽痛（他们一直依赖着福特全顺和小电梯），他冲进厨房，一头倒在沙发上。

"你看上去挺消沉的，姑娘。怎么啦？这儿，德斯。见过我所有的兄弟了吗？"

德斯坐在桌边，唐的手搁在他的肩上，他用一张纸巾擦脸，并抬起头来。"他们病了。五个都病了。我见了保罗舅舅。"

"是吗？"

"是啊。约翰舅舅收到了财产扣押令。人家封了他的屋子。他们去了乔治那里，重新拥有了他的——"

"是啊。哦，我出了力了。"他专横地抽了下鼻子，"要不是我，他们现在还在里面呢。"

"要不是你，他们根本就不会进去，"唐说。

"唐妮……"

"别担心，德斯，我不会生气的。我，呃，有免疫力。瞧，当你赢了一亿多英镑后，就会发生这样的事。你变得麻木。不是开心。不是伤心。是麻木。……来吧，乔恩和乔尔。喂它们可得花钱呢。"

"嗯，是啊，是得花钱。"

"好吧。我跟你说过，我会减轻你的经济负担。我会信守诺言的，"他说着，站了起来。"我这就把狗带走。"

"但唐喜欢它们！"

德斯（他当然也喜欢它们）突然以高八度的声音发出微弱的叫喊。唐突然坐下，说，

"你准备拿它们怎么样？"

"止住我的损失。我找到了一个买家。四百英镑。想想你们多幸运吧，德斯。再也不用为它们买一个子儿的狗粮了。"

这会儿莱昂内尔去洗澡（把过道里弄得湿漉漉的，尽管不算太厉害）。十分钟后，他们听见先是往上冲后又往下落的巨大的水声；然后只见他腰上围着一条毛巾，嘎吱嘎吱地走进了厨房。

"我不明白你们怎么可以在这样的条件下过日子。连换衣服的地方都没有。去吧。把狗放进来吧。"

唐意味深长地朝德斯点点头，德斯说，"我们可以弥补，莱尔舅舅。我们可以补上那四百块钱。"

莱昂内尔又嘎吱嘎吱地走出来。"放它们进来。"

乔恩和乔尔蜷缩在桌子底下。它们痛苦地意识到它们是一场可怕的误会的起因——不过，这肯定很快就可以解决。唐身子前倾，意味深长地抚摩着它们，似乎要把希望织进它们痛苦的眉头里。

莱昂内尔再进来时，他在打着领带。他说，

"非常公平。哪个有理智的人会拒绝呢？"

唐说，"哦，谢谢你，莱昂内尔。谢谢你，谢谢你。"

"不客气。那就这样吧。四百块……哦。你身上没钱吧。"他说，"哦，天哪。多不走运啊。瞧，德斯，我今晚就需要现金。"他穿上夹克，伸出手。"牵狗的绳子。过来，哎……过来，你们两个该死的小东西。过来，你们两个无用的家伙。"

那两条狗侧身躺着，前爪弯曲，莱昂内尔用铁链子把它们拴上。它们爬起来，脚上的肌肉僵硬；有那么可怕的一分钟，它们畏缩，打转。德斯半转过身子，不忍看它们哀求的神色。

"跟着莱尔舅舅去吧，"他颤抖着说，"好孩子们。"他感到，就在此时，如果莱昂内尔当着唐的面打了两条狗，那唐就可能彻底放弃了。"跟着莱尔舅舅去吧。"

莱昂内尔突然一拉，抓着狗的手松开了，那两条狗往后一退，转身溜出了房间。外面传来扭打、撕裂的声音，铁链子在地上拖着快速往前的声音，前门砰地被关上的声音。

"……也许我应该跟他抗争一下的。"

"别说这种该死的傻话，"唐说，"你没看他的眼睛吗？"

"是啊。他的眼睛怎么啦？"

"他的眼睛连眨都不眨！……那可是一双杀人凶手的眼睛啊。"

德斯和唐跟过去看：卧室门上的铰链都被拉断了，房间里从地板到天花板堆满东西，莱昂内尔的汗衫和网格背心揉成一团被扔在走廊里……

"我们的育儿室完了，"唐说。

"不。不。我要孩子。他不会阻止我们。"

"哦，德斯，你疯了。说这样的话。"

"我要孩子，"他说，"他不会阻止我们。我要孩子。"

就在午夜前，德斯跟他外婆一起度过了大半个小时，两人谁都没说话。格蕾丝面对窗子坐着，他要跟她说话时，她只是挥手让他别说……在她儿子挑选的这个老人之家里，不允许养宠物。所以德斯回到了唐那里，那只叫戈尔迪的小猫藏在他的防风夹克里面，发出呼噜呼噜的声音。

9

"这绝对是好事，阿斯博先生。别再犹豫了，先生。祝你度过奇妙的一天。"

不难明白为什么莱昂内尔在南部中央宾馆如此高兴——拥有九十间不对称套房的高层建筑像个古怪的机器人似的矗立着，俯瞰着北皮姆利科那一片波希米亚式的矮建筑。价格像潘森大酒店（以及拱门城堡酒店和朗斯顿酒店）一样匪夷所思，南部中央在它的宣传资料中这样介绍自己：重金属酒店。它招待过摇滚巨星，不单是重金属摇滚巨星。也不单是摇滚巨星：在它稍嫌花哨的明亮通透的酒吧里，你会瞥到一位最近刚蹲过监狱的新晋演员，一位受到恭维的时装模特儿，一位打女人的英超球员——如此等等。简而言之，在这里下榻的人多为富人和名人；他们中没有一个人是靠脑力活儿博得金钱和名声的。莱昂内尔终于挤进了这个行列。

后露台游泳池底部从来不少于三台等离子电视机，加上一排 iPod 基座，便携式摄像机，笔记本电脑，以及迷你酒吧。不时地可以看到在这个或那个禁止通行的通道入口处，拉着日辉牌犯罪现场警戒线——非法武器，袭击，强奸案（法定和非法定）调查。常有消防车在前庭喷水——但没有救护车：酒店有它自己的医疗团队，应付宾客吃错药以及更严重的自残事故。同样，洪水，沉船，有时候整栋楼的破坏，都由一队队谨慎、快乐，身穿天蓝色连衫裤工作服的年轻人来对付。

被潘森大酒店赶出，被拱门城堡酒店赶出，被朗斯顿酒店赶出，莱昂内尔饶有兴趣地得知，从来没有人被南部中央赶出过。零拒绝，它的桌面小册子上如是说。反社会行为，至少在宾客之间，被视为一种文明美德；莱昂内尔犯罪记录（屡屡见诸报端）的千篇一律，受到广泛羡慕。在这里，他有无限的特权，他的合法性不容挑战。但内心的问号并没有消失，它像生锈的钩子一样，戳着他的内脏。

在那里短暂的下榻时间，他结交了几个好朋友。司格特·龙森，下巴凸出，患有类关节炎，在一个叫做漂亮脸蛋的乐队里担任节奏吉他手。埃蒙·奥诺兰，二十次世界斯诺克冠军（始终为各种犯了轻罪的人——殴打裁判，在盆栽植物里排泄，诸如此类，做着义工）。洛恩·布朗，一个盛大的真人马拉松电视节目的获胜者，可卡因成瘾者，（二十岁以下）曼城中场球员，其父母均在服刑（母亲犯的是非法收入罪，父亲则为过失杀人罪）。在这里，莱昂内尔可以放松身心，做回自己，自由自在地与跟他一样的超级巨星们厮混。

莱昂内尔说话口气很大，比如，

"你们看着吧。我们可以在厄普顿公园球场干掉你们。然后我们会在你们的主场带走一分，"他会这样跟布伦特·梅德温说（我们指的是西汉姆联）。

"事关名誉的大事？别让它改变了你的人品，"他会这样对洛恩·布朗说。

"这么说来，你就是这么做的。你选中你喜欢的姑娘，让你的一个耳聋的乐队管理员把她带进来，"他会这么对司格特·龙森说。

"我可以打定杆球。我可以打旋转球。但我打不了深转球。白球老是跳出台面！"他会这样对埃蒙·奥诺兰说。

再不的话，莱昂内尔会在卢斯费利斯宾馆大堂里，跟梅甘·琼斯在一起，喝着一杯卡布基诺，探讨接受采访需要注意的事项（以及各种各样的生意上的建议等）。梅甘为她的委托人献计献策。听好了，莱昂内尔。没有人愿意看到一个大富翁愁容满面的。你有可爱的幽默感。那就让它闪光吧！我们会把你变成一个国宝。莱昂内尔心不在焉地点头；他在凝视梅甘头顶上的等离子电视机，就像他经常凝视的那样。呃，是啊。好吧，他说，抹去他上嘴唇的泡沫。梅甘的助手塞巴斯蒂安·德林克偶尔也插句话。德林克注意到莱昂内尔听见邻桌笑声时的特殊反应：他的头像遇到侧风时的风向标似的啪地转了过去。

　　每间套房都有一个阳台，烟民们可以在那里缓解一下压力（那些姿态性自杀者[①]也可以在那里威胁跳楼）。不管怎么说，在地下室里有一家塞普维达雪茄酒吧。那里有电子游戏和弹球机，一张斯诺克桌（埃蒙在主球上击出的弧线，足以挑战物理学定律），还有一个纯粹的酒吧（二十四小时自助式服务）。那里的食物很不错，侍者机灵，色情节目正点，健身房总是空的。尽管莱昂内尔不停地检查他名下的物业（金丝雀码头[②]一间楼顶房，在切尔西一栋十四个房间的公寓），但他并不打算搬走。

　　在南部中央所有的酒吧里，都有大电视屏幕——一连串无声的剪辑和形象，新闻滚动条，无声电影，世界小姐，人造地球卫星，《101斑点狗》[③]，歌舞线，死亡营，贝拉·卢格西[④]，维多利亚的秘密[⑤]，正步，湿T恤，射月，《小飞象》[⑥]，男管家之所见，青草覆盖的土墩，猫步比基尼，比基尼环礁……

　　"是啊，但我不用那些姑娘，"司格特·龙森说（他指的是每天聚在前庭左边绳子拦起来的那个区域前，衣服穿得很少的艳丽

[①] 姿态性自杀者，心理精神学专用名词，指故意采取非致命的行动，导致自伤，或者故意服用超过治疗量的具有毒性的物质（如药物）。亦称准自杀。

[②] 金丝雀码头，伦敦主要的金融中心之一。

[③] 《101斑点狗》，美国迪士尼经典动画片。

[④] 贝拉·卢格西（1882—1956），出生于罗马尼亚的美国著名影星，代表作有《吸血鬼》等。

[⑤] 维多利亚的秘密，美国一世界级时尚内衣品牌。

[⑥] 《小飞象》，迪士尼经典动画片。

的粉丝们）。"她们中的一半都太年轻了。我用的是，呃，内部的设施。我们都这样。"

"哦？"莱昂内尔问道。他们两个在比佛利酒吧享用了几杯半晌午的血腥玛丽鸡尾酒。"这里有什么设施呀？"

"你的电话上有一个按钮，标明是同伴。你按一下。"

"那又怎么样呢？"

"然后他们就会为你接通陪护公司这个亲密的家伙。然后你说出你的特殊要求……你懂的。白肤金发，大奶子。等等等等。绝对保密。嗨。记住，这可会上瘾的哦。"

莱昂内尔说，"我才不费那个心哪。"

一两天后，他在沃茨餐厅吃午餐——跟布伦特·梅德温和埃蒙·奥诺兰一起。

"试试吧，"布伦特建议说，"我跟那人说了，我需要一个有点档次的女人。不要有文身。接下来我所知道的就是，有一个操蛋的'白雪公主'站到了我的床头。一千英镑整！"

"你给小费了吗？"埃蒙问。

"包括在里面了。记在你的账单里。没有任何疑问。"

莱昂内尔说，"我才不费那个心。"

一两天后，他终于承认了。他费心了。不错。此外你又能怎样度过七点三十分（赌场开门）前的那段时光呢。

莱昂内尔至少是这么对自己说的。终于躲过了一个反复提起的问题，也是非常巨大的问题。除了辛西娅和吉纳（两个都是特殊的姑娘，原因则各不相同），他为什么如此反常地避免跟异性有染呢？

我的生意太忙了，他喃喃道。你要愿意就当我是工作狂吧。

赚钱谋生，避免挨饿……但现在呢？满腹怨恨的莱昂内尔在椅子里扭动着身子。一大堆的胡说八道。这辈子没为这个花过钱。这事儿太麻烦，不值得的。盯着色情节目看，伙计。看色情节目你会知道你在哪里。不，那样你绝对错不到哪里……

一天之后莱昂内尔按了"同伴"按钮，不带色情地向那个人描述了吉纳·德拉戈的相貌特征。一个小时之后他听见了乖巧的敲门声……她叫黛丽思，二十七岁，来自加迪夫，她皮肤黝黑，身材滚圆。很快连莱昂内尔都明白了，他不是那种可以跟妓女打交道的人。黛丽思二十分钟后离开，想要显得匆忙，却又故意流连，老是撞在东西上……

这是件出人意料的事情，他对着寂静说。天哪。有时候会吓着我。不，伙计。不。不管怎么说，看看时间吧！迅速冲了把澡。然后到顶层（十点左右吃了一个牛排三明治），绿色台面呢，小小的白球滚动，然后在旋转的轮盘里上下跳跃。

莱昂内尔在刮脸——他用的是南部中央提供的塑料剃刀（每天一换，从不耽搁）。在镜子前镇定了一会儿，在掌心里掂了掂那玩具似的剃刀的重量……空的。几乎感觉不到分量。不像费斯-赫瑟林顿先生提供的那种该死的大扳手似的东西（莱昂内尔把它丢在拱门城堡或兰斯顿了）。他们把南部中央称为重金属酒店，但每件东西都是轻的，餐具，杯具，家具，甚至是床上用品（他的羽绒被像一层雾似的轻抚着他）……自来水毫无预兆地小了，迷人地停了片刻，彬彬有礼地咳了一声，然后清凉恢复。他们修理东西、让它们重新工作的速度之快令人惊讶。那个下午，住在底层的一个著名歌唱家把一瓶酒掉进了马桶里……

　　那就是我所需要的，莱昂内尔说。马桶里一瓶该死的酒。他有点滑肠；但他蹲在那儿不眠不休的样子，跟那种无所顾忌的上吐下泻毫无相似之处。不过他依然感到了轻松，轻松，无实质的，几乎不存在似的。每次去赌场，电梯在顶层停下时，莱昂内尔总是期盼电梯继续往上冲，穿过直升机停机坪和世纪城鹰巢大楼，进入夏日的蓝天……南部中央毫无分量的世界，轻盈的林波舞，那里什么东西都没有分量，什么都无所谓，一切都被允许。

　　他看着镜子；镜子也看他；他竖起大拇指和食指，把沾着黏液的眼睑扒开……这是在莱昂内尔心里，脑子里和胸腔里的一个步骤。他二十四岁——他突然有了时间思考。钱，钱（这是他从婴儿起就有的唯一而压倒一切的目标），此刻对他来说变得毫无意义。莱昂内尔，一个声音会说。哎？你要什么？然后是沉默。然后，莱昂内尔，老兄。他会说，天哪。什么？你要什么？然后它们会交谈。莱昂内尔不再是只把心里想的说出来。他要跟一个似乎比他高明的人交谈。那个声音比他聪明。它甚至有更好的口音。

　　莱昂内尔慢慢地、仔细地穿着衣服。他要到外面去吃饭。一个人的桌子。就他和他的思想。他出去前，先去看了下司格特·龙森：他们要去他的阳台上抽会儿烟。电梯里的那种感觉又来了。他走出去，停下。楼层没错——但房号呢？莱昂内尔来回走了几步。哦，他在那儿呢。司格特刚把他套房门的上半截锯掉，他站在那里等候着，就像一匹马等在马厩里一样。

　　下午7:45，莱昂内尔跟总台姑娘说了几句话，要求在这里再住三个星期。

　　事实上他不会再回南部中央——再过三年也不回。

10

"我们要去赴宴吗,莱昂内尔?"

"什么,梅甘不去,莱昂内尔?"

"传言中有任何事实的成分吗,莱昂内尔?"

"传言?我和梅甘?不,自由自在,天马行空。这就是莱昂内尔·阿斯博。你要是问我的话,我得说,它们不值得那么费心。"

"……我们要去赴宴吗,莱昂内尔?"

这是第二次因为莱昂内尔的装束引发的问题了,他的装束在宾馆里当然没有引起惊奇。宾馆里很多人打扮得像是海盗,修女和纳粹。但此刻莱昂内尔要出去——在这样一个完美无缺的天气里,穿过斯隆广场,走上斯隆大街。伦敦的夏日,宜人的天空下,来来往往的车辆像是甩掉了什么东西,悠闲自在地向前滚动,进入平淡无味、轻车熟路的状态。莱昂内尔轻松愉快地说,

"不,伙计们,我有了新的工作,这就上班去。在一家宾果①房里。不过今晚我负责报号码!"

第四房产的三位代表哈哈大笑起来。这笑声持续的时间比通常要长——因为莱昂内尔的确很像宾果房里报号码的人。他的小礼服,的确,他宽松的裤子剪裁得无可挑剔;他活泼的领结上没有松紧夹,而是跟衣服一样长短(埃蒙就是靠领结吃饭的,他教莱昂内尔怎样将领结打成环);还有鞋子,每只一万英镑,如

---

① 宾果,一种赌博游戏。

预期中的那样表现——像两只加了垫子的闪亮的乌木筷。另一方面，只有一个自信满满、性感可靠的宾果房报号员，才会穿莱昂内尔那样的衬衫和马甲。那马甲是淡黄色绒面革的，配着绿松色纽扣。白衬衫的开衩和荷叶边都到了无以复加的程度（他的双手刚刚露出袖口的褶裥饰边）。他慢慢点上一支雪茄，说，

"来，伙计们，我给你们讲个笑话。什么东西能吸引很多胆大、古怪的老太太？……一台宾果机！"①

"你在宾果机上是赢不到一亿四千万的，莱昂内尔。"

"你们知道，伙计们，在迪斯顿的时候，我妈妈常带我去宾果房。每个星期五。星期五。雷诺夜总会。我什么号码都行。双脚十一。甜蜜十六。三十——肮脏的格蒂。九十——商店的顶。"②

"那么宴会在哪里，莱昂内尔？"《太阳报》的人坚持问道。

"什么操蛋的宴会呀？……不，说真的，伙计们。记得，呃，记得我今天下午在里面待了一分钟的小酒馆吗？就是哈罗兹后面那条小巷那儿？嗯，我在那里订了一张桌子。"

"两个人的，莱昂内尔？"《每日电讯》的人问道。

"你聋啦？我今晚独自一人。找一点安静。看看报纸。"

"什么报纸呀，莱昂内尔？你的标志性的《晨雀报》在哪里？"《晨雀报》的人说。

"都在手边呢，孩子，"莱昂内尔说，拍拍他的裤兜。"都在手

---

① 宾果机是英国老年妇女喜欢的一种赌博游戏，也是一种交际手段。上文中"大胆、古怪"原文分别为 balls 和 screws，基本意思为"球"和"螺丝"，又意为"性交"。

② 以上均为宾果游戏用语。

边呢。"

伴随着一阵接一阵鼓励的欢呼声，他踏上餐馆的七级台阶（餐馆叫做芒特①）。他礼节性地停了一下，摆出姿势——但很快就回到凉棚下面，头和肩膀消失在阴影里，那三个人转过身去，让他一个人安静地跟他的雪茄交流……在这个关口应该看得出来，莱昂内尔刚刚在司格特·龙森的阳台里抽了两根大麻烟卷：斯威士兰大麻。通常情况下，再厉害的致醉药物都不会在莱昂内尔·阿斯博身上留下印记。但今晚不同。而这样的不同跟他近来的下意识活跃有关。尽管暂时而言，莱昂内尔精神头很足，想象着眼下可以享受一番。一顿安静的晚餐，带着沉思看一看《晨雀报》。

"晚上好，先生，"一个洪亮而果断的声音说，"欢迎光临。这是你的桌子。"

"啊，好棒。"

"冒昧问一句，先生，用餐后你还要去什么地方吗？比如去昆斯伯里看看业余拳赛？"

"业余拳赛？"

"对，先生。我听说菲利普王子要去那里。你知道——争夺爱丁堡公爵奖。"

"爱丁堡公爵？……哎，我很喜欢拳击。那是一项合适的运动，拳击。不像所有别的那些垃圾。你叫什么名字？"

"……嗯，这里的人叫我芒特先生。"

———————————

① 芒特，原文为 Mount，意为"山"。

"不。"莱昂内尔上下打量他：高高的身材，忧伤的神情，穿一身休闲套装，打着领带，一头浓密的白发，像个冰盖似的。"你的教名呢？"

"……卡思伯特，先生。"

莱昂内尔简洁地说，"卡思伯特。"

芒特先生往后退了一步。他三十年没听人这样念过卡思伯特。自从 1979 年以来，当时他不再去比林斯盖特海鲜市场（每个周一早上五点，对货物的好坏做出评估）。这会儿他说，

"是的。卡思伯特·芒特。"

"嗯，我跟你说啊，卡思伯特。我马上要开始我新的工作！在一家宾果房里打杂！今晚我负责报号码！"

不知怎么回事，这些话的声音比莱昂内尔的本意要响得多得多——就像是用了体育场的扩音器似的。他意识到三四十张脸盯着他的方向，一个个都顶着雪白如霜的头发。

他心想，肯定是冷了，变老了。老了，冷了：像诗一样。"各位晚上好！"他发现自己一边坐进椅子里，一边喊道。

"……要来点餐前酒吗，先生？"

"好呀。就来一杯，呃，来一杯——"

但是芒特先生已经走到一边去，随即顶上来一个会意的年轻人，穿着白色的小礼服。

"你怎么啦？"

"对不起，先生？"

"你被逗乐了，"莱昂内尔说。

"被逗乐了，先生？没有，丝毫没有，先生。"

"你的脚步太轻快了，伙计……"莱昂内尔嗅了嗅鼻子，说，

145

"好吧。去他的。我想来一品脱……"在南部中央香槟是可以论品脱卖的(半品脱也可以——很受女士们欢迎);莱昂内尔在任何情况下都把香槟视为富人的啤酒。"带气泡的,孩子。你们有什么品种?"

一本扎着丝带的酒单打开,递给了他。莱昂内尔点了最贵的酒,侍者躬身离开。

这家餐馆令人感到惊奇。那天早些时候,当他在门口探头探脑时,他那中暑似的凝视中记录下一个影子在跳跃的洞穴。他想象着一种家族餐馆。但芒特餐馆……那里的摆设都是敦实、豪华的,墙上挂着油画,画着干草车,云图和骑士。是的,那个地方有点像一个肥胖的骑士,纽扣扣得紧紧的,一直扣到最上面。莱昂内尔拿起有饰章的红皮面菜单,但没有打开。英国最老的餐馆。1797年由克拉伦斯·菲茨莫里斯·芒特创建。莱昂内尔想道:1797!

"你的香槟这就来,先生。"

莱昂内尔原来打算在喝开胃酒时先看一下《晨雀报》。了解一下时事。但此刻他产生了疑虑。他已经知道那天的封面全给了一个真正人高马大的白肤金发碧眼的女人;看上去会有点……那天的《晨雀报》第一次出了两个版本,一份小报和一张大报,莱昂内尔不得不倾心于大报的新颖性。他把报纸从裤兜里掏出来,在桌子下把它打开,尴尬地搜寻着一个没有上半身裸露的模特儿的版面。第二版通常登的是当日新闻,但是今天的新闻则是关于一个上半身裸露的模特儿的(跟儿时的心上人分手)……看上去有点像吉纳,他想道——一段不愉快的记忆突然让莱昂内尔怔住了。

就在跟黛丽思快要完事时,他碰巧往旁边的壁橱镜子看了一眼。他看见了他的躯体，像失控的火车的驱动装置，咄咄逼人的样子。他脸上的表情。龇牙咧嘴，凶狠的眼睛，还有他的——

香槟放在铁桶里拿来了。莱昂内尔镇静地把《晨雀报》夹在两腿之间，说，

"能拿个大一点的杯子吗？你知道的，像啤酒杯那样。"莱昂内尔阴森森地监视着侍者的动作。"……行，就那个。倒满，伙计。"

然后这事就开始了。就在半分钟左右的时间里，莱昂内尔的脑子里出现令人眩晕的一连串虚幻的底部，陷阱门啪啪的声响……

用啤酒杯喝香槟？他使劲默念着。你是个龟孙子吗？他们在盯着你呢！不，他们没有！他们以为你去看争夺爱丁堡公爵奖的拳击比赛了！不，他们没有！他们在嘲笑你——他们笑得都尿裤子了！你为什么要说到宾果呢？他们以为你是个宾果房里报号码的龟孙子！不，他们没有！他们在看他们的《每日电讯》！他们知道你是彩票傻瓜！他们知道你反正是个龟孙子！他们——他们……

莱昂内尔抬头看去。就餐者在就餐，超正常的。柔和的回音和颤音，餐具发出的乒乓声和叮咚声，人们彬彬有礼地交谈时的嗡嗡声和喃喃声……

"可以为你点菜了吗，先生？"侍者说。

"稍等……稍等。我没看见有肉。"

"这是鱼餐馆，先生。"

"什么，只有鱼吗？……哦，好吧，就这样吧，"他点了最贵的头道菜（鱼子酱），跟着是最贵的正菜（龙虾）。"够新鲜吧，嗯？"

"哦，当然，先生。都是活蹦乱跳的。今天刚从赫尔辛基运来。"

赫尔辛基! 莱昂内尔想道。

"你想怎么个吃法？"

"呃，"莱昂内尔说。他只在喝鸡尾酒的时候吃过龙虾，是吉纳按传统的马耳他风味给他做的：加了大量的番茄酱。"原味吧，"他半睁着眼睛说……

"要不要替你剥壳呢，先生？"

"剥壳？"莱昂内尔突然带着不可思议的怨气说，"我又不是没自助能力，孩子。我看上去像没自助能力吗？我不是没自助能力。我看上去像没自助能力吗？……啊，别哭。来，给我铺上餐巾。"在正宗的餐馆里都是这么做的——铺在你的大腿上。"哦，"莱昂内尔说。

他喝完一品脱酒，又叫了一品脱。鱼子酱来了。他以前吃过鱼子酱，因为这通常是最贵的头道菜，鱼子酱，他发现，味道够好，只要你配上塔巴斯科辣酱和大量的……倒不是他感觉虚弱或头晕之类，但他注意到桌上的盐瓶沉甸甸的，沉得离谱。他手上的餐刀也是沉得离谱。这是当你……富人的世界是沉的，扎根在大地上。它具有保护着它的过去的重量。而他的世界，也就是说，迪斯顿，东西则……

"我们可以用融化的黄油来做你的龙虾吗，先生？"芒特先生说。

"好吧。再加点番茄，呃，加点番茄酱，卡思伯特。要你们自己制作的。当作配菜。"

芒特先生似乎对莱昂内尔的套装颇不以为然，他说，"这真是一件引人注目的衣服，先生，要是你不在意我这么说的话。我对衣料是有点研究的。这是……羊绒的吧？是——天哪，是沙图什羊绒吧？唷，我从没听说过这样的东西。肯定花了你一大笔——"

"是不便宜。"

"我可以看看吗？"

"当然可以。"莱昂内尔抬起右臂。"慢慢看，卡思伯特，"他说，"尽管看。"

芒特先生弯下腰去，又直了起来，躬一躬身子，说，"出奇的好……希望你今晚在我们这儿用餐愉快，先生。"

经过一番颠来倒去、颇费周折的寻找，莱昂内尔终于找到了一个没有上半身裸露的模特儿的版面，是在第四十八面上，在分类广告上面。他仔细地把报纸摊开在桌子上。他安顿下来。喝酒……他咂着嘴巴，看起一则报道，说的是一个两岁的孩子，已经惹上了法律问题！……这个小荡妇……这个小猴子——她用一把门钥匙洗劫了所有的汽车……她盗走了现金，砸坏了窗子……她糟踏她母亲的伏特加，当社会福利机构的那个女人来看望时，她咬了那人一口……

莱昂内尔眉头皱得更深了。

这个小恐怖分子要被处以 ASBO……该破我的纪录了！

"破我的纪录了！"他叫道，向前弓着身子。

我们得看看：两岁零三百六十天。胜过我一个星期！……嗯，公平就是公平。不，得了吧，你一定得称赞她。然而，要庆祝她三周岁生日，这个小吸血鬼已经……

莱昂内尔意识到周围的寂静，一种相当纯净的寂静，没有人说话，没有酒杯和刀叉的碰撞。他抬头朝外面张望。他似乎吸引了餐馆里每一双眼睛的注意。白色闪光的眼镜。举起的长柄眼镜。甚至还有两个看戏用的望远镜。这都是怎么回事？莱昂内尔此刻才意识到，他刚才太过关注，居然把《晨雀报》举到了肩膀那么高。他狠狠地把它翻了过去。

11

看见什么啦？一整版的 GILFs！

他用他那呆愣愣的眼睛看见了这一切……那报纸被一幅巨大的小广告占据了整个版面——即便是《晨雀报》最铁杆的读者，也难以预料到会看见这么可怕的东西。一个肥胖的、满头鬓发的老太太，除了高统套鞋，什么都没穿，照片拍的是后面，四肢着地，臀部的下半部被半遮着，她粗糙的相貌轮廓纠结在一起，显得很痛苦。**霍妮·希尔达，74 岁。现在请短信联系她，号码——**

莱昂内尔猛地抽搐了一下，把《晨雀报》揉皱了，放在大腿上。接着他脸红了。似乎他所有的脸红，这一辈子的脸红，都出现在了这一刻。它们像火焰一样，呼呼的冒烟，嗡嗡的作响，一波接着一波……的确，在接下来的五分钟左右里，莱昂内尔在某种程度上变得像很快将成为他致命的晚餐的东西——砖红色的龙虾，在盆子里煮到死。又一场拳击，又一番狂暴的思考；最后(以他的那种方式)莱昂内尔冷静了下来。

行了，孩子，他对自己说——稳定地。《晨雀报》毕竟不违法。到处都在销售——在你的街角小店里有一大堆。《晨雀报》只

是有点好玩。每个人都知道。没有恶意。只是有点好玩。每个人
都知道……

他一丝不苟地整理了自己的思路，然后吃完了鱼子酱，又有
点漫不经心地再要了一份。又敬了一巡酒：你们愿意的话，就当
是敬士兵们。再来了一品脱香槟。莱昂内尔又稳定下来。他把菜
和酒都吃完，喝完。他站了起来。

"呃，卡思伯特，"他说，费力地控制着音量。"呃，卡思伯
特，"他低沉而沙哑地说，"我出去抽根烟，好吗？马上就回来，
卡思伯特。马上就回来。"

莱昂内尔发现《晨雀报》、《太阳报》和《每日电讯》的摄影记
者都不见了，不由得一阵剧痛。很可能自己去吃东西了，他出声
地沉思道。稍后过来。这样倒也好：他要对付司格特为他卷的那
一大堆大麻。他左边的死胡同，笼罩在马车房雾霜似的提灯灯光
下。完美：没有路人经过。他把《晨雀报》塞进一个垃圾箱，把
它摁下去。甚至可以在一分钟内跑过去，拿一份《太阳报》（甚至
一份《每日电讯》）边看边吃龙虾。不。人家会以为你在跑步。或
羞愧地溜走！……不。你是个，呃，过度敏感的家伙。《晨雀报》
只是个笑话——人家都知道。只是个云雀。甚至自己都这么称呼
自己。一个笑话伤害不了你。一个笑话有什么错？……他又一次
想起黛丽思。当他把她转过来，爱抚地拍她一两下时，那巴掌多
么突然地变成了一次敲击，一顿痛殴。想办法克制，他喃喃道。
然而，自始至终，都有那个呜咽声在耳边回响——也响在他的胸
口。当你爬起来付钱的时候，就会发生这样的事情。给你奇怪的
概念。主人—奴隶，你可以说。她像是个宠物，你买来……有时

候吓着我自己。所以他只是抽着大麻烟卷(似乎比刚才那两根更
有味儿)。他最后抽了一口一英寸长的大麻……噼啪作响的嫩烟
叶，嗞嗞有声的丽兹拉①……尽可能长地含在嘴里，然后才彻
底从鼻腔吸了进去。他回到餐馆里，面对那甲壳纲动物猩红色
的堡垒。

此刻这玩意儿就躺在他面前的椭圆形碟子里。桌上还放着
两只果肉钎(每只都带有一个弧形的尖头)和一把钳子。他拿起
这笨拙难看的家什：像一个用钢铁铸造出来的歌舞女郎的下半
身……这龙虾真是操蛋难看的东西。缩小干瘪、又可怕又可笑
的脸。可怕的液压装置似的前臂。这是龙虾的手或它的——螯
吗？他俯身在桌上，把锯齿状的螯放进工具的咬口里；然后他用
了最大的力气——把一股热腾腾的奶油直愣愣地喷进了眼睛里！

"呀！"他叫道，往后一仰……但是，莱昂内尔轻轻拍一下脸
颊，不由得笑了起来。他不得不笑。他想起了他在斯托尔沃特
的狱友彼得·纽。那家伙似乎特别能应付突发事故。他说他有
一次在微波炉里煮鸡蛋，拿出来之后去闻——那整个蛋在他脸上
爆炸！他说那该死的东西差点把他的眼睛炸瞎！……所以莱昂内
尔有一个关于彼得·纽的有趣的老笑话。一个非常有趣的老笑话
(他在看电视的时候扭伤了一只脚！)。然后他把杯中酒喝干，嚼
了两只煮土豆，头微微一扭，又笑了起来。

"再来点起泡酒，孩子。"

到目前为止，他的晚餐有点像是一个恶作剧——啤酒杯，

---

① 丽兹拉，英国一卷烟纸品牌。

GILFs，热奶油。请留意，没什么可当真的。在南部中央，人家总是搞恶作剧。他们中的半数是钱多人傻。用超强力胶水和保鲜膜玩的恶作剧。放屁坐垫。喷 HP 酱 ① 和芥末。引起火警。愿意的话可以说是狂欢作乐。装傻充愣。他们整个就是钱多人傻。有时候他们就像是自己作弄自己……

莱昂内尔又使劲吃了起来。使用银餐具，加上他的叉子。

十分钟后，关键的时刻到了，他扔下他的武器，赤手空拳对付起他的敌人。

"对不起先生，你好像在开胃菜上遇到了很大的麻烦。"

"……嗯，你知道是怎么回事，卡思伯特。有得必有失么。"

"请用餐巾，先生。换一块干净的。给……那个看上去实在太脏了。得缝个一两针呢。"

"看看这个！"

"哦，天哪，天哪。"

莱昂内尔的钛信用卡插进了小巧的刷卡机里，他输入一长串身份证号码。最后加上一笔惊人的小费，然后说，

"宾馆会替我缝好的。"

"我能问问你在哪里下榻吗，先生？"芒特先生瞪大了眼睛问道，"南部中央有一套非常先进的服务设施。他们也许，他们只是也许，幸运地可以应付那些……"芒特先生似乎感到一阵剧痛。"那些污迹。"

---

① HP 酱，一种源自英国伯明翰阿斯顿的调味料品牌。在主要成分麦醋中添加水果和香料而成。

"是吗？"

"天哪。比我以为的严重得多。"芒特先生不再称莱昂内尔为先生，因为他知道他的客人肯定会神志清醒地离开，这在莱昂内尔无休无止地自我制造大笑声的时候看来是不可能的事情；在他使劲对付他的主菜时更不可能——当时莱昂内尔东碰西撞，明显地冒出微微的灰烟。"你能说什么呢？点背，老伙计。"

"呀，快乐点，卡思伯特。一个不幸的选择。"莱昂内尔依然喘不上气来，眼睛里还有泪水；但他已然在完全的掌控中。"下次我会点黑线鳕。"

"……唔，实在非常感谢，先生。"

他摇摇晃晃地走下台阶，走进巷子，领带一半给扯开了，夹克，衬衫，背心沾着斑斑点点的奶油和血迹。他觉得很饿。

"烈酒有点上头吧，莱昂内尔？"《太阳报》的人说。

"在那儿站一会儿，莱昂内尔，"《晨雀报》的人边举起相机边说，"哦，这可是无价的。"

"那些老太太报复你了吧，莱昂内尔？"《每日电讯》的人说。

莱昂内尔往右边扫了一眼。巷子的远端有一个警察，纹丝不动地站着，朝他这儿凝视。

"警察在看着呢。这样事情可以了结了，"莱昂内尔·阿斯博简洁明了地说。

他朝他左边挪动。

"那就来吧，"他疲惫地说，"嗨，基督啊，告诉我们吧。继续——你们笑够了再说。是啊，我愿意。我愿意。我愿意为你们三个坐五年牢。"

12

2009 至 2012 年间，什么特别的事情都没发生。

"听说他会被判十年，坐足五年。真正是活该。"

"行了，唐。想想吧。他在 2014 年之前不会出来！"

这是星期天。他们在吃早饭，他们所谓的床上早餐（这是张单人床），重读星期六的《镜报》（他们新选择的小报）。

"他喜欢监狱，"唐恍恍惚惚地说，"真的。他喜欢监狱。"

"三起严重身体伤害罪，加上一次袭击警官。"

他们的大腿上（以及通栏版面上）是对布朗普顿路旁死胡同案发现场之前和之后的图像分析。之前：莱昂内尔在餐馆台阶上摆姿势，像匹克威克似的，又像是杂耍演员，在可传染的快乐气氛烘托下，满脸通红。之后的照片（不是案发后第一时间拍摄的，因为记者们的相机都被砸碎了）：这是更为有趣的创作。罪犯像个城市稻草人，耷拉着脑袋，双臂抱着两个警察的肩膀，一副灰头土脸的样子（撕破的、皱巴巴的外套，轻薄的白衬衣）；然后，在右边，就在后面再后面，救护车闪着警灯疾驶，笨重的躯体躺在上面（这是那个《每日电讯》的人）。

"呸－呸，"唐说，"呸－呸。"她在跟猫说话。"过来，戈尔迪。过来，宝贝……餐馆那家伙说他跟他的龙虾死掐了一回。"

"嗯。质检员在准备他的答辩。巴克利阁下。"

"那个胖家伙……减轻责任。哦，是啊。怪就怪那个龙虾，阁下。"

"我无法理解他，唐妮。他居然当着警察的面那么干！"

"是啊。疯子也不会那么干。过来，戈尔迪。过来，姑娘。"

在 2010 年初，偶然间，他们置换了他们的单人床——不是换成双人床 (因为房间本身只有一张双人床大小)，而是换成了所谓的"单身汉临时床"。

小型出租车，跨越小障碍，始终盯着刺不穿的水泡似的红灯 (然后是耀眼的黄灯)。迪斯顿的交通遵循的是小让大的规则：斯玛特汽车怕迷你车，迷你车怕大众高尔夫，高尔夫怕吉普，吉普怕……德斯，开着车，心急地意识到他的内侧慌乱的自行车，但他本人则跟着巨大、摇晃的巴士前行。

这里有一个始料不及的故事，2009 年 8 月莱昂内尔说，这是他回到斯托尔沃特 (等待审判) 的第一天。我今天早晨倒霉透了。嘿。去北边见你的外婆。

我会的，莱尔舅舅。

我要一篇报道。哦。在我离开的时候——你别想靠近我的东西。

前往西北高地来回的火车头等厢卧铺车票，票价已经涨到四位数。但是德斯登录云雾网，买到了一张特价打折票——只要十八块！……你在第一道曙光出现时起床 (因弗内斯，然后经由莱尔戈坐公共汽车)，你在第二天黄昏时——日暮时分——返回。德斯大约每六个星期尽一次他基督徒的本分，做一次苦修，有时候唐也会随行。

那屋子是座市区新式住宅，五层楼高，非常深，里面用硬纸板（以及薄纸板）隔出很多小间。这个地方的氛围一开始就吓到了德斯，他每次上那里，总觉得那里比上次更懈怠，更寒碜，更腐化。桑尼斯本身（开普莱斯以东十五英里）：再往后，以及峭壁上，有更美丽的飞地，但格蕾丝居住的这个小镇，这个港口，宛如一个黑暗的火石迷宫，整天笼罩着褐灰色的迷雾。那里没有不下雨的日子。唾沫星子似的，令人头发鬈曲的毛毛雨是你每天必不可少的——当地人称之为轻雨；正是这种轻雨守卫在两场倾盆大雨之间。

格蕾丝住在一个圆锥形的阁楼里——睡的是医院的床，旁边放着椅子，有一个洞穴似的洗涤槽，厚厚的胶皮管子连着喷嘴。德斯，亲爱的，她说，非常清楚。但此后她的话就变得语无伦次，不知所云了。有些一时间印进了他的脑子里，他觉得以后他会记起来，但他从没记起来。于是他开始把它们写下来。

外面有九只猫头鹰，那里又高又冷：这是一句。

我自以为爱贪便宜：这是又一句。

不—不要打扰罪孽，等等：这是第三句。

那个主治医生，鬼鬼祟祟的阿德医生，穿着邋遢的果酱色套装，老爱说什么脑早衰疾病。他嘀咕了几句德斯没听懂的话。

对不起，你说什么？还有几年好光景？

哦，不，我说的是还有好几年光景。

他回到那个圆锥形的阁楼里。

即便如此，都毫无抵触，当德斯最终跟外婆吻别时，外婆呻吟道。十五！

德斯记得那句话。这是指他们之间发生在 2006 年的事吗？当时他十五岁，毫无抵触？自从罗里·奈廷戈尔失踪后，德斯和格蕾丝从来都没提过这件事。

在老贝利法庭的这次审判中，莱昂内尔平生第一次，表示服罪。

减责是巴克利法官阁下的主题：他请陪审团考虑这个罪行的无目的性，毕竟是当着一个警官的面犯下的。医学上的说法叫猝发——脑痉挛。

莱昂内尔本人，在这样的场合，还穿着可怜的碎条沙图什羊绒小礼服（是用危险的藏羚羊的羊绒织的），表现出过时的谦卑：对于我造成的所有痛苦，我深表遗憾，他说。我只是个来自迪斯顿的男孩，从它的深渊中跳了出来……我会毫无怨言地服刑，我发誓我再也不会成为对，呃，社会之类的威胁。我曾经严重威胁过社会，法官阁下，但我已经看清我走错了路。

一个品德信誉见证人，结果却展现出与其身份不相符的影响力，这人就是菲奥纳·金，南部中央宾馆的联合经理。他是个模范客人。如果我们的客人都像阿斯博先生那样，我可以确认，我的生活将简单得多。不管问谁。莱昂内尔·阿斯博表现得像个真正的英国绅士。

更有说服力的是，乔治·汉兹警官（是啊，莱昂内尔稍后会承认，他比巴克利法官阁下更可爱）知会法庭说（他的牙齿都被打碎了）莱昂内尔在骑士桥小巷里的行为，事实上更符合分量较轻的拒捕罪。

他被判了六年——很多人觉得（并如此报道）判轻了。五个月已经过去了，巴克利法官阁下因为莱昂内尔的良好表现，预料他在 2012 年春天或初夏就能出狱。

德斯换了学科：从现代语言换到了社会学，特别着重于犯罪和惩罚。莱昂内尔被告知后，只是耸耸肩，转过身去。像以往一样，他打开他手机上的扬声器——跟他的投资团队开起电话会议（他在累积死股权），这是在埃克塞特城外的监狱里，它的名字叫沉默的格林。

你在监狱里再怎么也错不到哪里去，莱昂内尔在两个电话之间会这么说……而德斯得到一个带推测性的结论：这个职业罪犯并不真正介意待在监狱里。待在监狱里并没有无休止地冒犯他的自尊，令他难以忍受。德斯决定要问问他这是怎么回事——但不是今天。

监狱，莱昂内尔说。是整理你头绪的好地方。进了监狱你就知道你在哪里了。

是啊，德斯想道。你在监狱里。

那就行了。你请回吧，莱昂内尔说，听起另一个电话。

德斯会在车站吃一个奶酪卷，然后在该回去的那天回到伦敦。

他下一次去那儿的时候，莱昂内尔正忙着购买价值五六座森林的乌拉圭木材。

再下一次他去的时候，莱昂内尔在极力攻击日元。

为此，对莱昂内尔的财务状况说一句话。

在莱昂内尔·阿斯博获得自由的三个星期里，他花掉了九百万英镑，几乎全都花在了双骰子，黑杰克，以及轮盘赌上

（还有一辆从来不开的宾利"奥罗拉"，以及七位数的衣服账单）。但是他的投资从一开始就有丰厚的回报，几乎难以控制。他以尽可能咄咄逼人的姿态，向他那个由自由市场理想主义者组成的年轻团队发号施令。别不把百分之五当回事，他对他们说。全力争取。

对，莱昂内尔说，在操场上漫步。从三分之一里面拿出六十，下注。

不景气的银行证券？他在娱乐室里边看电视边说。是啊，尝试一下。五十。不，六十。

出售，他说。抽了他的囚室厕所里抽水马桶的水。现在拿出九十，再下一次注。我看好石油。给我本金的百分之八。

干得好，小伙子和姑娘们，他在餐厅里边吃巧克力（花街和蓓蕾魔法①）边说。我的赢利会在你们的奖金里体现出来。

2011年8月2日，德斯和唐得到通知说，他们两个都获得了二上等②的成绩！

"嗯，经过这么一番努力，要是我们只得到三等的话，那我们也太笨了。"

"是啊，哪怕两个德斯蒙德③也不行，"德斯蒙德说（一个德斯蒙德代表Two Two④，是根据德斯蒙德·图图⑤叫的）。"十足

---

① 花街和蓓蕾魔法，英国两个巧克力品牌。
② 二上等，英国大学考试成绩分为一、二、三等，其中二等又分为二上等和二下等。
③ "德斯蒙德"原文为Desmond，跟主人公"德斯蒙德"同音同字。
④ Two Two，即二下等。
⑤ 德斯蒙德·图图（1931— ），南非大主教，诺贝尔和平奖获得者。"图图"原文Tu Tu，与Two Two同音。

的笨蛋。"

"如果你有三年的时间，你会得到一等的。轻而易举。"

唐在潘通威尔一所巨大的女子学校找到一份教师的工作，学校叫做圣斯威新。

德斯给伦敦的每一家报纸写信，附上他的作品的样稿（这是两件同时发生但互不相干的事故的目击者的描绘——在当地一家外卖店里，一件是未致命的伤人案，一件是迷幻药致盲案）。他接受了两次面试，一次是在《迪斯顿新闻报》，另一次是在《每日镜报》。

在那年的盖伊·福克斯夜，格蕾丝·佩珀代因发了一次小中风。她的嘴巴似乎扭歪了——然而现在她很清醒。也就是说，她可以说出她非常遥远的陈年往事。她的童年——在生出茜拉，约翰，保罗以及乔治等等之前……

"她不能待在这个地方，德斯，"唐说（她有一年多没去那儿了）。他们在街上买了个呼吸机。"看看这地儿。闻闻。"

他看着这地方。这个疗养院已经放任自流——它像个滚下山坡的茶点小推车。他闻着这里的气味。2009 年的时候，这里的味儿像除臭剂和卷心菜；到了 2011 年，这里闻起来则一股尿味和老鼠味。

午后不久，暮色降临，格蕾丝抓着德斯的手，直视他的眼睛，喃喃道：我闻到了什么东西……我发现了复杂的罪行。六，六，六。

莱昂内尔在沃姆沃德斯克拉布斯消磨掉他最后的几个月刑期——西伦敦哈默史密斯的这座被雨浸透的孤寂的大本营，耸立在巨大的一片公共开阔地上(上面生长着灌木和发育不良的森林植物)。这是他的第一座监狱,如他有时候说过的那样,或许是他最喜欢的。

德斯下一次去看他的时候(2012年1月),他没有被领进食堂,而是一个管理人员的办公室,显然指定给莱昂内尔使用的(那里有温啤酒,湿三明治,沉默的椒盐卷饼)。苍白的辛西娅坐在他的旁边。莱昂内尔照例穿着海军套衫,正在盘点乡村地产——据说每一处地产都值得用整整一本小册子来介绍。

一座辽阔的围场?他在说(最后的那个k①用的是完全的爆破音)。我干吗要他妈的什么围场?

……莱尔舅舅。外婆的疗养院。她不能——

耶稣啊。

我部分是在为你着想。如果——

哦!德斯,让你的脸休息一下吧,好吗?你让我感到忧郁……这儿,辛西,看看这个。顶上一点?德斯——哈-哈是什么意思?

1月,唐·谢林翰怀孕了!……怀孕了:这个词儿听起来多么令人敬畏又多么漂亮啊:怀孕。漂亮,但充满敬畏。不过,超越一切之上的是,这意味着,现在德斯可以把关于格蕾丝的事情告诉唐了。

他在厨房里让她坐下,开始说了起来。十分钟之后,他说道,"这件事情我无法原谅,甚至无法解释。"他嗅着鼻子,擦擦脸。"……你还要我吗,唐妮?"

---

① 围场的原文为 paddock。

她的眼睛慢慢眯起来，嘴巴慢慢张大，她说，"但其实什么也没发生。好吧，你变得离不开那些拥抱了。你也许已经……但其实什么也没发生。"

他坐回到他的椅子里。这表明，至少这个通道将永远封闭。"别犯傻，"他说，"当然没有。什么都没发生。只是离不开那些拥抱。如此而已。"一阵沉默，只有他有力量打破的沉默。"敲敲，"他听见自己在说。

"谁呀？"

"小老太太。"

"小老太太是谁呀？"

"真不知道你还会约德尔①。"

不知怎地，这一来他们都释怀了。

稍后他出了家门，一直走到运河那里……这莫非就是人们所谓的认知失调？因为唐一向只知道格蕾丝是个道道地地的小老太太（西班牙语里相当经济地称为 *viejita*②）。而今天，几乎六年以来，他自己觉得简直难以想象曾亲吻过那双眼睛，那些嘴唇。那张嘴巴，此刻看来好像里面塞了个玩具飞镖……德斯转过身子，开始往回走。想象一下吧！他曾经想把罗里·奈廷戈尔的事情也告诉唐，告诉她，莱昂内尔对他做了什么。不。他边走边表示否定地摇着头。所有这一切——这整个儿的噩梦。这一切都是他要保密的。

---

① 约德尔 (yodel)，指用真假嗓音反复变换地叫唤或歌唱。
② Viejita，西班牙语，"老奶奶"的昵称。

情人节这天，德斯和唐在卡克尔广场的登记处结婚了，文森特·迪格是伴郎，普瑞纳拉·谢林翰荣耀出席。然后约翰舅舅，乔治舅舅以及斯图亚特舅舅，他们迅速离开，去吃一顿令人大感惊喜的高档中餐——由保罗舅舅做东埋单！

肚子里的婴儿，在这个阶段，有一个句号的五分之一大小。

"现在这个胚泡，"第二天早晨德斯说(他在"单身汉临时床"上看一本巨大的婴儿书)，"已经完成了从输卵管到子宫的旅行。"

"别这么叫它！……反正我没有感觉怀孕。谁想要个胚泡呀？"

就在那同一天，他被《迪斯顿新闻报》聘为实习记者。

减债，莱昂内尔对着话筒说，然后啪地关上。不，把这点告诉他们，他接着冷静地说。告诉他们，我要投同样多的钱来取这个名字：莱昂内尔·梅西。欧洲年度最佳球员。告诉他们这点。

他们，莱昂内尔，梅甘·琼斯，以及塞巴斯蒂安·德林克，在沃姆沃德斯克拉布斯莱昂内尔的办公室里，不知道该怎样对公众说(如非说不可的话)阿斯博的财产的真正规模。

告诉他们这仅仅是利息。用我的本金。莱昂内尔·梅西在足球场上跑来跑去是有报酬的。我坐在我的屁股上也是有报酬的。把这点告诉他们。

我们不该骚扰他们，莱昂内尔，梅甘说。这只是你的事情，跟任何人无关。她笑着往下说，是你让整个英格兰的掘金者都步你的后尘！

更多的粉丝邮件？好吧，把它扔了。莱昂内尔的粉丝邮件包括年轻少妇的自我介绍，并附有照片。不，这些粉丝来信——不错。挺好的。瞧，这就像个妓院。你有选择的特权。这是你的，呃，特权。你懂的。像在妓院里一样。莱昂内尔竖起一根手指。只不过我不必付钱。你不想为此付钱，梅甘。你一开始就出错了。

他第一次说到妓院时，把 brothel 说成了 broffle，第二次说成了 browle。但这不是梅甘·琼斯和塞巴斯蒂安·德林克面面相觑的原因。

我要一摞我可能会喜欢的。你给她们回个话，梅甘。就说我期盼跟她们交往，莱昂内尔明确地说，在我获释之后。

5 月一个温暖的星期六（在最近几个星期里，德斯的宝宝从橄榄大小长到了李子干大小，李子大小，再到桃子大小），德斯和唐去海德公园的瑟彭泰恩湖上划船。猜猜他们遇到了谁。乔恩和乔尔！

已经时隔三年——那两条狗变得彻底狂暴。它们出门来到绿草坪上的半小时对它们来说是灿烂的。当新主人们（父亲和女儿）把它们带走时，看着它们——乔恩和乔尔——消失，就像是谋杀一样，它们的耳朵耷拉下来，眼睛里饱含泪水……

它们走后，德斯跪下来，侧身而卧。那不是因为狗，真的不是因为狗；但空气流动得如此迅疾，自由，他感到他内心被狠狠地踢了，被他自己的心脏、他自己的血给踢了……那天下午瑟彭泰恩湖面被风微微吹皱，像灯芯绒一样；唐坐下来安抚他，他们两个都凝视着涟漪荡漾的湖面。

那个星期的晚些时候，德斯被招到金丝雀码头。接受《每日镜报》的第二次面试！

老杜德死了。"骗子"布里安·菲茨威廉死了。尤尔·维尔克威在幽灵酒吧后面一次斗殴后瘫痪了。格蕾丝·佩珀代因又发了一次小中风。林戈舅舅（一个左撇子）被一个实习的出租车司机（学艺不精）驾驶的机动自行车给撞了，左胳膊报废了。彼得·纽因为养了一条肥狗，又被送进了监狱。斯图亚特舅舅患上了应力性神经衰弱。特洛伊·维尔克威在一次工地事故中被氧乙炔烧瞎了眼睛。约翰舅舅的妻子离开了他，带走了五个孩子中的四个。霍勒斯·谢林翰因为剧烈的肚子疼而住院（现在很多人都已知道，霍勒斯是个秘密的酒鬼）。杰登·德拉戈死了。欧内斯特·奈廷戈尔死了。这是迪斯顿城的游离、飘荡的世界。

这些年的冬天如中世纪般寒冷。

第三部

谁把狗放了进来？谁，谁把狗放了进来？
谁把狗放了进来？谁，谁？

2012   茜拉·唐·佩珀代因，怀中的宝宝

1

　　"'伊丽莎白·谢林翰-佩珀代因'。你在想什么呢？……德斯，他该叫你的时候自然会叫你。别觉得受伤了似的。他忙着跟他的女朋友们厮混呢。"

　　"是啊。好玩，是吧。以前从不为那种事儿费心。现在每天晚上换个新的。"

　　"乐透①浪荡子。乐透好色之徒。"

　　"乐透登徒子。这是《镜报》对他的称呼。他们甚至称他为乐透兰斯洛特②！"

　　"乐透女士杀手。啊，但现在他进步了。找到了真爱……"

　　"你知道我是个女权主义者，唐，"他接着说，"诸如此类。但这不起作用。'伊丽莎白·谢林翰-佩珀代因'？那有——十个音节。不行。"

　　"嗯，那我们只有把这个问题先搁一下，好吗。要是她长大后嫁人，而男方的父母也做过同样的事情，那怎么办呢？"

　　"是啊。那她就成了，呃，'伊丽莎白·谢林翰-佩珀代因-阿瓦隆-菲茨威廉'。这样就正好跨版面了！"

　　"对啊。'伊丽莎白·唐·佩珀代因'。没有连字符。只是中

---

① 乐透 (lotto)，彩票的一种。
② 兰斯洛特，英国亚瑟王传奇中最勇武的圆桌骑士，是王后的情人。

间名。"

"哦。我喜欢。等一下。如果那是个……稍等。'德斯蒙德·唐·佩珀代因'。我不会介意。我会感到骄傲。是啊。好,唐妮。"

"'罗伯特·唐·佩珀代因'。一点都没错。"

"'乔治亚·唐·佩珀代因'。'西比尔'。'玛丽娅'。'西娅'。我喜欢'西娅'。但莱尔舅舅却叫她'菲娅'。"

"我们这样也可以活,上帝作证……德斯,去告诉他我们的消息。就说我们需要空间。为了宝宝。"

德斯叹了口气。这套房本身,坐落在阿瓦隆大楼顶上,努力表现得禁欲一般:小小的厨房带个阳台,浴室没有窗子,卧室更小——莱昂内尔的宽敞的卧室依然塞满了违禁品(虽然早就被一扇新的胶合板门给封住了)。

"你就承认说,"唐说,"你很苦恼。你很想他。他出去了一个月,你一点他的音讯都没有。"

"可我得到过他的音讯。他送来过他换地址的卡片。"

"是啊。换地址。从沃姆沃德斯克拉布斯换到'沃姆沃德斯克拉布斯'。"

"你知道,我应该去看他。把我们的消息告诉他。这是我应该做的。现在你又怀孕了。"

"我没有!这是怎么回事,德斯?我依然没觉得我怀孕了。甚至当他在动来动去的时候。"

"是她。你老爸怎么样啦?"

这倒是真的。唐的怀孕到目前为止毫无症状。是德斯皮肤干燥,偏头痛,德斯心绞痛,情绪大起大落,德斯大量淌口水,日复一日地感觉到口袋里的零钱正在耗尽。

"……去看他吧。去吧，德斯。还有格蕾丝。那才是急事儿。"

"还有格蕾丝。是啊，我会去的。"

戈尔迪（这只三岁的雌猫，已经很有贵妇样了）坐在桌子上，举起一只前爪，像是要接受某人殷勤的亲吻；然后它自己亲了一下，用舌头舔了一下，翻身滚到了《镜报》上。

"怪事，是吧，唐妮。他们回头议论起他有多蠢。这三年来一直在说他多么堕落。现在他又变得愚蠢了。这是怎么回事呢？"

"因为他的新女友说他聪明。"

"是吗？"

"一直以来都这么说。说是他坐牢期间，整理了他的脑子。说是他读了整部辞典。"

"什么辞典？"

"卡塞尔袖珍辞典，但还在读。说是他私底下是很聪明的。报社那些人不了解这一点。哦，不了解。"

"……我要给他打个电话。问问我可不可以在星期六去看他。我很好奇。我得看看他现在怎么样。"

莱昂内尔·阿斯博背靠着绸枕头，坐在大驳船似的四柱床上，镀金的早餐盘放在他桶似的大腿上。

"接受媒体拍照时间，"他说，把电话扔到一边。"哎哟！'特伦诺蒂'[①]！"

"什么！"

---

① "特伦诺蒂"原文为 Threnody，意为"挽歌""哀歌"等。

"接受媒体拍照时间!"

"什么时候?什么目的?"赤身裸体、只穿着黑色高跟鞋的"特伦诺蒂"啪嗒啪嗒从她的浴室里出来(他们各有一个浴室),站在一片寂静的地毯上。

"为了,呃,全面介绍我。"莱昂内尔说,挠着头顶上的一个凹坑。"八个版面的活页。拍照时间定在星期六。"

"这不是临时拍照。这是预先安排好的。你表弟星期六不是要来吗?"

"不是表弟。"莱昂内尔伸手去拿床头柜上的打火机。"是我的外甥……他想干什么呢?"

"我要给你三个猜测。给我给我给我。""特伦诺蒂"动静挺大地梳着头发。"其一。瞧,莱昂内尔,你一定要练习操控报界的艺术。由你来定调子。不是他们,而是你。领先一步。像达奴比做的那样。明白吗,达奴比,她——"

"别再提达奴比!你老是提达奴比!"

"是啊是啊是啊。"

"是啊是啊是啊是啊。"

"是啊是啊是啊是啊是啊。照片是给谁拍的呀?哪家报纸?"

他告诉了她。"八个版面的活页。一种新鲜的方式。梅甘认为这会对我的形象产生奇迹。"

"特伦诺蒂"开始穿衣服……宽敞的凸窗卧室正尽最大的努力把它的新住户往好里想;此刻它带着礼貌的微笑看着"特伦诺蒂"的缎带和亮片吊袜带,看着没有动过的穆兹利和酸乳碗里莱昂内尔的雪茄烟灰……

"你知道,'特伦诺蒂',他们可以想怎样写就怎样写莱昂内尔·阿斯博。我一点都不介意。"

"你话是这么说，莱昂内尔，可你是介意的。往下说，你是介意的。"

"那得当他们……那得当他们，呃，当他们暗示我脑子不太正常的时候。你知道我在这方面的智力低于正常水平，"他说着拍拍他头皮上的另一个凹坑。"或者说别人认为我很傻。是啊，我的话很糙，但那并不意味着——"

"事情会发生变化的，莱昂内尔。你会得到认可。我向你保证。"

"那得当他们，呃，抨击我的智力的时候。这样我就有理由发火。你知道。当他们暗示我是龟孙子的时候。"

"我会让他们尊重你，莱昂内尔。相信我。我会让你受到爱戴。"

2

乐透笨蛋，有奖销售蠢货，彩票赌博傻瓜，选六彩票白痴，赌金独占者精神变态，宾果笨蛋，翻筋斗赌戏疯子——这些都是对彩票傻瓜的称呼。

但这个迪斯顿笨蛋有没有什么深藏不露的能力呢？他的新心动女神"特伦诺蒂"，真名叫休·瑞安，29岁，称他是爱因斯坦——我们怎么能怀疑"特伦诺蒂"呢？她是个"女诗人"。她全科达到普通程度！

我们全国著名的"痛苦大婶"达夫妮，来到疯癫莱昂内尔的乡下邸宅，一度沉睡的埃塞克斯的肖特克伦顿村，向这位暴脾气的夏芙①提供她的建议。

　　"关于莱昂内尔·阿斯博三十个房间的哥特式大楼'沃姆沃德斯克拉布斯'，你最先注意到的是，一小队村民抗议者守在铁铸大门前。稀稀拉拉的几个普通人。一个小店老板，一个家庭主妇，一个教士。

　　"为了中午的采访，我一早就到了，所以，我一边等一边就跟他们谈论他们的委屈。不是你预料中的关于一个彩票傻瓜的话题。没有狂野的聚会，没有损坏的低跟运动鞋，或马力增强的四轮摩托车在乡野里横冲直撞。我们的话题比那个要稍稍微妙一点。

　　"的确，阿斯博很难被看作是社区的支柱。这个村子里最早的住宅，原来叫克伦顿（亨利八世曾在那里住过一个晚上），如今根据一座衰败的阿克顿监狱改了名——这个激起了村民们的怨恨。

　　"还有就是那些包围着十英亩花园的三十英尺高的铁墙。据说当地的孩子们非常害怕那两条凶狠的斗狗，吉克和杰克，它们每天巡视，或咄咄逼人地检查村子。

　　"毕竟，有谁会欢迎通常的搅拌器的介入，在名誉和金钱的螺桨尾流里搅动呢？寄生虫和食肉动物，所有'特伦诺蒂'的跟踪者和相似者。

————————

　　① 夏芙，原文为 chav，英国俗语，意为未受过良好教育，只懂模仿明星的年轻人。

"顺便提一句，当地传闻说，那条'吉克'指的是吉基尔和海德①，而'杰克'则暗指开膛手杰克②。但这对那些东区'白痴们'来说也太'深奥'了点。倒不如说，'吉克'和'杰克'是'朱克'和'贾克'的错版，这两个是阿斯博的伴侣'特伦诺蒂'凭空想出来的、她曾经资助过的两个索马里双胞胎孤儿的名字，她很久以前就停止了对他们的资助。

"到头来，你意识到的，是一种普遍受伤和沮丧的感觉。意识到这些安分守己的乡下人，因为突发横财的囚犯莱昂内尔·阿斯博的闯入，而遭到了嘲弄。"

"我的摄影师，《太阳报》的克里斯·拉奇(在 2009 年 8 月被阿斯博动粗的三个记者中的一个)，请那些保安队员去打铃通报我们的到来。

"阿斯博轻快地来到车道上，他穿着一件蓝色绸晨衣，居然还穿着一双中筒的蛇皮靴子。他极度热情地欢迎我和克里斯，然后耐着性子在大门口接受了那些请愿者的质问。

"'你知道我得到了什么吗，达夫?'他说，'来自地狱的邻居。'

"这个说法令我很感兴趣。我是带着'开放的思想'来这里的——毕竟，你不能相信你在报纸上看到的任何东西! 我们顺着

---

① 吉基尔和海德，英国小说家斯蒂文森的小说《化身博士》中的两个人物，其中吉基尔原本是个善良的医生，因服用了自己发明的一种药物，变成了另一个名叫海德的凶残的人。吉基尔和海德即被看成是具有善恶两重人格的人。

② 开膛手杰克，1888 年 8 至 11 月间，在伦敦东区至少杀死 7 名妓女，而始终未查明身份的一杀人犯。

车道走去，经过那辆著名的宾利'奥罗拉'的时候，我问他，'你不是个来自地狱的邻居吗，莱昂内尔？在迪斯顿的时候？'

"'我？才不。除了我还是个孩子的时候。谁也不想成为一个来自地狱的邻居，达夫，'他推心置腹地说，'那种层次太低了。'

"他的房子，始建于1350年，重建于1800年，在1999年经过彻底的整修，我承认，那是一座富丽堂皇的房子。阿斯博带我简单兜了一圈：有九扇凸窗的半圆形客厅，放着台球桌和嵌入式书架的书房，宽敞的餐厅。当然啦，这些充满文化气息的东西都是以前的房主留下的，那人是个古董权威，七十三岁，名叫沃恩·阿希礼爵士，现在居住在摩纳哥。

"'我准备把这里来个兜底翻，'阿斯博说，对他脑子里那个尚未确定的修复图来了个总结。'每件东西都得是新的。我在迪斯顿长大的时候，那些该死的古董让我受够了。'

"然后阿斯博变得若有所思。'或者说，你认为这些旧东西都适合我吗，达夫？麻烦的是，这加重了我的阶级仇恨，'他用他难以模仿的迪斯顿方言说。他稍稍转向克里斯，'你的颌骨怎么啦？'他问道，没有看着他的眼睛。'你把我的支票带来了吗？'

"管家卡莫迪给我们把饮料端到了泳池边上——给我的是橘子汁，给阿斯博的是香槟。但拍照为先！莱昂内尔大叫着'特伦诺蒂'（我们都知道她对那些单引号多么在意！你做什么都行，就是别提达奴比！）。

"'特伦诺蒂'从她的颂歌和挽歌中分出身来，匆匆露面，穿着粉色围裙和细高跟鞋。她的暗红色头发紧紧地梳到脑后，挽成一个小圆髻——这样的发型被称为'市政厅整容术'。但放在'特伦诺蒂'身上，当然啦，外科医生们都别处忙着呢。

"这是个热得邪门的中午,'特伦诺蒂'很快脱去了围裙,露出'泪滴状'比基尼,黄色的三点贴在常年古铜色的皮肤上。这对年轻伴侣秀出各种爱的姿势。阿斯博穿着蓝色泳装,一双拉链没有拉开的蛇皮靴子,'特伦诺蒂'在他的身边,他(虽然没有肌肉,却很敦实)像极了一部淫秽卡通片里的一个超级英雄,或超级恶棍。

"'为我们把上身脱掉,宝贝,'克里斯喃喃道。'特伦诺蒂'立刻照办。于是我们眼前就出现了那对著名的乳房(最早是在去年曝的光)——与其说是肉体,不如说是陶瓷,高高耸立。

"'那些东西可不便宜,'阿斯博说,'她告诉过我它们值多少钱。那可让她花在她的翘臀上的钱完全不值一提啦。'

"'特伦诺蒂'逗留了一杯酒或三杯酒的工夫,谈论她希望开发的新的香料行业。还有一个新的行业,她称之为'贴身内衣'。当然还有下一部'无名之辈'诗集!"

"随着克里斯咔嚓咔嚓地摁动快门,'特伦诺蒂'站起来,假充斯文地走动着。她的乳房和她的'翘臀'(阿斯博如此调情地称呼它)为整容技术的高超提供了生动的证明。但她十八英寸的腰围可完全是她自己的(她怎么还能为她曲线如此完美的上腹部找到余地的呢)。那张脸,那些出奇高贵的骨头和那张充满魅力的薄唇大嘴巴,难怪阿斯博会拜倒在她的石榴裙下。

"克里斯和'特伦诺蒂'离开去做他们的'会面'了(见3—6版)。莱昂内尔叫卡莫迪再拿香槟来。我一时经不住劝,来了一小杯巴克鸡尾酒。我查看了我的记事本,重新装好录音机磁带,我们接着往下聊。

"'女人,莱昂内尔。'"

3

"'是吗？她们怎么样？'阿斯博谨慎地问道。

"'曾几何时，你被释放后，在一段时间里广下赌注。现在你跟你的新拍档在这里安顿下来。但是莱昂内尔，从前你向来不是个极度喜欢在女人堆里厮混的男人，这是真的吧，是吗？'

"'这是真的，达夫。这是真的。硬要说的话，我有个辛西娅，那是我小时候的心上人。后来有了吉纳。'

"也许就是这个马龙·维尔克威太太（娘家姓德拉戈），在2009年春天，引起了大规模的婚礼骚乱，导致九十名参加婚礼的客人进了监狱。

"'当然啦，吉纳，她现在嫁了人，很幸福，上帝保佑她，'他略带沙哑地说，'瞧，马龙是我的表亲。所以吉纳也是我的表亲。我祝愿他们两个在这世界上好运。我尊重他们的结合。真正的爱情。这是件美丽的事情。'

"一时间我意识到，我们快要接触到他对'特伦诺蒂'的情感话题了。但我稍微心急了点。

"'你没错，达夫。我以前从来没有时间做那种事情。没费过心。有色情节目已经非常开心了。'

"这是随口说说而已。似乎对全世界的人来说，成人影像都是有关成人关系的一种传统选择。

"'有了色情节目，你就不会错到哪里去。就像监狱一样。看色情节目的时候，你知道自己是在哪里。'

"我开始发现这就是预兆，所以我迅速问道，'呃，你跟"特伦诺蒂"是怎么认识的呢？'

"'噢，你得知道，达夫，我坐牢的时候，所有那些女人都给我写信。我出来后，挨个跟她们见了面。在我伦敦的住处，每次见一个。'（如今在伦敦，阿斯博在臭名昭著的南部中央宾馆里长租着一个顶层套间。）'她们都是化了妆的魅力十足的姑娘！'

"阿斯博似乎觉得这很丢脸。是的，这跟那个爱害羞的'特伦诺蒂'是多大的反差啊，一个羞怯谦卑的人，尽人皆知她那关于贫穷的誓言！（还记得阿根廷牛肉大王菲尔南多吗？还记得宝莱坞亿万富翁阿兹瓦特吗？）

"'情人杂志的类型。光看见奶子和牙齿。基本上都是贪得无厌的荡妇，达夫。'

"'那么"特伦诺蒂"呢？'我问道，强行把一声窃笑压了下去。

"'是这样的，当时我就在这个夜总会里。她的保镖在男厕所里把她的号码塞给了我。于是我们喝了几杯。我知道。我知道。"特伦诺蒂"？她这里动过，'他说着，敲敲他的那台旧电脑，而不是敲他的胸脯。'优秀的职业头脑。'

"职业？莱昂内尔·阿斯博的职业？干什么呢？教人怎样填写彩票？抑或穿宾果衫的一门新'行当'？

"'是这么回事，达夫，'阿斯博接着说，'她是个功成名就的精英分子。以她自己的实力。她能够掌控她自己。一个，呃，真正老于世故的女人。'

"就在这时，'特伦诺蒂'匆匆露面，穿着件绿松色橡胶紧身连衣裤，拿回太阳眼镜，又匆匆回去了。

"屋子里一阵沉默。

"'其他那些女人,'阿斯博说,'她们都是第一个晚上就急着上床！"特伦诺蒂"可不是这样的。她不是那样的姑娘。"莱昂内尔,"她说,"你像个迷路的小男孩。相信我。我会做你的……女牧羊人。引导你穿过,呃,名流的途径。把你的手给我。"我们握了手。她直盯着我的眼睛,喃喃道,"让我们,"她说,"在最后关头用一个快速的'东西',把我们的誓约封起来。"你知道,就是那辆豪车。瞧。绝对的谨慎。'

"又一阵沉默(我希望他没听见我在大口吸气)。'她知道怎么应付,呃,媒体的聚光灯。我会从她那里学到对付我的新生活风格产生的压力。'

"我做着最后的努力。'你能说说你那臭名昭著的坏脾气吗,莱昂内尔？听说你有一种愤怒管理疗法,是真的吗？'

"'托米·特鲁姆,'他心满意足地说。(汤姆·特伦伯尔①)'托米住在我的附近,每周两次来我这里,教我拳击。'他的头不停地左右晃动。'引导我的进取心。'

"'但是你在这方面遇到了一个严重的问题,莱昂内尔。你确定需要心理帮助吗？'

"'什么,整个下午躺在他妈的沙发上,哀叹我的小时候吗？'阿斯博顿了一下。'听着,你可以跟所有那些所谓的专家们谈。但最后还得靠你,是吧,达夫？得靠你。瞧,当你坐牢的时候,达夫,你有很多时间思考。我在脑子里一遍又一遍地想过。现在我的脑子正常了。'

"嗯,好啊,我们会做仲裁！

---

① 1971 到 1973 年间的全英轻量级冠军。

"他双手交叉在脖子后面，朝外看着起伏的草坪。粗糙的脸上绽放出牙缝很宽的笑容。他说，'你知道，达夫，我觉得有朝一日我会写出我这一生的故事。'

"此刻我巴不得蹑手蹑脚地走开，期盼着下午的来临。但我还是听着阿斯博匆匆往下说。

"'我不会打字，记住，'他不屑地说。"我可以口述，像别人做的那样。一个来自迪斯顿的男孩。用这样那样的方式谋生。持之以恒，依靠十足的……有所成就。这辈子里有所成就。取得成功。是啊。他取得了成功。'"

"我正克制着不让自己笑出来，这时——谢天谢地——有人特别帮忙地打断了我们：是莱昂内尔二十一岁的外甥来了。

"德斯蒙德·佩珀代因没有把他的名字改成德斯蒙德·阿斯博。这个瘦高个的小伙子，善于辞令，自信满满，讨人喜欢，他毕业于伦敦安妮女王学院，如今是《迪斯顿新闻报》的见习记者。

德斯不止一次（在法庭）声称，莱昂内尔在德斯十二岁成为孤儿后，待他胜似父亲。但他招呼德斯时看不出有一丝父亲的样子。

"'啊，邋遢鬼来啦，'莱昂内尔说（因为德斯是个混血儿）。

"'你好吗，莱尔舅舅？'德斯答道，毫不窘迫。

"莱昂内尔用手给自己扇着凉，咄咄逼人地打着哈欠，德斯和我则互道幸会。德斯颇有感触，甚至有点不知所措地说，'这不是达夫妮吗？我以前每天第一件事就是读你的文章！'

"'去换上泳裤，'莱昂内尔舅舅说，随意指了一下更衣室的方向。然后他看着手表。我采访的时间结束了。

"'见到你真的非常开心,'德斯说,优雅地微微鞠了一躬。他那大度的微笑和淡褐色眼睛流露出的真正的睿智——与他那可怜的老舅舅令人生厌的胡抓乱摸形成多么强烈的对照啊!

"我说,'你肯定非常为他骄傲。'

"'无可奉告,'阿斯博说。

"'最后一个问题。告诉我,莱昂内尔,'我问道,'你"离开"的时候,学到了什么?'

"他似乎想了很长时间。然后,非常有力地皱着眉头,吞吞吐吐地做着'解释'。稍后,把这段录完之后,我觉得我的盒式录音机坏了——但是没有。以下是阿斯博的原话。

"'你要明白,达夫,这个富人的世界……是沉甸甸的。每样东西都有重量。因为人们在这里延续。在这里逗留……而在我的那个旧世界,迪斯顿,那里是……那里是轻的! 任何东西都只有一盎司! 人们死去! 它,所有的东西——飞走!'他又皱了皱眉头,说,'所以,这是我的挑战。离开飘浮的世界……去往沉甸甸的世界。这是我的挑战。我可以掌控。'

"我笑了。嗯,坦率地说——你这辈子可曾听到过这么自以为是的废话? 说真的,事实几乎太过悲伤,难以形诸文字,是吧? 莱昂内尔·阿斯博如今是个非常富有的人(见补充报道)。为什么呢? 报酬是丰厚的,而努力和天赋,始终是不存在的。于是,在阿斯博的例子中,财富的外表只不过在不断提醒人们,他从根本上是一无是处的。他的自尊高不过他的智商(几乎不超过两位数)。这一点——加上严重的情绪紊乱,以及性领域中令人担忧的不稳定——造成了对暴力风险和虚假自尊感到的不安。

"'所以这就是我的挑战。'的确……克里斯和我悄悄溜走,让阿斯博和他的钱，他的傻话，他的信条见鬼去吧。当然啦，我在想，面临挑战并将战而胜之的会是小德斯·佩珀代因，他在这种生活中获得了某种成就。是年轻的德斯·佩珀代因'获得了成功'。

"不是莱昂内尔·阿斯博。"

不，不是那个极乐之地的疯子。不是那个身家百万的傻子。深藏不露的能力？别把我们弄哭了。把它刻在你的墓碑上吧，伙计。如果你能拼写出来的话。**莱昂内尔·阿斯博：为富不仁的卑劣小人。安息吧。**

强奸？凶杀？接下来会是什么呢，你这个没脑子的**笨蛋**？还记得你那句同韵俚语吗，莱昂内尔？笨蛋？出自 Berkeley Hunt？四个字母？C 字开头？①

别着急，各位。给他足够长的时间，他会想出来的——就在这些年里。回到斯克拉布斯，他们已经在给他的马桶座加热。给他的单人牢房重新装上保护垫。

放轻松，伙计，谨慎一点，慢一点。你会拥有世界上所有的**时间**……

4

在莱昂内尔的天文馆似的玻璃圆顶养身馆里，德斯一边换上

---

① Berkeley Hunt 的缩略形式为 Berk(笨蛋)，其同韵俚语为 cunt (龟孙子)。

他被吩咐带来的游泳裤，一边把一切都看在了眼里，瀑布池，游泳池，各种热度的桑拿房，咕咕响的按摩浴缸，排列整齐的盆栽植物以及微微发亮的松树。然后他从一扇错误的门出去——发现自己赤脚来到一个大而奢华的藏书室里……在最近的咖啡桌上（随着一阵剧痛，他看见）有一份随意摊开的《晨雀报》，加上一份随意摊开的《迪斯顿新闻报》，再加上两罐蛇王啤酒，盖子上都放着一支揉皱了的万宝路香烟，那场面像是早年间……

他肩上披了条白毛巾，踏上了平台。达夫妮已经走了（他红着脸，想象着好多年前她读他的来信：亲爱的达夫妮，我跟一个比我大的女人发生了关系……）。在泳池旁，莱昂内尔躺在那里抽着雪茄，卡莫迪再次把他的冰桶装满。德斯站在那里，双手搁在臀部……这座村子坐落在一个低洼的山谷的一块高地上，莱昂内尔巨大的花园被划为三级，三段相等的距离，逐渐延伸进一块淡绿色的牧场，两匹小马在那里蹭鼻子，吃草。最高处的草坪掩映在一棵遮天蔽日的杉树中，那杉树被困在草坪中央，古老，壮观，枯槁，如今基本上靠一些由它本身的木材制作的三角架支撑。掉落的树枝，做成拐杖。

"那就把身子弄湿吧，"莱昂内尔催促道。

德斯潜入水中，温热的水从他身上冲过，似乎堵塞了他的毛孔，令他想起以前学校的郊游，氯，洗脚槽，布满小脓包的白色胸脯。他浮出水面，说，

"有点儿热，是吧？"

"是啊，我知道。太热了。都怪'特伦诺蒂'，是她坚持的。"

出于礼貌，德斯游了几圈……你尽可相信，莱昂内尔（他觉得）有那么个女朋友，他念不出她的名字。特伦诺蒂的意思是不

是挽歌或哀乐呢？……他爬了上来，有一种大汗淋漓的感觉；他重新披上毛巾，过去坐在莱昂内尔那垫得厚厚的安乐椅旁边的柳条椅上。他说，

"哦，好。"

"是啊。非常清新。就像你刚往里面尿尿的浴缸……假如你想要尝一口这个，那就去吧。去，把你的杯子倒满。我已经跟达夫喝了两品脱了。你知道，她是对的，'特伦诺蒂。'这事毫不费劲。"

"什么毫不费劲？"

"在媒体确立你的形象。这很容易。你只要让你的人格显现出来。然后它们就任由你操纵了。"

"干，莱尔舅舅。"

"这香槟甚至不像啤酒。它像气泡饮料。这更像是麦卡伦威士忌。"他端起沉甸甸的杯子。"它比我年纪都大。至于那棵该死的树，就是那里，它已经有一千年了。一千年哪。树是从黎巴嫩带来的。在十字军东征的时候。"

他们两个望着外面，望着远处。

"……你知道，德斯，英格兰的每一个皮条客和叫花子都曾来敲过我的门。林戈。林戈露过面。说他因为胳膊受伤，找不到工作。我说，林，在你胳膊还没受伤的时候，你就找不到该死的工作。你的约翰舅舅，他也找上门来过。"莱昂内尔怨恨地但最终相当纵容地摇摇头。"他们什么事情都想试！哦，是啊——猜猜还有谁来过。猜猜还有谁从那该死的墓碑下面爬了出来。罗斯·诺尔斯！"

德斯记得罗斯·诺尔斯。那个十足的酒鬼，那次在幽灵酒

吧，因为马龙和吉纳·德拉戈的消息，莱昂内尔狠狠揍了他。

"罗斯·诺尔斯，如果你愿意的话。罗斯·诺尔斯一瘸一拐地走上我的车道。是啊——去吧，兄弟。我是什么，是他妈的银行吗？"

Bank（银行）说成了 Ban-kuh。一阵沉默后德斯说，"唐怀孕了。"沉默继续。

"是吗。期盼 ① 什么？……得了，说清楚点，孩子。你干吗来这里？"

德斯说，"只为一些家庭事务。如此而已。"

"什么事务？"

"你知道的。那套房间。外婆。"

"哦，是啊。外婆。你去过那里？怎么样啦，那老……？"

"我来就是要告诉你我们的事情，莱尔舅舅，"德斯说，让自己重新振作起来。"我很高兴。唐怀孕了，我们两个都高兴坏了。"

莱昂内尔坐直了身子，全神贯注地听着。"你太年轻了，德斯，"他平静地说，"你才二十一岁。"

"嗯。唐二十三了。我们不是孩子了。"

"好吧。你不像格蕾丝。或你的妈妈。你不是十二岁……但你应该挑逗，"他接着说，"那些姑娘们。专心致志。"

"我似乎不是那样的人……我像你一样，莱尔舅舅。从前的你。不为那事儿费心。"

"是啊，但我现在可费心了，天哪。着了迷一样。当这种事

---

① "怀孕"原文为 expect，而该词的另一个意思即为"期盼"。

情发生的时候，德斯，一切都完了。你只好任凭她们摆布！"

德斯往后仰着，闭上眼睛，做梦似的说，"我喜欢一个姑娘。"

"哦，是吗？谁呀？"

莱昂内尔是在讽刺他吗——抑或只是故意装傻？"不。我喜欢要一个姑娘。"

"是啊，谁呀？"

"不，莱尔舅舅。我喜欢做一个姑娘的爸爸。"

"哦。哦。那可是你自己的事情……对不起，德斯，我在想着别的事情。我今天下午有个约会。"他眨了三下眼，四下，像眼睛疼似的，然后他张大嘴巴，嗤笑了一声。"靠。姑娘们。她们那样子……再说了，你……"

德斯又闭上眼睛。"我很高兴。只是在想，如果是双胞胎怎么办？"

"……忘了它吧。"

"忘了什么？"

"你想要我的房间。你得不到的。"

德斯身子前倾。"噢，行了，莱尔舅舅，行了。你要它有什么用啊？"

"放我那些东西！"

"都是些什么东西啊？好几柳条箱的破手机。北朝鲜类固醇的酒瓶子，都粘在一起了。还有一堆从成人频道录下来的旧录像！"

"……哦，这么说来，你进去看过啦。"

"是啊。"德斯告诉他，他是怎么进去的（四脚着地），花了一个星期，把那些东西重新堆好。"所以我们可以重新装一扇门，把那些东西都锁好。这是好多年前的事了，我跟你说过，莱尔舅舅。"

"你从没说过！"

"我可以证明！"

"那就证明吧！"

"好。我结婚了没？"

"……我怎么知道？"

"没明白？我什么都跟你说过！在'沉默的格林'监狱。你跟你的人在打电话。攻击日元。我说，我们订婚了。但你没听，莱尔舅舅。你太忙于攻击日元了！……我们需要空间。这是我母亲的房间。我想把它要回来。"

"哦，呜呜。你想得美。"

"听着。从你挣钱的那一分钟起，我们的补助就被停止了。所以是我们在付房租。"

这时，莱昂内尔的眼睛有了变化：原先的蓝颜色放着光，显得自命不凡，像一对车头灯的灯光从微弱到强烈。"但是德斯！"他叫道，"那个房间是我的——我唯一的……它是我唯一的……"

"你唯一的什么？你唯一的——你唯一的纽带？"

"是啊，我想是的。就是那一类的东西……好吧，德斯蒙德。你赢了。"

于是就在当时当地，莱昂内尔表示，将来愿意承担阿瓦隆大楼的全部支出的一半——不，三分之一。

"我们宁愿要那个房间。"

"天哪。你还不满足，是吧。好吧，"他说，"全部都由我来付。全部……行了，德斯。你就顺从我吧。只不过一两个月的事情。等我安顿下来就行了。"

他伸出一只手，德斯握住了。

"好了。你此行的目的达到了。任务完成。现在你开心吗？……哦，天挺热的，是吧，德斯。你知道唐培里侬香槟多贵吗？"

"不，我不知道。"

莱昂内尔哼了一声，站起来。他从冰桶里拿出酒瓶：酒瓶里六分之五是满的。他用一根弯曲的大拇指，用力把腰带拽掉，并倒起酒来。

"哦，这样更好。喔，带一点小小的刺痛感，舒服。嗯。这是应得的！……你朝谁咧嘴呢？"

"没谁，莱尔舅舅！"

莱昂内尔把倒完的酒瓶滚到桌面上，扑通一声刺耳地跳进水里，朝浅水区游去。

5

现在是一点半。

喷水装置给德斯的脚冲凉，他赤裸的双腿站在羽毛般湿润的草地上，手机揣在手里（他在听候莱昂内尔的召唤），他在场院里转了个圈。它们被美化过，他想道——巨大的手抓着它们，雕塑它们。那三块草坪在两边被又高又粗的带电铁栅栏束缚着，但山谷及远处的景色不受阻碍。他往下走去时，装在树枝上，灌木丛里的灵敏的监视探头，忿忿不平地伸着脖子看着他走过；另外有三个不一样的保安客气地陪着他 (都是刚到中年的年纪, 戴着牙套, 皮肤黝黑。他们看上去像小明星, 或是他们的替身, 武替或裸替)。随着这片景色向牧场那边延伸, 那些马此刻巍然耸现, 他来到一个约有二十英尺宽的深沟。里面横跨着一道令人胆寒的螺旋状铁丝网; 它像理发店门口做招牌用的彩柱那样旋转着, 发出微弱的劈啪声。

他的手机振动起来。是德斯吗, 莱昂内尔声音沙哑地说。去厨房跟露茜太太说一声。她会用芜菁给你做午饭。然后来我的办公室。你可以跟'特伦诺蒂'打个招呼。聊聊你的未来。三点。记着。德斯把手机塞进口袋, 注意到双子探照灯的灯光照到了三角墙屋顶上 (这座大楼的显眼的天线), 他觉得听见了沉闷的或来自地下的狗吠声……但此刻他远离迪斯顿——远处的迪斯顿以及它野蛮的律动。那腐烂的古树看上去多温柔啊, 它的绿色松针掉落, 它缓慢的掉落被它自身的炫耀和逗留阻滞。一切都是静悄悄的, 只听得鸟鸣和潜意识中的炎热及繁殖力的呢喃; 一切都纹丝不动, 只有大量煞白的蝴蝶在翩翩起舞。

他勉强吃完了旧派老农吃的午餐 (根块蔬菜, 微微冒着热气), 从厨房走到藏书室。这时是两点四十五分……那些书, 有些也许是不断买进的 (五十来卷布尔沃-李顿[1] 的皮面本), 但其中有很多宝贝——麦考利[2], 吉本[3], 丘吉尔-罗斯福通信集, 托洛茨基的《俄罗斯革命史》……在屋子的另一头, 有两幅镶着金框

---

[1] 即爱德华·布尔沃-李顿爵士 (1803—1873), 英国小说家, 诗人, 剧作家, 政治家。

[2] 即托马斯·麦卡伦, 18 世纪英国评论家, 政治家, 历史学家。

[3] 即爱德华·吉本 (1737—1794), 英国历史学家。

的油画，隔着台球桌相互对视——这是现在的主人和现在的女主人。油画中的莱昂内尔穿一件奶油色的背心，在碧蓝的天空映衬下，活像从前苏维埃宣传资料中的少年先锋队员，隆起的肩膀肌肉，有凸纹的前臂，开阔的额头上，一番剧烈运动后出现的光泽。至于"特伦诺蒂"，在同样的背景下，她像是旧政权的幸存者——一个出身高贵的竖琴演奏家，也就是说，如今经过了一到两年的强制性劳动的锤炼。

"是佩珀代因先生吗？"

他最后朝四周扫视了一眼。是的，花园的奢华就是空间和沉寂的奢华；藏书室的奢华就是思想和时间的奢华。

卡莫迪领着他穿过门厅入口，顺着一条宽阔的石板走廊，走到一排镜子前停下。

"你推开门就行，先生，门是朝外开的。"

德斯推开门，从镜子间穿过。

他进入一个又长又低的房间，房间暴露在自然光的灼烤之下，空气经过处理（清凉，潮湿）——他立即意识到，那是一种给人以阴森、独特的先入之见的场景。莱昂内尔坐在远端一张高背转椅里，电视机荧屏微弱的光照着他。此刻轮到德斯想起了詹姆斯·邦德——邦德，詹姆斯·邦德，他的杀人执照。当然啦，莱昂内尔不会是特工，不会是007；他也许是一心想着统治世界的疯子。哪里才是他养满鲨鱼或水虎鱼的护城河？哪里才是他毛茸茸的白猫，他的棋盘，他的单轨铁路？即便统治了世界，莱昂内尔又能怎么样呢？……酱紫色的吸烟衫，粗雪茄，球形大白兰地酒杯，这是三位一体的东西；另一方面，大先生和诺博士①之类，以他们巨大的野心，正常情况下是不会被看见朝着一张杂乱的《迪斯顿新闻报》皱眉的。此刻莱昂内尔把那报纸放到一边。

"坐那边，好吗？"他朝一张红皮饰钉的矮沙发点点头，"……你能怎么办呢，德斯？"他问道，"这么糟糕的东西。这么扭曲。"

害怕，像个可怕的老朋友，抓着德斯·佩珀代因，紧紧抱着他。

"看你的眼睛。说明了一切。"他把大拇指的指甲掠过额头，从一边的太阳穴到另一边的太阳穴。"内疚的眼睛。告诉我为什么，德斯。你知道我在说什么。为什么，德斯，为什么？"

莱昂内尔脸往后仰（带着痛苦的微笑），在转椅里转了整整一圈。

"瞧，我是个身处困境的人。我养了这么个外甥。自打他妈妈悲惨地去世之后，我亲自扶养他。尽我的全力。我觉得他不是个坏孩子。他时不时地让我失望。信口开河。这就是年轻人的……那么他做了什么呢？对我耍心眼。他上了大学，脑子里装满各种思想。学习，呃，犯罪学。现在他背信弃义，为了生活……"

德斯过了会儿才弄明白莱昂内尔的真正意思是 Finking（背信弃义）而不是 thinking（思考）。他的紧张感似乎消失了——取而代之的是一种极度的厌倦。这一切都毫不新鲜。

"你还记得吗，德斯，好多好多年以前，我回家时当场发现你在看《犯罪监察》？我揍了你一顿？嗯，我以为你已经接受了

―――――――――――

① 大先生和诺博士，007 系列小说及电影中的主人公。

教训。显然没有。"

"你说什么呀，莱尔舅舅？"

"我说什么？我打开我的《迪斯顿新闻报》，"他说，打开他的
《迪斯顿新闻报》——"而你在刑事案件部！"

"是啊。可以这么说。"

"看看这个。**激情奶奶挫败领班逃跑阴谋**。《迪斯顿新闻报》
德斯蒙德·佩珀代因采写。看看这个。**勇敢的银行保安解救被困
遇袭美女**……不。不。你一定得离开那个行当，德斯。立刻，"
他说（相当困难地）。"你背叛了你自己的阶级！我不能接受，孩
子。我不能接受。"

"你不能接受。那我该干什么呢？"

"不必问。很简单。你递交辞呈。"

"……是啊。这很有意义。这年头工作有的是。"

"哦。讽刺。好吧，"莱昂内尔说，那口气像是已经做好了
寻求妥协的准备。"对。申请调到别的部门。调离，呃，刑事案
件部。"

"莱尔舅舅，《新闻报》的每一个部门都是刑事案件部。这是
在迪斯顿。"

"胡扯。还有运动部。"

"运动部？"

"是啊。看这个。背面。他们有足球。斯诺克。还有飞镖……"
莱昂内尔哗哗地把报纸翻到中间的版面。"或者是特稿部。瞧……
电视导视……DIY……黄道十二宫……为你解忧……再不还有小
广告。"

"是啊，还有小广告。对不起，莱尔舅舅，我在现在这个部

门很开心。"

"你现在很开心。哦，你真是不知羞耻。你真是不知羞耻。我不能……好吧，好吧。"莱昂内尔此刻面露狡黠之色——毫无掩饰的狡黠，完全不加克制的狡黠。如此的狡黠——甚至连莱昂内尔都不知道该拿它怎么办。"呃。听着德斯。我无疑是想给你和，呃，小唐妮留点东西的。无疑。把所有的一切都保留在我的手里，"他说，凝视着那只手 (带着伤疤的指节，被咬的指尖)，"是最好的办法。你知道。大笔的资金。呃，一笔年金。股票。我是个富人，这是个有价值的事业。"他把 wealthy（富）说成了welfy, worthy（有价值）说成了 wervy。"但如果你继续做你在《迪斯顿新闻报》做的事情，那就没有机会，没有机会了。"

德斯笑笑说，"忘了它吧，莱尔舅舅。你了解我——我是个社会主义者。不愿意不劳而获。不管怎么说，我这就要更上一层楼了。我被《每日镜报》聘用了！"

"……《镜报》？那好啊。《镜报》就另当别论了。《镜报》——"

随着一阵电流的嗞嗞声，头顶上的灯亮了。

"啊，'特伦诺蒂'！"

6

她在门口说，"他要搭车吗？我不介意有个伴儿。我可以让他搭车。我开车。"

"开车？莫尔在哪里？"

"他的孩子病了。所以我让他回了家……他要搭车吗？"

"他？不用。他有票，'特伦诺蒂'。他已经吃了。露茜太太给了他可口的根块蔬菜做午餐。不，他这就得走，不过他有他的廉价车票，'特伦诺蒂'。他不相信免费搭车。他有他的廉价回程票。"

"好吧，那我走了。"

她一动不动地站着，随后，像被释放了似的，大步向前走去。她身穿时髦的收腰黑夹克，一条环形条纹黑黄相间的裙子，一双黄袜子，这让德斯想起有过那么一个念头，曾有一两次惊到了他：小黄蜂的那种不期而遇的美……莱昂内尔侧脸接受她的亲吻，她留在那里，断断续续地跟他嘀咕，抚摩着他的发茬。他们一次次亲吻，一遍遍嘀咕。德斯赞许地看着。他们似乎真的干得很好，他已经能够听见自己在跟唐说。你知道。相互支持。真正的关心和……

"特伦诺蒂"直起腰来，说，"我会给他们百分之三。这是最高限额。以及陈列的机会。"

"听上去很在理。"

"他们可以再申请。"

"那就去吧。哎哟，你今晚是去见那个家伙吗？"

"哪个家伙？"

"那个游艇推销商。那个下三滥。他从哪里来？"

"你是说劳尔？从贝鲁特来。你一定要知道的话，他是个基督徒。你断定我是去见他。我巴不得跟人睡一觉。"

"我知道这种感觉。"

"哦，别看着我。"

"我不看。"

"是啊是啊是啊是啊。"

"是啊是啊是啊是啊是啊是啊。"

"是啊是啊是啊是啊是啊是啊是啊是啊。"

在这个（至少）数字上的胜利之后，"特伦诺蒂"转向德斯说，

"听着。莱斯。你还年轻。你为报社工作。他们为什么不像谈论达奴比似的谈论我呢？老是达奴比。达奴比达奴比达奴比。"

"耶稣啊，"莱昂内尔冲动地哼了一声，"达奴比。"

"是达奴比。对，达奴比。我为什么老要成为达奴比，莱斯，为什么不是达奴比要成为'特伦诺蒂'？为什么？为什么？"

"那些都是外国人，"莱昂内尔说，"这是因为你老是跟那些外国人有圪垯。不是英国人。"

"那你呢？你是个英国人，这是绝对不错的。"

"是啊。你是第一号。"

"是啊是啊是啊是啊。来，莱斯。告诉我。为什么总是达奴比？说吧，为什么？"

"呃，"德斯说，"这你可难着我了。我不知道，也许因为她是个妈妈。年度精英妈妈，是吗？她有孩子。不管她有别的什么身份，首先她是个妈妈。"

"特伦诺蒂"眯眼看着他。那张嘴巴，像女士钱包上的拉链：一时间她看上去像个硬如岩石的油田钻井装配工，想起了一场凶残的海上油田大火。"听见没有，莱昂内尔？我现在就得有个该死的孩子！"

她如剪刀般迈开双腿，迅疾而气咻咻地大步走去——德斯想起了外婆，那次从店里回来，给罗里·奈廷戈尔买了鸡蛋和熏咸肉。那份同样的决心，然而其中有些不牢靠的成分。那份同样的

兴旺发达的决心。

"爱你，""特伦诺蒂"推门时回头厉声说。

莱昂内尔在她背后哀伤地叫道，"不要开'奥罗拉'，'特伦诺蒂'，开梅赛德斯。"他把 Merc（梅赛德斯）说成了 Mer-cuh。"或宝马也行！……哦，德斯，"他说，带着确定无疑的钦佩，"还记得伊拉克监狱里那个姑娘吗？琳迪·英格兰①？我把'特伦诺蒂'就叫做琳迪·英格兰。琳迪·英格兰。她受到了折磨。她说，大约要一年。然后我们都会得到我们想要的……好吧，还有别的事情吗？"他不是第一次地专注地看着他的手表。"天哪，总是比我以为的要晚。钟滴答滴答地走。你最好上路吧，孩子。"

"那里到处是裸背的插座，消防门全被堵住了。她点着了手腕上的绳子。僵硬的关节和褥疮。我看见她的床头柜上有一罐伟嘉②。"

"伟嘉？"

"她需要更好的照顾，莱尔舅舅。"

"嗯，那里可不是仙境，是吧。老年人嘛。"

"她才四十五岁而已。"

"那她还能指望什么？全都要靠我们。不管怎么说，干吗费心费力地挪动她呢？对格蕾丝来说都一样。她已经不需要照顾了。"

———————

① 2006 年 10 月，美军在伊拉克的监狱里发生了女兵虐待伊拉克战俘的事件，其女主角即为琳迪·英格兰。事发后被判入狱三年。
② 伟嘉，一种猫粮的牌子。

此刻他们在半球形的入口大厅里——那里大小像一个采石场，带着悠悠的回声，瀑布似的阳光从环形走廊上面鸢尾花形的窗子射进来。德斯说，

"我看见了林戈——我看见林戈舅舅将出现在《人物》杂志上。下个星期天。"

"是啊，梅甘告诉我说，他们正在炫耀呢。谁在乎呀。让他为了五十个便士就把什么都兜出去吧。"

"不过，这会找麻烦的，莱尔舅舅。一切又要被兜底翻。你和那五个兄弟。他们也许要拿格蕾丝说事儿。他们会把事情弄得看上去很糟。你在这里——她在那里。想想吧。"德斯描述着：颇有视觉冲击力度的一期《每日镜报》上，关于格蕾丝的家。"你躺在泳池旁的安乐椅里。格蕾丝被困在阁楼上的被褥里。看上去很糟糕。"

"……他们什么都做得出来。是啊。他们会扭曲事实，把事情弄得看上去很糟糕。这就是他们干的事情，德斯。一贯如此。扭曲事实，把事情弄得看上去很糟糕……天哪，梅甘怎么就从来没想到这个呢？我付给她好多钱。或者该死的塞巴斯蒂安·德林克。"

"有一个比较好的地方，莱尔舅舅。我去过那里。桑尼斯外两英里。在岬角上。叫做北莱茨。不过那里比较贵一点。"

"贵多少？耶稣啊，你就是一个人的黑色星期一。"

"那是在科洛莫峭壁北面。"他伸手从肩包里掏出一本光洁的小册子递过去。"俯瞰洛欣瓦海滨。"

"……好吧。好吧，我会上心的。嗯。我今天不能生气。我今天不能生气。"

"这是为什么？"

"这不是常有的事，德斯，你不会常有机会纠正一个错误的。为正义而战。干得漂亮一点，德斯。要有点格调。"

"……莱尔舅舅，我听见的是那两条狗的声音吗？"

"在地下室里。杰克和吉克。它们是好孩子，但它们现在想我了。"一个壁龛的深处，一架老掉牙的座钟敲响了四点。"好吧。你去吧。回到你的刑事案件部。用你的廉价回程票。"

"给你带了点消息。来自刑事案件部，"他们径直往前厅走去时，德斯大胆地说，"关于罗里·奈廷戈尔。"

"哦，是吗？"莱昂内尔说，这回再也轻松不起来了。"他怎么样啦？"

"有人在南区的一块小园地里发现一具尸体。是下雨使其暴露出来的。那不是罗里。是另一个孩子。但他身上有罗里的学生证。还有他的金牙签。警方做了DNA检测。猜猜那里还有什么。假发。"

"假发……你知道，德斯，我从没忘记过。罗里——他说了一些事情。"说到这儿，莱昂内尔挤出他呲牙咧嘴的假笑。"这一切都是德斯干的，他说。他这话是什么意思？"

但德斯对此多少已有准备。他小心翼翼地在嘴上挂着一丝微笑，说，"也许就是说冤枉了他。你忘了吗？你让我指证他。让我告发他。记得吗？"

一时冷场。然后莱昂内尔使劲地摆弄前门上的锁和门闩，链条和棘轮。

"罗里·奈廷戈尔逃避了惩罚。他干了我母亲。小心点，孩子。"

德斯往前走去。

"呃，停下。"莱昂内尔看着手表，"快。我带你去看我的车。"

7

在迪斯顿——在迪斯顿，所有的东西都恨别的东西：别的东西，反过来也恨所有的东西。柔软的恨坚硬的，反过来也一样，冷的与热的为敌，热的与冷的为敌，任何东西都对着别的任何东西大喊大叫，诅咒谩骂，所有的东西都没有分量，所有的东西都恨有分量的东西。

另一方面，在肖特克伦顿，所有的东西都以一种绝对的满足看不起别的任何东西。似乎整个村子往后仰，双手搁在臀部，在脚跟上轻轻摇晃。或者在德斯·佩珀代因看来是这样，他往火车站走去，在一片白色和灰色中，听着农夫们的声音，看着来来往往的自行车和掀背式小汽车——茶叶店，杂货店，家庭屠宰场，他产生一种异国情调，觉得自己很惹人注目。两块夜光路标吸引了他的目光。一块上面画着两个人物线条画，侧着身子往前移动，显得十分困难，步履维艰，浑身颤抖，像上着电刑似的（**上年纪的步行者**）。另一块上是一头牛的大头照，没有说明文字。

农村的白痴生活。这是谁说的呢？列宁？[①] 他（以新主笔的口吻）自问道，这是不是白痴状态呢，抑或这只是一种无知？不管怎么说，他意识到的是一种令人困惑的缺失：紧迫感、匆忙

---

① 其实典出马克思恩格斯的《共产党宣言》。

感以及目的性上的缺失。以及一种智力上的不足。他固执地相信，迪斯顿拥有隐藏的思想力——几乎所有的思想力都陷入困境或具有相反的目的。他常常纳闷，如果所有死去的脑子都苏醒过来，将会是怎样的局面？如果莱昂内尔所有的决定都是明智的呢？……同时，这里是肖特克伦顿，以及它的悠闲、慵懒的生活。我想我只是国际都会中的一分子，他想道，继续往前走。

前方有一辆被撞的蓝色微型汽车在街角拐弯，剧烈震动着，七拐八弯，然后停了下来，从发动机罩里冒出一股褐色的烟。车流——此时马路上的车流至少是不断的——开始集中在被堵塞的巷子里，一两个喇叭试探性地鸣响。德斯从那辆汽车前走过，往里面看了一眼，只见前排座位上有一对青年男女：他们正在相互叫喊着（听不清叫些什么），同时腰部痉挛似的扭动着，试图推动车子。原来是马龙和吉纳·维尔克威！吉纳穿一身白，头发上扎着细丝带，就像在她的婚礼上一样。那辆微型汽车（也许是从已故的杰登·德拉戈的前院里开出来的）事实上的确一颠一颠地往前开动了，拥堵的车流自然也就松动，最终各自散去了。

德斯往前走去，进入狭小的车站（他习惯了那种跟成百万人在一起的终点站），产生一个不愉快的念头。一个乏味的念头：他忘了拿泳裤（现在他想起他把泳裤放在了泳池旁边的那张长椅上，让阳光把它晒干）。节俭和有条不紊的习惯让他立即转身。他此刻面对着的是一个小小的白痴行为：先是掉转脚步，然后还需要再踏着原先的脚步走回来，赶五点三十五分的火车。

路上，为了转移自己的注意力，他一遍遍回想他舅舅在听到关于《每日镜报》的消息后的反应。为《每日镜报》写关于法律和秩序的文章，在某种程度上比起给《迪斯顿新闻报》写这方面的文章来更糟，因为更大的发行量（你是在全国范围内做你的眼线！）；不过，莱昂内尔反驳道，《镜报》是工人阶级的老朋友，因此相对来说，对待犯罪的态度要缓和一点。

你的意思是说，《镜报》是保护犯罪的，莱尔舅舅？

别说傻话。他们这不叫保护犯罪。但他们不会因小偷小摸的事情兴师动众。这是一种公平，德斯。是，呃，财富的再分配。

那你怎么保护小偷呢？用你的警卫和电网？

啊，这是我个人的倡议，他说。他们进入了带回声的入口大厅，莱昂内尔站在三瓣阳光照耀下的一个池子里。那是另一回事。瞧，我没有动用法律，德斯。我始终受到威胁！他们说，拿一千万来，否则我们就他妈的要你的命。我说，来拿吧。欢迎你们来试试。要是某些该死的拼命向上爬的人以为有机可乘，那我们就再想想办法。瞧，德斯，就是这么回事。你不能让钱改变你。不能让钱改变你最深处的信念。我从来不使用法律。就是这样。就是这样。

不，这不可能是巧合。那辆旧微型车，此刻一只后轮胎瘪了，正怯生生地在"奥罗拉"威严的轮廓旁颠簸向前……卡莫迪（他很快就退开去）默默地把德斯让了进去。他大步走向藏书室，半路上经过那个黑漆漆的房间，这时注意到马龙，坐在一张矮沙发上，一手端着酒杯，另一只手里拿着一个褐色饮料瓶。

"马龙。"

"啊。小德斯，"马龙声音沙哑地说。

空气混浊，混浊而稀薄，似乎这房间就要晕过去了。德斯意识到了这个气氛——它的错位，它的令人耳聋的、噩梦似的

202

感觉。

"我，我把东西落在隔壁房间了。我正要过去……"

"不。别去，伙计。别去。"

马龙把一只手搁在额头上，额头上汗津津的，在他额前黑色的 V 形发尖的映衬下，额头显得灰白。他笨嘴笨舌地说，

"你，你像个告密者。一个卑怯的小告密者。你在法庭上骗了我。"

"尤尔和特洛伊也这么做了。"

"是啊，看看他们的下场吧。"

此刻德斯适应了房间的光线，看见了黑色地毯上扔着白色的衣物，白缎带，一只胸罩，一条女短裤，一只拖鞋，一只沾了污渍的包裹……

"卑怯的小告密者。"

马龙正试图让他笑脸中布满威胁。但这时后面传来莱昂内尔带着回音的叫喊（把你那胖屁股挪进桑拿房里！），接着是一阵口哨声以及吉纳振聋发聩的尖叫声。

在令人眩晕的光线中，宽大的门砰地打开。门洞里站着赤身裸体、带着杂色斑点的莱昂内尔·阿斯博。德斯的眼睛搜寻着不得不搜寻的目标：莱昂内尔全身赤裸、野人似的站得笔直……在他身后，透过曲线形的玻璃，是绿莹莹的、摇曳的石松，花繁叶茂，还有树叶和它们的影子。

莱昂内尔不知不觉地从他身边走过（德斯在这场梦里到底在干什么呀？）。

"马龙！你在那边黑暗里还好吧，马尔？我没忽略你的需要吧？"

没有回音。莱昂内尔朝前走去。

"抬起头来，孩子。看我的眼睛。看我的眼睛。看见这个了吗？看见上面的唇膏了吗？看见了吗？"

马龙抬起头来——然后又低下头。德斯又走了。

8

"好。我希望你为他感到骄傲。这真好，真的。有魅力。"

"我们能暂时换一下话题吗？我还在康复期中。"

"好啊。马修……怎么样？"她说，"马修。马克。卢克。约翰。"

"约翰，"他说，"约翰，保罗，林戈。对不起。别提名字。"

"是啊。不提名字。别再提名字……我讨厌名字。"

他刚进来（在离利物浦大街一两英里外的低洼的铁轨上，有人自杀，造成了火车误点），唐正准备晚餐。同时他津津有味地吃了一碟腌洋葱。

"雷切尔。德里拉。嗨，你真是没见过他的车子，唐妮。"德斯例举了几家制造商。"他买了一辆猛犸越野车。它被称作Venganza，西班牙语里复仇的意思。炭黑色——没有光泽。像特种部队用的一辆装甲运输车。它是错层式的。你按下一个按钮，一个小小的铁梯子就会降下来。车头灯的大小像垃圾桶盖子。每加仑汽油跑三英里。埃斯特。鲁斯。"

"内厄姆。所罗门。所以你认为他是跟吉纳一起在洗桑拿。彼得。"

"看上去像是那么回事儿。不能叫彼得。彼得·佩珀代因？

听起来像是彼得·派帕拣了一配克①……在洗桑拿时干了吉纳。就在那里。一丝不挂。"

"干得筋疲力尽。"

"唐妮，"德斯说（他没有告诉她关于唇膏的事情）。"是啊。像那个讨厌的半神半人。巴克斯。"

"或者内萨斯，"唐说，"半人半马的怪物。劫持了赫拉克勒斯的妻子。"

"是啊。德娅尼拉……德娅尼拉·佩珀代因。尼俄伯。埃科。埃科·佩珀代因。"

唐说，"该死的。他们为什么要这么干呢？吉纳还在那里咯咯地笑呢。雅各布。"

"杰奎琳。我不知道。肯定是为了钱。杰登可是欠了债的。马龙又是个赌棍。但是吉纳。她听起来——挺精明的。我不明白吉纳……蒂娜。妮娜。金娜。"

一时间，德斯试图像个罪犯那样思考（这在任何情况下都成为一种职业习惯）。他意识到，在"沃姆沃德斯克拉布斯"的那次小小的邂逅，他危险地树立了一个强敌——作为马龙·维尔克威没有男人气质的证人。这是应该记住的。

"他在藏书室里扒了她的衣服！……德斯，记得他说的话吗？在婚礼上？"

"哦，是啊。怎么说来着？她的新娘礼服往上围在腰际，短衬裤褪到……肯定做了一次情景再现。玛丽。夏娃。唐，这个鸡的味道很怪。花椰菜是苦的。"

---

① 英国的一个比较著名的绕口令。

"……可你就爱吃你的鸡和花椰菜！"

他伸手拿过腌洋葱的罐子，用叉子叉了一大块。"米里亚姆。"

"……可鄙的马斯塔德先生。关于租金他怎么说？再告诉我一遍。赫克托。"

"安提戈涅。他说他会帮忙的。不管那是什么意思。等我看见了我会相信的。卡利斯托。"

"嗯哼。如果是个姑娘我希望听起来……缥缈一点。"

"缥缈。好吧。那我们就叫她弗伦诺蒂。"

他们哈哈大笑。藐视一切，这本身说明了什么，他们两个在最大程度上都有一种不负责任的快乐。

"但如果是个男孩怎么办呢？继续，德斯。我们打电话给伊克巴尔寻求答案。"

伊克巴尔是个身高马大的旁遮普专家——穿着绿色连裤裙，堪称完美——在产科中心负责监视超声波。德斯和唐很喜欢他。他们喜欢特雷彻太太，助产士的头（她看上去像泽菲雷里[①] 导演的《罗密欧与朱丽叶》中的护士：有着一双贪求、迫切的眼睛的乡巴佬——对生活的探求，生活）。他们喜欢产科中心。跟他们以前住过的所有的医院都不同的是，产科医院一点都没有气味，达到了怪异的程度。以他们的经验，医院都会有学校午餐的味道。似乎疼痛，死亡，出生，所有巨大的剧痛，都依赖于一份煮胡萝卜和粗面粉的食谱……

---

① 泽菲雷里（1923— ），意大利电影导演。

"为什么当我们都不知道是男是女的时候，伊克巴尔就该知道呢？"

"伊克巴尔才不关心呢。他不会坐在那儿幸灾乐祸、暗自窃喜并擦着双手。对他来说，这只是又一个孩子而已！"

"哦，我们就打吧，德斯。这样我们只要花一半的时间讨论名字。爱德华。"

"艾德温娜。不。唐妮。最好还是不要知道。"

"这是为什么呢？"

"就因为你可以查出来，并不意味着你应该去查。"

"那这也不意味着你不该去查。"

德斯在椅子里扭动着，说，"茜拉从来不知道。外婆从来不知道。她的妈妈，她的外婆——她们从来不知道。"意味着什么？意味着这样的情况：你不该把你跟你的祖先隔绝开来——你的祖先，成千上万的祖先。"安杰利娜。"这里面又有另一番理由（他迷信般地信服这个理由），虽然他并没有深究。"有些知识，还是没有的好，唐妮。安杰莱塔。"

"安德鲁。你认为他会对外婆做些什么吗，莱昂内尔？"

"会的。他肯定会的。他为他的形象担忧。古德伦。"

"古德伦·唐·佩珀代因……不。这样她就成了 GDP^①！国内生产总值。听起来太可怕了。你得把目光盯在缩写上，德斯……达夫妮怎么样？"

"达夫妮？不行。哦。你是说达夫妮。"

---

① 古德伦·唐·佩珀代因原文为 Gudrun Dawn Pepperdine，首字母缩写即为 GDP。与 Gross Domestic Product(国内生产总值) 的缩写相同。

"是啊，达夫妮。"

"她是……"

他又旋开腌洋葱的罐子……出于显而易见的理由，德斯从来没有向唐说过他向著名的痛苦大婶求教一事以博她开心。而达夫妮的回答，当时（你们俩都犯了法定强奸罪）令德斯感到的害怕那么持久，当莱昂内尔在沙发上抬头轻快地跟他说，这是你的达夫妮大婶。达夫妮——《太阳报》的，这时他差点往后摔倒。

"我会联想到一个复仇天使，"他说，"你知道——一个判官。但她似乎是个很好的小可爱。也许她会给莱尔舅舅送上她的一本小册子。"

"嗯哼。关于彩票傻瓜的要与不要。让你最好的朋友的妻子沦为妓女。还让他旁观。"

"我认为她会写一篇情真意切的东西。充满同情。"

"同情？我倒是希望她痛骂他一顿。"

"唐妮！不，别。别开始。安杰利卡。"

"……德斯，我决定了。不管男孩女孩，我们称其为托尔利特①。"

"……好，唐妮。托尔利特·佩珀代因。就这么定了。"

她站起来，说，"看来你算是跟泳裤说再见啦。"

"像是这么回事。我们还有冰淇淋吗？"

"……你的馋虫又被勾起来啦！"

"谈不上什么馋虫不馋虫！我只是想吃点冰淇淋！"

"冰淇淋。草莓冰淇淋，德斯。还有腌洋葱。"

---

① 托尔利特，原文为 Toilet，意为"厕所"，"卫生间"等。

"呃，这我清楚着呢。"

他弯腰抚摩着猫。戈尔迪弓起的、肋骨凸现的背，震颤的尾巴。他不打算告诉唐他的其他念想——他对灰烬、便条纸以及洗衣房淀浆粉的念想。他的这些秘密念想，也是他的秘密厌恶，就像精神过敏，像他的恐惧，他的盗汗一样。而现在，难以置信的是（这里肯定有误会），这一堆恐惧——德斯，德西，德斯蒙德——被要求接受一个全新的人……

"猫是女孩。"

"那狗就是男孩，"唐·佩珀代因说。

接下来的5月1日，星期二，早晨七点，一个穿着制服的法警或者说是法庭差役，铲形宽边帽上滴着雨水，递上一份四十页的文件，文件被密封着，盖着巴克利法官办公室的印戳。

他们花了一个小时才弄清楚是怎么回事。

"我们该怎么办？公寓是在他的名下……这里。他将付三分之一，"德斯说，"根据长期有效委托书。"

"三分之一。我打赌，只要托尔利特一生下来，他就会把它缩减为四分之一。"

"只要托尔利特一生下来，他就得搬出这里。我会跟他理论的。祝我好运……不过，唐妮。这是进账。不是出账。像跟霍勒斯那样。"

"明白了吗？他跟你说过只是暂时的。明白了吗？结果却是永远的！看看是什么样的处罚吧，如果我们即便……"

"他在使用法律！对付我们。"

"天哪。整栋楼他都能买下。他要这一间房干什么呢？"

9

现在事情开始加速。

莱昂内尔的手机不是关机就是无法接听，所以德斯只好往他家里打。他希望听到卡莫迪抚慰性的喃喃声——但是不。接电话的是"特伦诺蒂"。

"哦，"她说，"你真幸运，是我接的电话。"

"怎么说？"

"你看了那该死的《太阳报》了吗？"

打开的《太阳报》摊放在厨房桌子上。戈尔迪趴在上面睡觉。

"他近来绝对可怕，"特伦诺蒂接着说，"今天早晨他把仓房给拆了。那个仓房可是在清单上的。然后托米·特伦伯尔过来了。打一场拳击练习赛——你知道，他们相互有点像是在打假想拳？愤怒管理？莱昂内尔过去打倒了他！托米六十七岁了！我们以为他死了。照莱昂内尔的说法，这都是你的错。"

"他怎么会这么说呢？"

"特伦诺蒂"压低了声音。"根据智囊先生的说法，要不是你闲逛进来，他不会那么倒霉。但是你。他认为他们之所以任意叱责你，就因为你是黑人。你最好避而远之。我这就要出国了。我。让他冷静下来……我告诉你，他恨人家指责他的智力，"她说，"就像恨该死的毒药一样。你知道的。他们暗示他是龟孙子。"

"是啊。是有那么一点。"

"看看这些小人是怎么说我的！"

那天晚上晚些时候（这将占据报纸的大幅版面），"特伦诺蒂"登上了飞往阿富汗首都喀布尔的航班。

第二天午餐时间，正在工作的德斯收到了一个短消息：2 点会有几个小伙子过来别担心他们是搬场工。他直接回家，看见他们已经到了。一队人，穿着亮眼的白色工作服，戴着矿工头盔。德斯看着他们像军人般干净利落地把莱昂内尔卧室里的赃物统统搬走。他们走了之后，德斯蹑手蹑脚地进入房间。摇晃的、被虫蛀的柜子，缺了球形把手、滑槽变形的五斗橱。角落里躺着一堆运动鞋，全都纠结在一起；衣架上挂着莱昂内尔的三四件网孔背心。

星期四他们收到一张来自赖特角的明信片。一个画家对北海的印象：如同板着脸的落日下一只巨大的磨损的浅盘。反面有一行简短的文字，显然是口述的。一对善良的小夫妻过来，把我搬进了这个可爱的新家。下面是她费力写下的 G.，外加一个笔划细长的吻字。

快到那个周末时，佩珀代因夫妇，笼罩在一种虚幻的浅黄色的光环中，看着关于"特伦诺蒂"在阿富汗的活动的报道。

她带着一个振奋精神的使命飞往那里，跟她一起的有一级方程式汽车大奖赛维修站宠儿①们以及一个全由姑娘组成的魅力十

---

① 这是那些 F1 女车迷的绰号。

足的摇滚乐队，叫做 Shy。"特伦诺蒂"在坎大哈的总部表演了诗
朗诵，主持了一场实话实说的问答活动。有传闻说，为了签售，
她会脱去全身只露出眼睛的罩袍，露出来自"自尊"——她的内
衣新行业——的捐赠物，她穿着内衣的新的曲线。其实她没有这
么做。他们还一起参观了巴德鲁的孤儿院，"特伦诺蒂"在那里发
表了一番表示同情的话，听起来却像是在发脾气。

同时，在梅甘·琼斯和塞巴斯蒂安·德林克的办事处里，莱
昂内尔举行了一次记者招待会——与会的有《太阳报》、《镜报》、
《星报》、《晨雀报》、《星期天晨雀报》以及《每日电讯》。摘要：

这么说来"特伦诺蒂"得到了你的全力支持，莱昂内尔？

莱昂内尔·阿斯博：绝对的。一切都为了我们的孩子们。好
吧，我并不完全赞同约翰·劳的看法。这是不言而喻的。所有的
人都知道。但女王陛下的军队？百分之一百。我知道他们会留心
我的"特伦诺蒂"，并把她安全送回家。

关于蛇王啤酒的事情是真的吗，莱昂内尔？

梅甘·琼斯：阿斯博先生打算向在阿富汗服役的每一位英
国士兵捐赠一箱蛇王啤酒，他们共计 5182 人。但有人劝我们
别这样做。

莱昂内尔·阿斯博：瞧，在那边，小伙子们，他们滴酒不
沾。甚至连啤酒也不沾。对海洛因说不当然是没错的，但总得给
他们一罐——

塞巴斯蒂安·德林克：阿斯博先生在考虑各种各样可供选择
的方式。

你会亲自去那里吗，莱昂内尔？

莱昂内尔·阿斯博(哈哈大笑):什么,离开英格兰?不可能。我决不会踏足我的祖国以外的任何地方。嗯,包括苏格兰等等。各位知道,也许还包括威尔士。但我不会跨海出游,伙计。我热爱这个该死的国家。这里是英格兰,我的英格兰,莱昂内尔·阿斯博的英格兰。英格兰。英格兰。英格兰。

就在他说话的时候,一面圣乔治的旗帜(超过二千平方英尺)在"沃姆沃德斯克拉布斯"的探照灯上方高高飘扬……

"他们的形象在改进,"唐说。

"是啊。女王和国家。没人能找茬。"

"她已经不再唠叨说他有多聪明。让我们面对它吧,莱昂内尔不是最亮的火花……它在改进。"

你不能否认这一点。这对最著名的情侣,近来被公认为(比方说)荡妇和迪斯顿傻瓜,现在用来指称勇敢无谓的封面女郎和她的爱国者情郎,有头韵但没有大写字母。①

"是啊,"德斯说,"有些思想渗透进了这一切。我疑惑的是,那能持续多久。"

星期天的《人物》对林戈·佩珀代因的采访,引起了一番小小的争议。林戈的抱怨——莱昂内尔从没给过我一个子儿——跟文中揭露的事情相比,根本算不了什么:在历经十三年的过程

---

① "荡妇和迪斯顿傻瓜"原文为 the Jugjob Jezebel and the Diston Dingbat,"勇敢无畏的封面女郎和她的爱国者情郎"原文为 the courageous covergirl and her patriotic paramour.

中，林戈的抚恤金，残疾补贴金花掉了纳税人五十多万英镑。而那张彩色照片，连同它的蜡像效果，并没有为他赢得崇拜者：一个衣冠不整的蒙古人，一双深凹的、布满红丝的眼睛，一把针一般细的胡子，一种警惕的、寄生物似的邪笑。

只有孤零零一种反响。他所关心的，林戈轻率地说，只有妈妈。除了妈妈，别人都不放在他心上。星期二的《星报》上，有一篇关于北莱茨的半个版面的报道——苏格兰山顶上珠玉般落日下的客厅，格蕾丝·佩珀代因现在心满意足地住在那里，这都得谢谢她最小的儿子的慷慨（不用谢林戈）。

"你要去哪？"

"不去哪。就那边小店……你又皱眉头了。"

"好吧，别去太久，唐妮。"

就在一会儿之前，德斯在看着另一本巨大的儿童书时，看到了下面这句话：每个女人在怀孕期间都会经历对孤独的莫名的恐惧。

这倒奇怪（他想道）：因为这正是我在经历的——在他看来，唐似乎从来没有盲目的妄自尊大。有时候，当他下班回家，他会期盼走进一个尘土慢慢上扬的灰色空间。或者遇见一个冷漠的唐在厨房桌子前抬头看他，彬彬有礼地问道，你好吗？有什么需要帮忙的吗？你走错房间了吧？我能帮你吗？

他知道他的莫名的恐惧是莫名的，他试图不让它们流露出来，但是有一个深夜，他发现自己在说，

你不会离开，躲避我吧，你会吗，唐妮？

……别说傻话。

又一个晚上他会在黑暗里说，

你不会突然起来，离开我吧，会吗，唐妮？

她则会说，德斯蒙德，然后翻身面对着他。

……我担心，他说，带着一种惊厥的吞咽。

没必要，亲爱的。亲爱的。没必要。然后她说（此事就此打住），哦，德西，别这样。不要试图克制哭泣。不要克制。不要。我感到伤心。

一个周末的早晨，他们待在局促的住处，唐在阳台上看报，德斯在走廊里健身。现在他非常健壮；一天两次，上班前及下班后，他都要去斯蒂普斯洛普短跑半小时；他可以在不到半分钟里做四十五次俯卧撑。他为什么做这一切呢？因为他是个将要有孩子的男人。他的身体，至少，他的肉体因素方面，将做好百分百的准备……

"我来接，"他叫道，走到电话前。

"德斯，是莱尔舅舅。听着。有两个 EB 要来清洁我的房间。他们自己会进去。当心点。"

莱昂内尔所谓的 EB，就是来自东区（Eastern Bloc）的人。那天下午，不错，丹奴塔和克里斯蒂纳一边滔滔不绝地说着话，一边匆匆进入公寓，怀里抱着厚厚的毛巾和闪光的亚麻布。他们干了一个小时，喝了一杯茶，离开了。

德斯又一次大胆闯了进去，唐跟在后面。白色被褥折叠成 U 形，像开着笑口（是高质量的亚麻布，不是早些年晒得发黄的涤纶），白色的土耳其浴袍非常蓬松地堆在床脚跟前。抽斗里放着莱昂内尔的旧袜子，粉色三角裤，运动裤，以及他的迷彩服。

唐叹了口气说，"我知道我老是抱怨这件事。但是如果我们能搬进这里，难道不是件让人开心的事吗。"

"这一来，我们的房间就能完全留给托尔利特了。"

"完全。托尔利特睡哪里呢？"唐照着镜子，先是正面，然后侧面（就像茜拉以往出门时常做的那样）。"我还没显怀！"

德斯低头看他自己的腹部。不：他的癌病性怀孕并没那么可笑。事实上他感觉冷静得多。唐老是夸他，崇拜他，热情地回应他的拥抱和爱抚，现在从总体上看起来，要说他可爱的妻子，怀着四个月的身孕，会抛弃她的家和丈夫，带着未出生的孩子离家出走，这似乎太不可能了。他说，

"你有点显了，唐妮。"

"但是别的妈妈们到这时候早就显出来了！而我依然没有怀孕的感觉。"

"她一直都在踢你，是吧？"

"别这么愁眉苦脸的！当然啦，她一直在踢我。你以为我会不告诉你吗？她也是个男孩。她在那里就像在酒吧里斗殴似的。她是个男孩。"

"不一定，唐妮。你知道的，我一直在货摊四周打量。我想我为托尔利特找到了一个完美的摇篮。"

"哈里。"

"拉利。"

"加里。"

"萨利。"

"……你知道，德斯，我有一个可怕的感觉。"

"我也是。他正在缩回去。"

10

到目前为止，这对恋人被简称为"特伦诺蒂"和莱昂内尔，或者莱尔和"特伦"，或者(至少有那么一两个星期)特伦内尔(甚至"特"昂内尔)。当这罗曼蒂克绽放它的蓓蕾和鲜花的时候，英格兰带着溺爱的笑容在一边旁观。

莱昂内尔和"特伦诺蒂"在圣詹姆斯公园喂鸭子，手牵手散步。"特伦诺蒂"和莱昂内尔在厄普顿公园(他们在那里看着西汉姆惨败给曼城)董事包厢里喝香槟。莱昂内尔戴着高顶黑色大礼帽，"特伦诺蒂"穿着夸张的长外衣，享受着这个比赛日。但还有跑狗比赛的那一个个晚上——沃尔瑟姆斯托跑狗场，哈林盖跑狗场，奥肯顿跑狗场——大佬们穿着牛仔裤，短夹克……德斯久久地凝视着一张可爱的照片，(他以为)是莱昂内尔在体育场的鸡尾酒吧里认真地阅读《晨雀报》，而"特伦诺蒂"则去了女厕所。

我终于遇到了一个男人，"特伦诺蒂"对记者们说(包括德斯蒙德在《每日镜报》的新同事)，让我有了珍视的感觉。他让我感到安全。他是个英国人。他是个真正的男人，不像那个伤心、可怜的小杂……菲尔南多。别让我再提那个愚蠢的伤 × 的阿兹瓦特。

在"沃姆沃德斯克拉布斯"，当只有我和莱昂内尔两个人的时候，我们通常会在晚饭前，在我们的房间里演一出幕间戏。在黯淡的灯光下，我为他做来自"自尊"品牌的最新创意的模特儿，先是穿紧身无带胸衣，最后是有褶边的小内衣。毫无疑问是把它当作一场前戏！

他是女人卧室里的十项全能运动员，我的莱昂内尔，但同时也非常敏感和体贴。我们一小时又一小时地澎湃，融化。然而，对我来说，真正的浪漫部分是在我们晚饭之后。我们上楼去，躺在黑暗中。我会说，"爱你，莱昂内尔。"他会说，"爱你，'特伦诺蒂'。"我们会在彼此的怀里、在一番爱的狂喜中入睡。

梅甘·琼斯事务所的一个消息来源没有否认，那对恋人订了好几款订婚戒指。

"对'特伦诺蒂'由衷的倾慕没有误会，"达夫妮在《太阳报》一个后续的时事短评中总结说，"莱昂内尔？哦，他看上去像条有两根尾巴的狗那么阳光！"

"一方面，这对恋人迫不及待地想要开始建立他们自己的家庭，同时，他们又计划领养三个阿富汗儿童，那是"特伦诺蒂"在巴德鲁参观孤儿院时喜欢上的。

"所以谁知道呢？那两个可怜的小富豪也许可能成为国民宝贝，要是他们找到他们谚语所谓的'梦想成真'之路的话。"

"最后问一句，莱昂内尔那个令人钦佩的外甥怎么样啦？我能不能代表羞耻街①，向德斯蒙德·佩珀代因表示热烈的欢迎。尽管夸赞一个竞争对手是件非常痛苦的事情，小德斯，一张令人敬重的通俗小报上的新面孔，已经开始让人产生深刻的印象。对犯罪心理具有如此惊人的领悟力，嗯哼。真不知道他是怎么做到的！"

---

① 羞耻街，此处代指舰队街，舰队街位于伦敦，因报馆集中，故可代指新闻界，由于近年英国媒体经常爆出各种丑闻，故作者借书中人物之口，以"羞耻街"加以讽刺。

"她又在拷贝达奴比，"唐说。

佩珀代因夫妻俩在去赖特角的路上。热衷行动的英格兰，以其一块块彩虹般的绿地，嗖嗖地从他们眼前掠过。

"听好了。"

从《OK！》杂志拍照回来，去四频道出镜的路上——去 EZ（一家新的夜总会）公开露面前——"特伦诺蒂"指示塞巴斯蒂安·德林克发布一条声明，关于将要在互动电视上播映的纪录片《"特伦诺蒂"和莱昂内尔：熔合》。

"她在扮演达奴比，"唐说。

"掐我一下，"德斯惊愕地说，"她已经跟他签约请他出演《我是个超级巨星，我他妈的在这儿干什么？》。不。绝不。"

"我就是要每周七天每天二十四小时跟莱昂内尔在一起，""特伦诺蒂"在每年一度的 F1 女车迷聚会上发表演讲时说（像达奴比——她没有与会——一样，"特伦诺蒂"曾经也是 F1迷）。想想吧，我曾经为我的职业而困扰！为达奴比而困扰！达奴比。她早就过时了。这是当你发现你找到了真爱后会发生的事情。你不会再去想任何别的事情。完了。

于是一切都改变了。

但在一切改变前，莱昂内尔给阿瓦隆大楼去了电话，发出了警告。

"我将会骚扰你。你别想有一分钟的安宁。"

此刻德斯的口气不再是带着哭泣或乞求。他的音调中带着罗曼蒂克的戏谑，唐似乎喜欢这样的音调。她发出新的笑声（比一个八度音低沉一半）并说，"保证？"

"保证。"

"而且要记住，保证就是保证。"

电话响了，他过去拎起话筒，看见戈尔迪躺在阳台上，它的尾巴像个波动的问号；它坐起来，听着，两只耳朵各司其职地抽动着——一只负责听右边，一只负责听左边。

"德斯？……我打算在近日晚上顺便过来一下。"

德斯说，"那好啊，莱尔舅舅，哪天？"

"我怎么知道？一切都在进行中。一大堆的胡说八道，"他说（背景处传来许多微弱但欢闹的声音）。"我穿着该死的黑黄相间的成人工装站在这里。为什么？因为琳迪·英格兰身穿细腰装，在秀她的腰。颜色协调，瞧。我们在为所有与她相似的人举办一个聚会。你知道怎么回事吗？她们中的半数都是定期取酬者！[①]也是她的盯梢者！出了什么事，德斯？我的脸——我的脸，德斯，全都扭曲了！笑过头了。我无法恢复到以前的样子！……出了什么事？莱昂内尔·阿斯博在哪里？完了，我完了，孩子，我完了。天哪，一大堆的胡说八道。"

莱昂内尔挂了电话后，德斯手里拿着话筒继续坐在那儿。一时间他的胸脯带着热度起伏搏动；然后从另一个方向出现一种因焦虑而产生的心律不齐；接着那种热度又恢复了。

"啊，看见他了吗。容光焕发，嗯。爱情是盲目的，"唐说。

他抬起头来，好想说一点关于（那个天才）霍勒斯·谢林翰的话，但他不必说，因为他们两个心有灵犀。

---

① 定期取酬者，指为某个雇主提供情报并定期获得报酬者，有点类似于"线人"。

如今，"特伦诺蒂"和莱昂内尔之间童话般的罗曼史开始降温了。

6月末，"特伦诺蒂"从 ELLE 风尚奖颁奖典礼的贵宾席起身离开，回到了南部中央宾馆——一早，单身，泪眼婆娑。照片："特伦诺蒂"戴着污迹斑斑的睫毛，穿着丝绸紧身短背心和镶钻石短裙，逃离丘吉尔会场；莱昂内尔郁郁寡欢地留在圆桌前，脚搁在空椅子上……

7月初，莱昂内尔冲出曼彻斯特摩托竞速秀场地。照片：在玻璃和铮亮的金属背景上，对面的人影，各种不同的角度；身穿貂皮外衣的莱昂内尔像头猛犸，身穿英国国旗比基尼的"特伦诺蒂"像个精灵，莱昂内尔一根威严的食指向上竖起，"特伦诺蒂"双手和双臂叉腰，摆出好斗的姿势……

随后是晚餐时的恶语相向——在国王路上一家狗仔队包围的餐馆里。各家日报注意力集中在饭后的骂架上，在外面的人行道上（"特伦诺蒂"显然十分疲倦）。但德斯始终关注的是，《旗帜晚报》刊载的"伦敦人日志"上的一段话：一个有身份的食客透露说，莱昂内尔和"特伦诺蒂"整个晚餐时间都在相互说"是啊是啊是啊"。整个晚餐时间。"是啊是啊是啊。"

在这个节点上，他们两个去了"沃姆沃德斯克拉布斯"——他们要对他们的关系做点工作，塞巴斯蒂安·德林克承认说。他们清楚地知道这一点。作为证实，"特伦诺蒂"发表了以下简单的诗句：

直视彼此的眼睛

谈论各种问题

随着岁月流逝

学会相互妥协

我们搁置一边

各种小小的分歧

你将成为我的丈夫

我将做你的妻

"她说莱昂内尔念她的诗时，像发疯一样。"

"我不惊讶。"

"不，唐。听着。可怜的莱昂内尔无法把它念完。他哭得那叫一个惨。"

"……所有这些，让你产生了一种奇怪的感觉，对吧。"

"是啊，是这么回事。他们那么吵来吵去的，为了什么呀？她一脑门子火气，他们两个在街上大喊大叫。就为了让他们看上去有个人样？"

"你的意思是，让他们看上去像英国人。不，我认为那就是他们的放肆。"

"紧张。"

"紧张。"

他们来到了斯蒂普斯洛普：星期天上午——星期天早晨（7点），迪斯顿还没有苏醒，忙碌。沾了灰尘的栗子，用布包着的花，砸瘪的啤酒罐：这些都是自然的环境。只有液体垃圾的气味还保持着惊人的力量——熏得令人倒牙。

"等一下,"他说。

他们放慢脚步,走向达希尔·扬的小小的纪念碑。达希尔,一个十来岁的牙买加男孩,在斯蒂普斯洛普被六个成年人殴打致死——六年前。一块菱形的灰色石碑,边缘呈锯齿形,与地面齐平,上面刻着字:永远铭记。达希尔·扬,1991—2006。德斯低下头。他永远都记得。悲伤是我们付出的代价,为了……他们接着往前走。

"莱昂内尔和'特伦诺蒂'。其中有些无限大的东西,"唐说,平和而神秘(此时一如既往)。

"什么无限大?"

"可怜。想象假装在恋爱。"

"嗯哼。想象。"

11

上个星期六,也就是唐怀孕后的第五个月,莱昂内尔第一次前来探视。

"他说过他会来看看的。如此而已。你了解莱尔舅舅。预料中的出人预料。向来如此。"

"……那是个毫无用处的混账说法。预料中的出人预料。我是说,他到你这儿有多远?哪来的什么预料之中?莱昂内尔不是预料之中的出人预料。他就是出人预料地出人预料。"

"是啊。他就是出人预料。"

在半明半暗的厨房里,预料之中和它的反义词都变得同样毫无意义。这是个令人愉悦的、嗓音低沉的、懒洋洋的黄昏，没人开灯。为什么不开灯？谁没有开灯？你没开。我没开……他们议论着晚饭该吃什么，这样的谈话，在阿瓦隆大楼（在谷物年、烤豆加吐司年、面食和松子青酱年之后）是一种高质量生活的标志。他说，

"我只是说，他会让我们惊讶。但并不出人意外。"

"哦，闭嘴吧，德斯。我要疯了。"

"……菜肉烘饼怎么样？"这个建议是玩笑似的提出来的。"或者切尔腾纳姆香烧羊肉。"

"好主意。或者来个坎伯兰香肠和麦芽浆。"

"或者麦尔登猪肉馅饼。"

尽管德斯有时候依然暴食（比方说）鳗和巧克力乳脂软糖，在阿瓦隆大楼，还是唐的味觉占主导地位。德斯在霍勒斯·谢林翰遗传的郡主权面前只有低头的份儿。唐一向宁愿让自己的口福受到局限，如今她只想吃到的每一件东西都是温和、清淡的英国味。

"我知道你晚饭真正想吃什么。烤饼。加上牛栏农夫之妻浓缩德文郡奶油。"

这时他们听见了前门的咯咯声，双重的铮铮声，嘎吱嘎吱声，以及砰地关上时因撞击而产生的喘息般的声响。

德斯站起来，伸手按下左边的开关，霓虹彩灯带发出一阵紧张的嘶嘶声，灯亮了。"这儿呢，莱尔舅舅！"

"……是啊，还能在哪儿呢？"莱昂内尔说，他那巨砾般的身形堵在门洞里。专注，面无笑容，貂皮大衣像披肩似的耷拉在深蓝色的套装上，闪着教堂似的光泽。他的一只攥紧的拳头里握着

一个柔软的皮旅行包，另一只手里抓着一个带盖的柳条篮子，这会儿他把篮子砰地放在桌子上。"有啤酒吗？"

"这就来，莱尔舅舅。只要罐装的吗？"

旅行包放下了，大衣抖掉了。莱昂内尔拉了把椅子，转了一下，面对外面无色的夜景。他坐下来，喝着蛇王啤酒，点起万宝路。他长长的后背倾斜，一动不动，但肩膀时不时地微微抖动。好几分钟过去了。

"啊，那样更好，"他说，没有转身。"啊，那样更好。这儿，唐。家庭和睦的基础，呃，是什么？我要告诉你。尊重，"他毫不留情地说，举起一根短而肥的食指。"以及同情。同情。'特伦诺蒂'认为……"

过了会儿唐说，"你吃了吗，莱昂内尔？"

"没有，我出去吃，我。"他站起来，开始解开领带。"看见了吗？这是高档大礼篮。福特纳姆的。管你们够吃。"

他们听见他在浴室里的声音，哗哗地小便；然后一个湿漉漉的哈欠；随后，在他的踩踏下，走廊地板都在畏缩。

"……黑松露橄榄油，"德斯说。

"伊布果伊比利火腿，配塞安达卢西亚塞黄瓜。"

"辣坚果拌沙茶豆。"

"酸橙和波美拉尼亚香菜调料。配烤面包粒。"

"芥末酱配大头蒜。"

很快莱昂内尔重新露面。他在那里逗留了一会儿，戴着棒球帽，穿着田径服，运动裤，鞋带松散着……你意识到了某件事情。莱昂内尔·阿斯博此刻是一种国民的存在，同时又是可辨认的——但只有在一种有权有势的背景下。比如在"奥罗拉"的方向盘前,(或者从他的 Venganza 的驾驶座前出溜到地上),又或在舞厅或庆典上与"特伦诺蒂"翩翩起舞,再不就是在"沃姆沃德斯克拉布斯"的草坪上漫步。要是在迪斯顿,穿着便衣,那莱昂内尔就会重新归于寂寂无名之辈:他会成为一个隐身人。

"嘿,唐,"他又说,"你怀了几个月啦?"

唐告诉了他。

"行。那就让我们看看你的肚子。"

唐的椅子慢慢往后移,她站了起来,转过身子。

"……说来怕你不信,德斯。但我在网上看到过。有那么些家伙,就是喜欢怀孕时的姑娘。奇怪的旧世界……好好吃你的吧。欣赏你的《焦点之战》。"

他们忙着收拾瓶瓶罐罐和水果篮。

"来点这个。瞧,他挺紧张的,唐。如果人家说他和她的那些话是真的,他在为开始建立家庭而紧张呢。别把它放在心上。"

"我为什么要放在心上呢?他精神有点失常,是吧。他无可奈何……想象着与'特伦诺蒂'情投意合。谁都会感到不安。"

"千真万确。这儿,来一点,呃,纯厚而提神的美乐汁吧。"

"那会直接作用于宝宝。全部。就像宝宝点了一整瓶红酒似的。他也就跟红酒瓶一样大!"

"是她。来一点儿。继续……你知道,我觉得他只是想着在一个老邻居家过一个晚上。他不会伤害我们的。"

"我当然希望如此。这儿,瞧瞧这个。各种切达干酪。要哪个?浓烈型还是家庭淡味型?"

"浓烈型。"

"不，德斯。家庭淡味型。"

……半夜时分，莱昂内尔回来了——前门的咯咯声，双重的铮铮声，走廊里灯的嗞嗞声，顺着走廊而来的、透着兴奋的脚步声，水冲进洗涤槽里的哗哗声。这倒没什么大不了的——因为唐和德斯都没睡着。他们一起躺在黑暗里长吁短叹，散发着一种沼泽似的热气。他们的肚子咕咕叫着，像是拉锯似的一问一答。宛如两窝知了。

"这就是你所需要的。舒舒服服地睡懒觉。"

"这不是什么舒舒服服睡懒觉，唐妮。我只是起不了床。"

"哦，那你现在就起来四处走动走动。"

"已经试了九次了。你是怎么说好就好了呢？"

"因为我只尝了一小口，而你喝了半瓶！"

"嗨，现在我可算付出代价了。那也是食物啊。任何标志……？"

下午四点，莱昂内尔出现了。那身黑色的缎子晨衣以及脸颊两边发亮的斑块，或许使他那唱戏似的白脸更加瘆人，脸颊两边的肉像是被磨掉了似的。不是因为宿醉未醒（德斯想道）：莱昂内尔从来不为宿醉而难受。但他看得出来他舅舅感到疼痛。

"要喝点什么吗，莱昂内尔？……你通常喜欢喝茶的。"

"……那就来点吧。你永远没法知道。也许会有点儿作用。"他那呆滞的目光里带着一种令人舒服的茫然，扫视着房间。他脸色清朗，立刻扭开去，露出无奈的厌恶。"看那个。关上了。"

德斯说，"是啊，它又卡住了。"

"关上……"他的一只微微颤抖的手朝它伸去。而那只箱子，似乎带着一种忸怩的预期，张着大口打开了。

他们三个都往后退了一步。

稍后莱昂内尔说，"你把它楔住的时候它怎么啦？"

"它讨厌被楔住，"唐说，"它咬住了楔子，然后就不能动弹了。一个月呐。它讨厌楔子。"

"老这么开着对你不好，是吧，"德斯说。

"那垃圾，"唐说，"过段时间就能闻到臭味。"

"你们需要一个可以开关的东西。而当它开着的时候，你就不能把它关上。"

"当它关着的时候你又不能把它打开。"

莱昂内尔考虑了这一切。"那你们怎么办呢？"

"我们就坐在上面，"唐说，"当它关着的时候。"

他们的目光转向那箱子张着的黑鸦鸦大口。此刻它啪地又关上了，发出压缩空气柔软的嘶的一声。

他们三个在椅子里摇晃着。

莱昂内尔说，"那玩意儿真跟闹鬼似的。就像那个电梯。"几分钟过去了。"听着，德斯。当他们在报纸上写你的时候，德斯。当他们在报纸上写你的时候……我不知道。他们侮辱你。"莱昂内尔说，"因为你是黑人。"

他冲了澡，换了衣服，从走廊里叫唤着德斯，让他送他出门。

清新的一天开始了，淡淡的碎云飘浮得很低，把它们各自的影子投射下来。但承诺和颜色自行从天空中抽离出来，一股劲风在吹拂。莱昂内尔抽起那天的第一支雪茄（一支实实在在的雪茄），说，

"我接到赖特角那个该死的什么医生的电话。他叫什么来着？那个眼窝很深的家伙。"

"恩多。杰克·恩多。"

"听着。你去那里的时候，"莱昂内尔皱着眉，嘴巴张得老大。"她知道你是你吗？"

"知道我是我？难说。她记得从前的时光。她上学的日子。"

"哦，她没上过几天学。她头脑清醒吗？"

"是啊，有时清醒，有时糊涂。老是在说多米尼克。还有拉斯。"拉斯：约翰舅舅的父亲。"多姆和拉斯。"德斯勉强往下说，"她，呃，她说得有点粗俗。关于性的方面。"

"这正是那个不知道叫什么的医生告诉我的。生命力。真他妈的恶心。"

莱昂内尔裹着毛皮大衣。这时一辆银色的梅赛德斯驶近，停了下来，保持着距离，发动机空转着。

"那个医生，他认为她的记忆正在恢复。五分钟前是否吃过该死的药记不得。但过去的事情却记得。记忆正在恢复。按照编年次序！想想吧。她会干六个老头。然后，是谁，凯文。还有该死的托比。然后她会干罗里！这是我们所需要的。"

他用力拉开福特全顺翘曲的门，开车走了，一个穿着黑色貂皮大衣、疯狂驾驶白色运货车的男子，梅赛德斯－奔驰尊敬地跟在后面。

于是这样的模式就形成并定型了。公事公办似的进门，在星期五晚上，星期六晚上，有时候是星期三晚上；简单的招呼，递交家庭礼物（家庭礼物变得越来越怪异）；莱昂内尔更衣，外出，深更半夜回来（把他们两个都吵醒），午茶时分起床，脸上带着擦伤，一边喝茶一边嘲笑着那只箱子和报纸，叹气，起立，开足龙头冲澡……

很快他开始随身牵着他的这条或那条狗——一会儿是吉克，一会儿是杰克。刚开始的时候（这回是吉克——杂色狗，四英寸的尾巴夹在两条粗壮的后腿间），四周一片劈劈啪啪的声音，直到莱昂内尔把小盘子放好，里面装满了他从牛皮包里拿出的袋子里面的食物，然后给狗狗开晚饭：看上去像是一大片嫩牛肉片，笨拙地塞着辣椒，闪着令人厌恶的绿色。那条斗牛犬胃口不佳，在阿瓦隆大楼的阳台上吃着。

"等它吃完后，德斯，给它喝点水。一杯就行，记着，"莱昂内尔告辞时说。

当（不妨这么说）佩珀代因夫妻俩邀请吉克进屋时，它还在怂怂地呜咽着。它迟疑了一下——当德斯弯腰抚摩它的背时，它先是蜷缩了一下。他们给它喝了水，又让它喝了两茶碟的牛奶，这一下立竿见影，它很快肚子朝天躺在了沙发上，似乎空虚而欢快地沉溺于某种幼稚的性游戏中。就像对付吉克一样，他们对杰克也如法炮制。杰克也是条杂色狗，但像是它的兄弟的负像。杰克，大部分是白的，穿一件黑色短背心，四只黑色莫卡辛鞋；吉克，大部分是黑的，穿一件白色围兜，四只鞋罩。一个星期五会是吉克。下一个星期三会是杰克。但是杰克和吉克从来不同时出现。

两条狗和佩珀代因夫妻很快就相互喜欢上了。对于这样的发展莱昂内尔肯定是反对的：佩珀代因夫妻知道——奇怪的是，狗狗也知道。他们四个都毫不掩饰这一点；他们像老练的通奸者那样表现出彬彬有礼的矜持，直到莱昂内尔重重地走下走廊。随着前门砰地关上，杰克或吉克会仰面躺在地上，前爪跷起，尾巴摇晃，或往空中跳上五英尺……

星期五会是杰克。下个星期三会是吉克。但吉克和杰克从来不同时出现。

12

在夏季的那些星期里，"特伦诺蒂"开始筹谋一个小小的计划。她希望跟唐联盟。

一条短消息。一系列电子邮件。然后每天的电话……

"她刚登记入住。问候我们。她想在南部中央宾馆请我们吃饭。就我们三个。"

"你觉得怎么样？"

"想谈谈莱昂内尔。想谈谈她跟莱昂内尔的变数。"

"……我们要去吗？这完全是在发疯，唐妮。"

人们不理解的是，**"特伦诺蒂"**在破天荒接受《**每日邮报**》采访时说，不错，其一，我们用的是来路正当的钱，其二，好吧，所有人都认识我们。但这并不意味着我们没有问题！这是人们因为太笨而无法理解的。我们跟其他的英国夫妇一模一样，天哪！我们是**普通人**，跟其他任何人一样。喂？他们的榆木疙瘩脑袋能想明白吗？

你知道，梅兰尼，我们有两个主要的问题。我的莱昂内尔，他是个有激情的人，所以我称他为"狮心"①。但他对我的过去非常非常妒忌。妒忌我的魅力。他就是那样的人，"所有那些家伙都对着你操……！"但我就是有魅力！哪个"特伦诺蒂"没有魅力呢？魅力和我本人本质上就是同义词。

他从不旅游。他的脚踩在地上。他有爱国情结。他甚至没有护照——他也不想去办一本！而我需要我的目的地。**"特伦诺蒂"**接着往下说，我们相互妥协。我们不得不这样。现在我们试着要一个孩子。我是说试着要一个！我从心底里知道：只要我怀孕了，那一切都会明朗起来。

你知道，梅兰尼，我从没忘记我的根。我现在跟莱昂内尔的外甥媳妇唐·佩珀代因走得很近。她住在一个很狭小的市建公寓房内，就像我从前一样。她正在怀孕。所以我们常在一起闲聊。我们彼此完全理解。我们有很多共享的……

星期二下班后，佩珀代因夫妻俩精神饱满地在皮姆利科地铁站碰头，冒雨去了南部中央宾馆。当他们快到前庭时，德斯一个在《镜报》的同事跟他打招呼，那人跟德斯说，那里拥集了大量的报社人员：达奴比本人将亲自出席在顶层赌场举行的一个聚会。

他们坐下来，边喝可乐边等候。他们四周坐着喝酒、吃点心的客人们，照例穿着化装服——像一出歌剧或哑剧里的角色；但事实上，在卢斯费利斯酒吧里最显眼的人物，却是唐·谢林翰。

"我现在完全感觉到了怀孕，"她第二次从盥洗室回来时说，

---

① 狮心，意为"勇士"，也是英王理查一世的别称（即"狮心王理查"）。

"看见他们盯着我看的样子了吗？这里连怀孕的女人都允许入内？……她在哪里？她跟我说的是七点三十分！"

七点二十九分，戴着眼镜、心事重重的梅甘·琼斯啪嗒啪嗒地来了。

"喂，两位好！计划变了。'特伦诺蒂'，"她说，"在楼上。"

"哦，她不下来了吗？"

"有达奴比在，你说她会下来吗？你在做梦呢吧。唐，亲爱的，替我问候她。她真心感到厌恶，她要发泄……真是个好姑娘。"

德斯坐下。那天晚上，这家饭店引力的中心飘浮上了十六楼，只有一小撮没受邀请的人忿忿地留在酒吧里。整整两个小时过去了，几乎什么事儿也没发生。有人可笑地在新的鲨鱼缸前剥衣服，有人可笑地把一只花园里的青蛙浸入冰桶里。毫无作用的电视荧屏——劳莱和哈代[①]，桑田佳佑[②]，大力水手，9·11，皇家婚礼，皮诺曹，火山，曼丁哥人，殉教影像，恐怖电影，哥斯拉……

"她戴着一只眼罩躺在床上，"他们在雨中走向国王路上的切尔西厨房时，唐说，"她说话轻声轻气。"

"当心，尿溅上来了。关于莱昂内尔她怎么说来着？"

"她压根没提莱昂内尔。"

"那她说了什么呢？"

"达奴比。"

他们吃了蘑菇馅饼，从斯隆广场坐地铁回北迪斯顿。在阿瓦

---

① 劳莱和哈代，美国一对著名的喜剧演员。

② 桑田佳佑，日本歌手。

隆大楼三十三楼，所有的灯都开着；他们在厨房里发现一大瓶波旁威士忌（又一份家庭礼物）以及狂喜的杰克。

他准备好薯片和面包，检查了"海市蜃楼"霞多丽葡萄酒的温度。"特伦诺蒂"将在七点三十分到。

七点二十九分，一号保镖（膀大腰圆，满脸歉意，穿一件旧的蓝套装）开路，二号保镖（比一号年轻得多，扎着马尾辫，穿一身宽松直筒的三件套）陪护，他在前门外停下，"特伦诺蒂"到了。

她匆匆而来，显得相当窘迫，眼睛不停转动，带动了整个脑袋和脖子，经过一番细致而紧张的察看之后，在灯光的完全照射下，停了下来，双手搁在臀部上。

"十二楼啊，"她恨恨地说。

"我告诫过你。"

"是的，唐，你是告诫过——但谁让我穿着高跟鞋呢？瞧，我的高跟鞋啊？"

她一屁股坐下，脱下一只鞋，举起来给他们看。这让德斯想起前一天他看见的某件东西：一个拴着运河水闸里一条货运船的几乎是 O 形的钩子。

"它们差点要了我的命。十二楼啊。到最后五楼的时候，莫尔只好背上了我！……十二楼。有谁关心过我啊？累死我了。"

一阵沉默后，唐向客人敬了一杯"海市蜃楼"。"特伦诺蒂"骄傲地谢绝了——然后突然迸出了眼泪。她说，

"哦，唐。事情发生了。莱昂内尔把他的孩子给我种下了！"

尽管说话结结巴巴，但佩珀代因夫妻还是明白无误地表达出他们对这个消息有多高兴。

"啊，你们真该看看，我把这事儿告诉你们舅舅的时候，他那个样子。眼泪唰唰地从他脸上淌下来……妈妈，唐。我们都要做妈妈了。正儿八经的妈妈。妈妈。"她转向德斯说，"你能原谅我一会儿吗？我要跟你的唐说点我们妈妈之间的话。"

德斯拿着书去了卧室。那个年纪较大的保镖在走廊里踱步，高大而朦胧的样子；十分钟后（警示性地咳了一声）他在门口张望了一下，说，

"你可以回去了。如果你愿意的话。"他那样子像是头要掉下来似的，下巴耷在胸前，从眉毛下面往上看，像是戴着一副隐形眼镜。"我是莫尔·麦克马纳曼，"他说着伸出手，"我干这行十五年了。中间的插页，迷人的女王。第三版。你知道，呃，德斯蒙德，这就是人们对她们的称呼。她们是梦幻似的姑娘。她们生活在云端。"

当德斯进去的时候，"特伦诺蒂"正举起一大杯"海市蜃楼"，说，"这将是我们之间一个宝贵的纽带，亲爱的唐。如此宝贵。就在你和我之间——两个妈妈之间。"

她做了个手势。莫尔·麦克马纳曼顺着走廊走去，你可以听到前门嘎吱的声响。两个男人悄悄进来，据介绍，分别是塞巴斯蒂安·德林克和克里斯·拉奇（德斯认出了克里斯·拉奇：《太阳报》达夫妮的摄影师）。莫尔·麦克马纳曼双臂交叉，倚在墙上，忏悔似的耷拉着脑袋。

"我们坐沙发吧，唐，""特伦诺蒂"说，"小小的搂抱亲吻一下。然后再站一会儿。这样他们能看见你的肚子。"

在带形照明灯的灯光映照下，戈尔迪的脸像太阳又像狮子，

它看着他们收拾桌子——玻璃杯，薯片，面包。

"你看。她把整瓶酒都喝了！"唐睁大眼睛看着那里。"她把'战斗呐喊'①什么的都喝了。这样小孩要得麻痹症的。"

"是啊。如果真有的话。"

"如果真有的话……她知道她将给孩子起什么名字。不管男孩女孩。私生子。"

"私生子？"

"私生子。她还会像我们那样处理中间名。"

"……私生子·'特伦诺蒂'·阿斯博？"

"私生子·'特伦诺蒂'·阿斯博。英格兰现状。"

"英格兰现状。"

"不管怎样，那都不会是个私生子，不会。他们梦想中的婚礼怎么样啦？"

接下来的几天里，德斯在金丝雀码头他的工作站里面临着合乎情理的温和的嘲笑，唐在圣斯威新学校学生们的眼里，从天使长上升为六翼天使，这都要归功于报纸上连篇累牍的关于"特伦诺蒂"舅妈的消息——以及那首令人难以置信的诗，《姐妹们》（上帝赐予一代人的礼物／我们奉若至宝……）。这都是官方的。塞巴斯蒂安·德林克：阿斯博先生大喜过望，丝毫不加掩饰。他以绝对愉快的心情迎接这个消息。

……这听起来不对，是吧，唐说。"愉快的心情。"

不，是不对。似乎他想说的是"亢奋"……我讨厌这个。我

_____
① "战斗呐喊"，一种葡萄酒品牌。

是说，真相在哪里？可怜的老真相？等他来时，我们该跟他说什么？

"恭喜你，莱尔舅舅。"

"是啊，一切都非常顺利，莱昂内尔。"

莱昂内尔停了下来，身穿大使般套装的身影堵在门口，双手捧着一个厚厚的玻璃罐，看上去像是装着中国海草。他说，

"你们在唠叨什么呢？"

"或者说，呃，我们该不该相信在报纸上读到的一切，莱尔舅舅？"

"什么？读到什么？"

唐说，"那个娃娃。"

"哦，娃娃呀。哦，娃娃。"莱昂内尔把玻璃罐子给了他的外甥，空出来的手拽了拽他的大情圣温莎公爵领带结。"你们知道她叫他什么吗？"

"……她跟我们说，叫私生子。"

"私生子，天哪。她要把他称作她的退场策略。亏她想得出来。"

那个厚玻璃罐子——莱昂内尔的家庭礼物——原来装的是水栽大麻。一个星期前，他给了他们一千支雪茄（巴尔干寿百年）。似乎莱昂内尔也在读关于孩子的书。别的礼品中包括一大篮子寿司，酸橘汁腌鱼以及生鱼片。

一个星期天的下午（这样的事不会再次发生）莱昂内尔从他屋子里出来，在厨房桌子旁，他儿时的心上人辛西娅很快来到他

身边。这个沉默的迪斯顿姑娘如今二十八岁。辛西娅——她的脸变得像伦敦的天空，但并不那么颜色全无，里面夹杂着一丝深紫红色，像冰冷的蓝色。

……每次莱昂内尔在晚上闯进来（像是回到一个没有人的空屋子），德斯都会觉得，不意识到别人的存在（如果你能够想象这样的事情的话），这肯定是多么令人安心的事儿。

13

"开心点，孩子。事儿还没发生呢。"

"是啊，可我孤身一人。"

德斯孤身一人：他妻子不在，他的孩子也不在。

"那她去哪儿了呢？"

"去照顾她老爸了。"德斯从冰箱里拿出一罐蛇王啤酒。"嗯，她其实也不是去照顾她老爸。那老家伙依旧不让她靠近他。"

"某种程度而言，这再正常不过了。像霍勒斯那样的人。他的独生女儿嫁给了一个……没有冒犯的意思，德斯。"

"我没觉得冒犯，莱尔舅舅。没有。所以她只是坐在医院里，照看她的妈妈。"

"是吗？那他出什么事了呢？"

一个秘密的酒鬼，霍勒斯·谢林翰秘密地患上了肝硬化——那个星期六上午确诊的。

"他脸色变黄。肝结了硬块。"

"他多大？"

"五十。"

"哦，那他可得当心点了。我跟你说，我们哪天晚上出去一下，好吗，德斯？"

"好呀，好呀。太好了，莱尔舅舅。"

"是啊，就像在你小时候。一分钟就回来。"

他喝完啤酒，又倒了一杯"战斗呐喊"，朝着(打开的)箱子踢了一脚，然后挤进了他的房间。

"谈论肯德基炸鸡。肯德基炸鸡。肯德基炸鸡。肯德基炸鸡……"

这几个字几乎像是会话似的被说出来，没有往日那种符咒的力量。莱昂内尔的情绪似乎异常地欢快，甚至到了狂喜的程度——他放下盘子，拿起芥末包和佐料袋。他们四周，是肯德基五颜六色的奶昔和大大小小的汉堡包。

"谈论肯德基炸鸡。肯德基炸鸡。财富，德斯。财富……记得你小时候吗，老是想，我长大后会是什么样？诸如此类。你认为——我知道，我会成为火车司机！我会买一辆，我会买一辆该死的火车，开着它到处兜。但是你会想，开到哪里去呢？目的是什么呢？于是你会想——我知道，我会买一个热气球。或者一架飞机。去他妈的，我会去卡纳维拉尔角，坐着宇宙飞船遨游。"

德斯说，"这你得去俄罗斯。就这些日子。或者也许得去印度。"

"好吧。宝莱坞角。发射上天。躲在厕所里抽烟。失重。高高在上看地球。为什么不呢？你什么都能做，明白吧。所以你不——你永远不……你只会想，有什么意义呢？"

莱昂内尔漫不经心地看着鸡腿下段，伸手去拿薯条。

"你的拳击练得怎么样啦？"

"哦，得了。我的拳击。进步可大呢。按计划进行。给我自己定下了目标。比如——比如在十八个月里成为业余拳击协会会员。"莱昂内尔耸耸肩膀，接着说，"我跟老托比·特鲁姆说过这件事。他说，莱昂内尔？你有侵略性，孩子。但出名的拳击手从来持续不了多久！他们没有足够的饥饿感，明白吧。你的名气对你的对手来说，就像一块该死的红布。所以有什么意义呢？米德尔斯堡气味好闻的体育馆。让某个前特种部队成员打碎你的鼻子。是的，相当公平。但第二天早晨，你会看到所有的报纸说你是个龟孙子！有什么意义呢？……行了，德斯。给点建议吧。"

"好的。读书看报。"

"试过。你知道的——读了点历史。D-Day。奥马哈海滩①。似乎挺好的。读了一两页之后，我……读了一两页之后，我不断地想，这书真是在开玩笑。哦耶，你在开玩笑吗？然后你就失去了耐心，你再也无法，呃，集中精力。老是想着这书在开玩笑。这种感觉真怪。"

"呃，你那份好工作怎么样啦？慈善。"

"慈善？慈善——这是我和她唯一意见相同的一件事情。我们无法忍受慈善……记得我说过的话吗？不快乐。不悲伤。麻木。德斯，我跟你说实话吧。我唯一知道我在呼吸的时候，就是

---

① 奥马哈海滩，第二次世界大战的诺曼底战役中，盟军四个主要登陆地点之一的代号，位于法国北部海岸，直接面对着英吉利海峡。

当我在干某个尤物的时候。即便这样，呃，也不是没有一点问题。女人的那玩意儿。"

"把你的奶子挺起来，把你的奶子挺起来……你知道，德斯——'特伦诺蒂'。你想怎么说都行。你想怎么说都行，关于……"

莱昂内尔点了饮料：三倍分量的马爹利，半份搀干姜水的啤酒。那天晚上，戈黛娃夫人里生意清淡。从商业概念上来说，这家脱衣舞酒吧似乎落后了一个时代。孤独的中年男子喝着浓啤酒；低矮的舞台上，穿着丁字裤的舞者屈从地收拾着衣物……

"关于琳迪·英格兰你想怎么说都行，德斯，但是天哪，她刚受到刺激。并不单单因为女用短衬裤之类。今天早上我说，你怎么啦？她说，我怎么啦？我会告诉你的。别个龟孙子刚得了……刚得了……那个什么奖来着，德斯？诗歌方面的。"

"T·S·爱略特奖，莱尔舅舅？"

"就是。她说，别个龟孙子刚得了T·S·爱略特奖！一万五千英镑。《我爱艾兹华德》怎么啦？那是她的书，明白吧——《我爱艾兹华德》。她要让人敬畏，她真是这么想的，德斯。我要让美国人敬畏。我要让中国人敬畏。她要让全世界敬畏。即便到那时候，她也不会消停。一个星球已经装不下她了！"

莱昂内尔沉默了一会儿(他的头奇怪地扭向一边，表示赞同)，而他的外甥，在旧日情感的激励下，梦幻般地思忖着："特伦诺蒂"——在火星上受到敬畏，然后在水星上受到敬畏；首先她会从地球着手，然后她会冲破小行星带，冲向巨型气态行星，木星，土星。"特伦诺蒂"，在冥王星上受到敬畏……

"她说，我会让你出名。我说，我已经出名。她说，是啊，但你出名出错了地方。你令人讨厌。我要在你的形象上下功夫，我要让你受人爱戴！爱戴……耶稣啊。她在缠着我，做一个《我是巨星》的节目。现在，德斯，你不得不蹚这个混水了。不过他们在看看能不能在英格兰找到足够坏的地方。穆尔岛。奈尔西。莱昂内尔停了一下。"要我从衣服着手。夏芙，呃，夏芙时尚。要我戴耳环，脖子上套一根大金链子。穿一件 T 恤，上面印着不管什么。或者难道不是吗。现在，说实话，德斯。这还是那个莱昂内尔·阿斯博吗？认真点。你有什么想法？"

"一件 T 恤上印着难道不是吗？那些夏芙，"他说，"他们为自己的愚蠢而骄傲。"而莱昂内尔（以专业的理由）以前就常为自己的愚蠢而骄傲。但夏芙是一种类型。莱昂内尔不是类型。"我不认为这是真正的你，莱尔舅舅。"

"嗯。明白吧，《我是巨星》那种东西，那种现实的东西——它并不现实。他们只是让名人把自己变成龟孙子。"

"是啊，但你却信任她。她成功了。现在你家喻户晓。你受到了——你受到了爱戴。"

"……在大街上，出租车之类的，人家会说，小心，莱昂内尔。当心啊，莱昂内尔。他们说，照顾好你自己，莱昂内尔……受到爱戴。我不知道。"

莱昂内尔抬着下巴，这时他们站起来准备离开。那个穿丁字裤的舞者拎着收钱的小包走了过来。莱昂内尔说，

"为了男孩子们，把你的奶子挺起来。"

她放慢了脚步。德斯朝她微笑，尽量没有指向（他猜想她是个年轻的妈妈，出来赚点生活费）。她迅速而平静地看了莱昂内

尔一眼，接着往前走去。

"等一下，"他说，"停下，亲爱的。这里有五十块钱。我要把它塞进你的袜子里。五十块……为你的表演。给。"

在外面的十字路上，他们不得不提高了嗓门。

"现在你去哪里，莱尔舅舅？"德斯蒙德叫道，他用大拇指做了个回家的手势。

"先别回家，德斯！"莱昂内尔回叫道，"去睡美人喝一点睡前饮料！好想聊聊天！关于我的性兴趣！"

14

睡美人坐落在莫德斯通路上，是迪斯顿唯一一带住宿的酒吧（除了许多廉价旅馆和黑得像马麦酱似的家庭旅馆之外）——往东走三十分钟，穿过星期六的夜色。他们绕小路，穿过一辆挨一辆停在路边的汽车，往那儿走去。

"我跟吉纳的关系有点紧张！"

"怎么回事，莱尔舅舅！"

"嗯，这是个很好的行当！马龙——他始终在抬高他的身价！很快他就要比我富了！"

他们一直往前走，经过成群结队的人群，德斯踮着脚尖，莱昂内尔拖着他一成不变的脚步。在他们十年的对话中，德斯从来没有听说过他舅舅的性兴趣的详情。这让他害怕。此刻他觉得有一个潮湿的蜘蛛网从他脸上掠过。他低头看见他的双手和前臂的颜色变深了，潮湿的皮肤下涌起一股暖意。

"另一个，德斯！你知道人家这么称呼它吗？我始终不明白为什么！直到现在！"

但他们到了卡克尔广场，当然啦，大得吓人——两个足球场大小的长而宽的褐色草坪（每个都有一根粗壮的树桩），以及几条用不规则形地砖铺成的小路汇聚在枯竭的喷泉前，在德斯的想象中，这里的人群稠密得堪比圣保罗或曼谷，但几乎全都是白人，白得像辛西娅一样……传到耳朵里的像是庆祝场景，男人们狂野的笑声，女人们无拘无束的咯咯的笑声。但如果你能把声音压下去（如果你能把音量关掉），那迪斯顿将像是一场巨大灾难后的幸存者，像一场地震后四处乱窜的流浪汉，也就是说，地面依然在他们的脚下摇晃。莱昂内尔抬起头来，紧凑着德斯，嘴里呼出热气，

"看他们——天哪。酩酊大醉。烂醉如泥。一喝起酒来就不要命，德斯。就这么简单。"

舅甥二人来到朱佩斯莱恩斯，这是一个更加安静自然也更危险的地方，多条小巷七弯八绕，通向卡克尔广场的远端。

"面对吉纳和马龙，"莱昂内尔说（他的声音又恢复到在室内时的样子），"我的处境相当微妙。"

"怎么个微妙法？"

"是啊。你瞧，以前我只让他听。现在我让他看。问题是——他能承受到什么程度？承受不了又会怎么样？"

门被关上的砰砰声，格栅放下时的嘎嘎声，一个男人的低吼，一个女人的尖叫突然被抑制；德斯不断往后退，让或有着斑纹，或相貌不清的各色人等三三两两从他面前走过，他们一个个怒容满面，悄然而行。莱昂内尔说，

"我的盘子里装的可不光是那个。"他擦着手掌，凝望天空。"你知道，德斯，名声和金钱对一个女人所起的作用，会让你惊讶。我说的可不光是一般的小女人，"他边说边一本正经而轻蔑地摇摇头。"聚会上那些小女人。她们的文身和舌钉。要是你干了她们中的一个，德斯，她们就会在报纸上给捅出来！接下来的事情你懂的，你个可爱的小人！……不，孩子。不。我说的是那些有钱的 MILF 们 ①。"

"有钱的 MILF 们，莱尔舅舅？"

"是啊。时髦的 MILF 们，德斯。腰缠万贯的 MILF 们。她们令人难以置信！你在梅菲尔的珠宝店里，或者你在停'奥罗拉'。或你在某个宴会上。这个 MILF 会去，你就是那个人，是吗。她会去，你就是《电讯报》那个人。你就是。她们不是家庭主妇，德斯。她们像贵族。"莱昂内尔面露感激和诧异之色。"谁会想到这些有钱的 MILF，能够说法语、拉小提琴……瞧，这是，呃，这是悖论，德斯。谁会想到这些有钱的 MILF 是你遇到过的最肮脏的骚货……"莱昂内尔放慢了脚步。"停一下。她们不是 MILF。不完全是。她们是 DILF ！"②

"DILF，莱尔舅舅？"

"是啊。看她们一个个都——稍等……看一眼这个，德斯。看看这个。一个，呃，文化反差，如果你愿意这么说的话。"

他们来到了一个圆形的空地。灯光明亮，垃圾满地……一个身材高大的红发少女，头枕在一个微微发亮的垃圾袋上，裙子掀

---

① 即 mother I'd like to fuck。

② 即 dad I'd like to fuck。

起来，缠着她上身的背心，她正试图爬起来，她的长着雀斑的拳头里攥着两个破酒瓶，像个仰卧的滑雪者，刮着、抓着，想要保持平衡……一队戴着面纱的人顺着山坡朝她滑去，一个母亲和她的三个，不，四个，不，五个女儿，像俄罗斯套娃一样，一个比一个小。她们成扇形散开，凝视着她。莱昂内尔停下来，说，

"别慌，女士们。我知道这看起来不太聪明，但你们现在是在英国。我们的姑娘们跟别处不一样。我们的姑娘们，她们可以赤条条地、无奈地到处躺。其他人丝毫不会感到惊奇。为什么？因为她们都很健壮。走吧，孩子。"

莱昂内尔和德斯蒙德接着往前走去。

"DILF 们，德斯，都是离了婚的。大多数！你知道她们是怎么做的吗？首先她们——首先她们缠住一个老银行家，缠个十来分钟。然后她们一辈子独立！而且；呃，她们状况极好，德斯。超好。我跟她说，我跟这个 DILF 说，你到底多大啦？猜猜她说什么。"

"什么。"

"三十七！这意味着她也许是四十三了！想想吧。她几乎都是做外婆的年纪了——脸上没有一点岁月的痕迹。她们一生都在养护自己。美容。按摩。瑜伽。好吧。好吧。你在一个漂亮的旅馆房间里。此刻它脸上挂着可爱的嗤笑，并说，让我们——"

"呃，莱尔舅舅……"

前面，巷子越来越窄，到了跟一座市建公寓的走廊一样宽的程度，这时一个巨大的身影在等着他们。即便在朱佩斯莱恩斯，这也是个罕见的情景（如今人们都越来越努力地试图变得特立独行）。这个把巷子堵住的身影大约有莱昂内尔的两倍，外形臃肿

但也活力十足，因为缺少新鲜空气而机械地喘着。他们走近前去，看见那个年轻人的脸像一块布满粉刺甚至是湿疹的披萨，湿漉漉的外衣松松地搭在身上，外面脏兮兮的，像结了一层硬壳，厚厚一片血污抑或是番茄酱从这个腋窝流到那个腋窝。他拿着一把头子很小的木槌，另一只空着的手在卡其短裤的裤裆里翻找着什么。

"……你是在求爱吗？"莱昂内尔温和地问，"那就把路让开。把路让开。往后退，闪一边去。到那些垃圾箱边上去……瞧，我们没法绕过你，伙计。你他妈的太胖了。耶稣啊。把路让开。"

那年轻人丝毫不让——莱昂内尔环抱双臂，低头，呼气……此刻，以德斯蒙德屡试不爽的经验，随着战斗临近，莱尔舅舅有三种截然不同的招数。对付与他势均力敌的人，他会聚集起一股自以为正直的怒火，对付近乎势均力敌的人，他会张大嘴巴，瞪亮眼睛，显示出近乎性的渴望（这是马龙·维尔克威的招数），对付其他任何人，他则只是撸起袖子，如此而已。但此刻在朱佩斯莱恩斯，他似乎只是感到一种可叹的厌烦，厌烦到身体疼痛的地步——就像个永远与所有的迷恋、所有的愉悦隔绝的人似的……那年轻人说，

"去你妈的。"

"好吧，"莱昂内尔说。"享受当下，伙计。你再也不会有比这一半好的感觉——再也不……所以你想清楚了是吧，你这愚蠢的龟孙子？耶稣啊。呃，这个有钱的 DILF，德斯，她要买价值四万英镑的外套，她称我为——她称我为 yoik。什么是 yoik？我是说我知道这不是好话。但什么是 yoik 呢？"

德斯犹犹豫豫地说，可能是 yob（土包子）和 oik（乡巴佬）

合并而成。Yoik。

"你是这么认为的吗？我以为是因为我有 Yoi (少教所) 的经历。你知道的。Yoi。Yoik……德斯，我有一个挥之不去的感觉。关于那些 DILF。带着我的阶级仇恨。她们说，来吧，你这个yoik，来吧，贫民窟男孩……这会让我完全失控，真的。让我完全失控。"

这时德斯看见，莫德斯通路就在一个街区开外。"这不是我能弄懂的，莱尔舅舅。我无法想象那种东西。"

"嗯，对于住在这里的人来说，这没什么可惊奇的。迪斯顿没有 DILF 们，德斯。"

"真想知道她们为什么要那样……没有冒犯的意思，莱尔舅舅。"

"没事，德斯。这是个好问题。"莱昂内尔以一种喜欢推测的精神接着说，"俗话说，贵鸟恋粗枝。DILF 们喜欢粗汉。我始终在想，是啊，只有粗汉才那么说。别自我得意。但这里面的确有点名堂。瞧，她们想要的是一种变化。"

"一种脱离她们本身的变化？"

"是啊，脱离她们本身，她们的身份地位等等。但正常情况下她们不会真的实施。那只是一种，呃，幻想。但她们会在莱昂内尔·阿斯博身上实施。"

"这是为什么呢？"

"好吧，他是粗汉，但他有名。他价值两个亿。他是在公众眼里。他是安全的。呃，这个你怎么看？她们为任何东西埋单，德斯。一贯如此。这是，呃，这是 DILF 的商标。她们为房间，香槟埋单，为……她掌握着她自己的小小的乐趣，明白吗。是什么呢？"

"我不知道。"

"跟某个蠢人一起厮混的快乐。"

"你不蠢，莱尔舅舅。"

"不，我他妈的才蠢呐。"

"欢迎回来，"玻璃门口的人说，"今晚过得怎么样，史密斯先生？"

15

在伦敦各式各样的旅馆里，睡美人（像梅特罗兰的帝国宫一样），是一颗棕矮星，不是蓝巨人（比如潘森大酒店）或一颗抖动的"耀星"（像南部中央一样）。但它是现代的，至少是近代的；德斯看见所有身穿航空公司制服的男人和女人，都多少觉得点安慰（所有人都多少觉得点安慰），他们喝完最后几杯烈酒，然后搭乘小巴士前往斯坦斯特德机场，执乘子夜航班（前往西利群岛，巴利阿里群岛，加那利群岛）。飞行员和副飞行员身穿军哔叽套装，乘务员们身穿橘黄色制服，像在押犯似的。

办了入住登记（用现钞付了订金）之后，莱昂内尔要了半品脱苹果酒和一整瓶威凤凰威士忌。他们在宾斯托克酒吧的一个角落坐下。

"有没有好奇过，德斯，我在迪斯顿是怎样自娱自乐的？"

"是啊，有时候好奇过。"

"我已经抛弃了积怨。丝毫不剩。所以当你今晚外出溜达的时候，我要去干一两个 NEET。我要去干一两个 NED。"

所谓 NEET，就是指那些"无业，未受教育或技能培训的人①"。而 NED，则是未受教育的罪犯②。

"没什么大不了的。敲打他们一两下。然后把他们扔进运河。今晚我要去找我们在朱佩斯莱恩斯看见的那个肥胖的龟孙子。也许那样会让我来劲儿。"

德斯蒙德皱着眉头，表示质疑。

"干一个妓女的劲儿。就在这儿。在我的房间里。"莱昂内尔此刻五官紧凑，就像他每次表示歉意或自责时一样。"瞧，德斯，对我来说，性爱是这么回事——肯定会疼……就是如此。就是如此。不知道为什么。但肯定会疼。"他说，"所以跟吉纳的关系显然是理想的。因为此刻，你知道，我以正常的方式干她。每一次插入，"他把 thrust（插入）说成了 frust，"我都引起疼痛……但你不能说我在伤害吉纳，不能。首先她喜欢动作粗野。但你不能说我在伤害吉纳。"

"……吉纳感觉如何？"

"啊，她心里只有马龙。靠，他们两个。谈论爱－恨——他们像两只基尔肯尼猫③。两个的尾巴缠在一起。吉纳恶意对待他，瞧，因为马龙干了她的小妹妹。小富扎璐。嗯，他总得做些什么，是吧。维持他的生计。他能赚多少呢？他维持不了生计。他维持不了。他要干她。他要给她留下印记。他不得不这么做。"

---

① 原文为 Not in Employment, Education or Training。

② 原文为 Non-Education Delinquent。

③ 爱尔兰传说中的基尔肯尼猫，指两只格斗到仅剩下尾巴的猫，用以比喻拼死相搏终至两败俱伤的格斗者。

德斯吞咽了一下，说，"辛西娅怎么样了？你伤害辛西娅了吗？"

"辛西娅？你怎么可能伤害辛西娅？我是说看看她的状况。伤害什么？"莱昂内尔倒酒，莱昂内尔喝酒。突然但表情严肃地说，"那些个 DILF，德斯。她去了，那就来吧。让我们来干你……难以置信……该死的 yoik。让我们来干。她的脸上带着可爱的讥笑。你心想，好吧。让我们来对付那可爱的讥笑。相信我。当你干了她，她就再也不讥笑了。"

德斯又吞咽了一下，说，"这是重要的，是吧？对付讥笑？"

"哦，是啊，"莱昂内尔说，"哦，是啊。"

莱昂内尔看着杯子里滚动的酒，德斯意识到，不管怎么说，不能在性爱方面提到"特伦诺蒂"——莱昂内尔的未婚妻。

"德斯。诚实一点。跟我实话实说。你有没有想到过什么……我对女人的态度有什么不太正确的地方？"

"嗯，我们都是不同的。我有点清教徒。唐说的。而且太穷。我们都是不同的。"

"她让我去……'特伦诺蒂'让我就这事去看一个人。关于我的性爱。卡文蒂希广场。在卡文蒂希广场一座浮华的旧公寓里。你怎么也猜不到这个家伙会告诉我什么。格蕾丝。格蕾丝。他认为一切都要怪格蕾丝。"

"这他是怎么想出来的？"

"他说，莱昂内尔，当你在性交的时候，有没有发现有一股强烈的欲望……在等着你？像是预制的？我说，是啊，预制的。你把你的手指放在上面。我们谈得很细，他说，嗯，这是很明显的。你有一个操蛋的妓女妈妈，伙计。嗯，不是原话。他说，证据就在你的眼皮底下！当你还是个孩子的时候！"

"在你的眼皮底下，莱尔舅舅？"

"在你的眼皮底下，莱尔舅舅？动动你的脑子吧，德斯蒙德·佩珀代因。我是个婴儿。上面有那么多混账哥哥！这一群混账的哥哥！"

德斯不是第一次站在莱昂内尔的角度思考这个问题——站在某个坐在幼童坐的高脚椅、嘴里叼着奶嘴的人的角度：像个挪威白化病患者似的约翰，黝黑而像海盗似的保罗，有一张像碗垫的又平又方的脸（上面喷沙似的布满雀斑）的乔治，厚眼皮、保守的林戈——当然啦，还有下流的西里西亚人斯图亚特。德斯说，

"嗯，还有个茜拉。"

"是啊，茜拉，我所谓的双胞胎……加上五个哥哥——以及一个只有十八岁的妈妈。这是不对的，德斯。我是说，从那以后，从那一切以后——你还怎么相信一个女人？"

沉默中过去了五分钟。然后莱昂内尔看表，说，"跟那些男学生干……"

男学生：这里有一种来自种族或部落的诅咒的力量。男学生，像胡图人或维吾尔族……

"你没事吧，德斯？我得出去了。"

于是德斯做好了准备——做好准备，在六分钟内冲往莫德斯通路，穿过朱佩斯莱恩斯，跨过卡克尔广场，再往前去。但是不。莱昂内尔打了个电话，让德斯搭免费班车回阿瓦隆大楼。

"没事，孩子，"莱昂内尔在前庭说。他们拥抱。

透过有色风挡，你可以看见月球卫星的纯洁，在品蓝色的远

处，呈 D 形。阴暗的一面隐约可见——就像月中人 ① 戴着黑色毛毡烟囱帽。

一点钟时，唐进来了。

"他看见你了吗？"

"没有，"她边说边关上了灯，"他没看见我……"

他安慰了她一会儿，很快她就最后叹了一口气，睡着了。但是德斯没有睡。七点钟左右莱昂内尔踩着重步进屋时，德斯还醒着（他听见在莱昂内尔的使劲踩踏下，每一块地板都在微微退缩）。星期天下午四点，两个男人在几分钟内相继起床。

唐回了医院，所以舅甥两个吃了一顿伤感的早餐：凯洛克馅饼（德斯浑身乏力）。

……是什么事情让他整夜未眠呢？

他跟莱昂内尔出去的晚上，回忆势不可挡地注入他的体内。他的躯体始终在回忆。他的头顶，他密密的鬈发都在回忆着，作为一个五岁的男孩，每当他十一岁的舅舅拉着他的手准备过马路，感受他那手掌的重量，是种什么样的滋味。他的整个身体都在回忆，稍后当他走过迪斯顿喧嚣的街道，莱昂内尔在他身边，像一个硬壳似的，一步不落地黏着他，那是一种什么样的滋味。他们在睡美人分手时，相互拥抱，德斯的身体自身会记得，在十二岁，十三岁，十四岁，在沉默无语的时候，在没有了茜拉的时候：每一个月左右一次，莱昂内尔会来看望他，说话总

---

① 月中人，典出好莱坞同名电影，讲述两姐妹爱上同一个邻家男孩的故事。

是那么坦率，耐心地抬一抬下巴：她走了，德斯，她再也不会回来了，或者，好了，孩子。我知道。我知道。但你不能光坐在这儿痛苦，他会给他一个熊抱（虽然不够——永远不够），喃喃道，行了，行了，孩子。行了，行了……所以，在前庭里，当莱昂内尔说，没事，孩子，他感觉到他巨大的双臂以及足以吞没人的躯干，德斯（他睁着眼睛躺在唐的身边，想着这些事儿）感觉到爱在他心里燃烧。

这只是其中的一半。

另一半，像半月的阴暗面一样，必定跟恐惧有关……茜拉走了，茜拉去了，被删了，身后留下一个巨大的空白；德斯去看望格蕾丝，他们一起找到了错误的爱。就在那里。他无能为力，不管是过去还是现在。即便如此，都毫无抵触。十五岁！……随着时间的流逝，这种恐惧变得可控了——这是他的缺省条件，只有它令他不安；它再也不会像 2006 年那样令他突发焦虑（亲爱的达夫妮，外婆在呻吟，哦，他们会在心底里爱他，那个穿斯奎尔斯弗里校服的男生）。但是，他依然冷静但当然不光彩地推想道，这种恐惧非得到格蕾丝死后才会消失——或者到莱昂内尔死后。

它控制了他的睡眠。有时候，当长夜漫漫，他撕心裂肺地感到需要忏悔——要屈从，惩罚，酷刑……随后早晨来临，生活的碎片又会拼拢。

格蕾丝？他们什么时候搞上的，莱昂内尔说（他这话说了好几年了），他们最好去死。

德斯从来不希望她死。但他经常希望她变成哑巴。

迪斯顿屋顶上的天空放亮了。为了再喝点水，五点左右德斯就起了床，发现自己在走廊里停了下来；莱昂内尔卧室的门开着，像以往一样（为了透气），他朝里面看去。窗框投在地毯上的影子让他不由自主地想起一个断头机；而且——天哪——还有月亮，抬头一看，白得像戴着行刑人兜帽的死神……唐在睡梦中翻了个身。德斯悄悄地挪动着，紧贴着她。

16

电话信息简单草率，透着不祥。

做好接受悲剧的准备，德斯蒙德·佩珀代因……

他刚回到（拿着热巧克力和一个萨拉米香肠小面包）《每日镜报》大办公室的荧光灯下。中午刚过，随着截稿时间的来临，办公室里的节奏开始加快。他打了电话（很多中的一个），随意问道，

"不是外婆，是吧，莱尔舅舅？"

"什么？不是。没这样的运气。稍等。"

德斯听见了扭打声，咆哮声，还有叮叮当当的声音——地下室的回音。

"不。是我订婚。我，呃，发誓要保持沉默。但我说过。准备好接受，呃，一个悲剧性的消息吧。此刻，德斯。我是不是把一条围巾——西汉姆联的颜色，但是开司米的——落在我的房间里了？"

五点钟，"特伦诺蒂"在她两个半月来第一次同意媒体拍照之后，用几个小时审定了样张，在"沃姆沃德斯克拉布斯"的"自

尊"全体同仁间展示了她的"酷劲儿"之后，登上了飞往绍森德一家私人诊所的直升机。

同时，在阿瓦隆大楼，一切都是它该有的样子。一切都正常得令人尴尬。聪明的大自然聪明地掌控着它的运程；宝宝（现在他们称那个胎儿为宝宝，因为所有的名字对他们来说都毫无意义）——宝宝健康、及时、几乎鄙视地通过了每一项测试，心跳，四肢的活动；母亲始终充满信心地关注着，父亲则以一种极其漫长而艰难的冷静掌管局面。他们拿着纸面本的书籍，坐在星期六慵懒的日光下。还得等待一个半月。宝宝是他们生活中的背景光，环绕四周的静电。

每过几分钟，他们中的一个会说些什么，但并不抬头。

"也许她的奶子裂开了。"

"唐妮。"

"它们是会裂开的嘛……在飞机上。也许她的屁股裂开了。"

"唐妮。但你不能称它为悲剧吧，你能吗。像你的屁股裂开这样的事情。"

"是啊，你的假屁股爆裂。"

"……从媒体上听说，'特伦诺蒂'几乎快结束媒体拍照时，她的假屁股悲剧性地裂开了……"

"嗯哼。在她的假屁股悲剧性地裂开之后，'特伦诺蒂'被急匆匆送进……"

"最近达奴比被急匆匆送进过医院吗？……以为她可以做又一个达奴比。"

"……莱昂内尔似乎并不太过费心。"

"嗯哼。说得婉转一点。"

"也许她的胸脯也是假的。只是一个装满硅酮的三明治小塑料袋。也许她的假胸脯裂开……砰。"

"……没有再来？没有继续？"

"……是啊，"唐干巴巴地说。

"你是不是一直在默默承受痛苦啊？"

因为——因为有这么一个小东西。在七个月的月底，唐开始感受到脊椎底部的剧痛。他们去了中心，请教特雷彻太太——其实书上都写着呢："在第七个月，唐妮，骨盆原来的稳定状态开始松弛，以便分娩时可以顺利产下宝宝，"德斯大声念给她听。"这个，再加上你超大的肚子，让你的身子失去了平衡。明白了吗？为了对付这个状况，你会把你的肩膀往后伸展，要弓起你的脖子。这说的就是你，就是，唐妮。结果是：你的背深度弯曲，肌肉紧张，造成疼痛。明白了吗？"他们遵照医嘱：直背椅、搁脚物，两英寸后跟，夜间用的电热垫，以及不要跷二郎腿。一开始这些似乎都很有效。

德斯说，"我们去中心看看吧。去请特雷彻太太看看。去吧。"

"不，德斯。她们只会说同样的话。"

德斯把书举到齐胸高，目光则跃过它，盯着妻子。每一分钟左右，她的额头中间就会出现一种怪异的状态，那双蓝眼睛藐视地变得坚硬。然后她胸脯起伏，叹了口气。

"好吧，唐妮，是这样。肯定是神经受到了压迫。去吧。我们去医院，七点前就能回来。"

"别管我。我累了。"

"听着，我恨不得代替你承受这一切，"他说，"可是我无能为力。"

"一定要去吗？那好吧。不要匆忙。"

"不匆忙。"

六点钟时，他给好车公司打了电话。

一个小时之后，他们还肩并肩坐着，被堵在穿着疯子的约束衣似的马路上。唐在叹气，此时不是因为疼痛，而是正儿八经地发火。薄暮时分，空气纹丝不动，微型出租车的四扇窗子都打开着。微型出租车，坐微型出租车：无穷无尽的红灯……德斯抬高嗓门，压过了喇叭、快速运转的引擎、CD 和收音机，乒乒乓乓的关门声（人们钻出车子，愤怒地盯着炎热的远方），他使劲贬低着迪斯顿综合医院，以此来消磨时间——那医院就坐落在他们的左边，像从前机场的低层航站楼。

"《新闻报》上说，有人在色拉里发现了鸽子羽毛！一个星期六的晚上，在急诊室里，需要等上五个小时。如果你只是头上挨了一刀，他们会让你从队伍后面排起！……我们都没事，唐妮，我们目前的状况。我们都没事。"

"我想回家。已经不疼了。我现在很好。"

被困的铁匣子既然无法直线向前，就像拥挤的人群一样（所有的人都恨着其他的人），便寻求起侧向移动，歪歪扭扭地拐起三角形的弯子，爬上路沿和中间隔离带；德斯觉得力气过剩，直想下车冲向马路，叫大家守序——然后用他赤裸的双手为他们清理出一条通道……"

"我们上车的时候我感觉很好，"她把小小的脑袋埋在他身边，"坐在这里让一切恢复了正常。我很好。"

"这是椎间盘突出，唐妮。如此而已。也许是怀孕期间的间歇性微宫缩。再不就是坐骨神经。听说你需要做点理疗。搓搓背。如此而已。"

前方突然出现松动。车流开始移动，像一列松散耦合的火车慢慢开始加速。

他不容置疑地说，"宝宝现在可以眨眼了。她可以做梦。只是想象而已。尚未出生的孩子能梦见什么呢？"

"嘘，"她说，"嘘。"

他们下车，走进产科中心毫无气味的一片白色中，唐发现自己很难直起腰来。

正在前台随意翻阅杂志的特雷彻太太，立刻挺着肥大的身躯出现了，德斯心头的石头顿时落了地，开始盘算起他总算能够和唐一起边看《今日赛事》边吃晚饭了。

17

她领着他们走过一条条走廊，又走过一扇扇带着曲线排列舷窗的松动的防火安全门，走过一座座珍珠似的搪瓷工艺的喷泉。他们来到一个玻璃隔间，这时特雷彻太太转身，带着她那妖魔似的笑容说，

"我会快速给你检查一下，亲爱的，我们让小德斯在这里等一会儿。"

他被领进一个整洁的小办公室——显然是特雷彻太太的，里面有电脑，一个书架，文件夹和图钉。德斯注意到一个小小的金

边相框（照片是几年前拍的）：特雷彻太太和丈夫、儿子、女儿，还有一个襁褓中的婴儿。他想到一个助产士（总是那么抢手）居然自己有孩子，觉得怪怪的。但几乎每个人都有孩子。这是正常的：这是世界上再正常不过的事情。

于是德斯在办公室里踱步，不是因为焦虑，一点都不；他踱步时怀着一种极度不安的心情——他需要任务，挑战，对力量的测试……办公室窗子看出去是一个很大的市建花园，过了会儿他把前臂搁在窗台上，慢慢适应起暮色——一排排的树，飞翔的鸟。他懊恼地想道，自己对大自然了解得太少……那些树：它们也许是"杨树"吧？那些鸟：它们也许是"鹡鸰"？又小又短的翅膀，骄傲的胸脯，它们战战栗栗地飞过那一排树，几乎可以看见它们心脏的搏动，那么热情，那么心醉神秘，志向高远……那只鹡鸰是雌的，德斯断定，这时他听见有人叫他的名字。

他匆忙打开门，差点撞上一个穿着病号服、坐在轮椅上的病人。那是唐——特雷彻太太正急促地跟一个穿绿衣服的男人讲话。

"这是充血，"唐说，"不是神经受到压迫，德斯。是阵痛。孩子快来了。"

"不可能，"他抬起下巴说，"还没长成呢。"他把下巴抬得更高，并耸耸肩膀。"不可能。还没准备好呢。"

"快生了。今晚就要生了。"

他吸足气要讲话，但出来的却像是一个没能打成的喷嚏。他往旁边摸到一张硬凳子，一屁股坐了上去。然后他双手捂脸，眼泪鼻涕潸然而下，这在他是前所未有的——不一会儿，眼泪鼻涕就弄得到处都是，嘴巴、鼻子、耳朵，一直流到了喉咙……

在产房里他丝毫帮不上忙。"让她呼吸！"当人家使劲把他往门外推的时候，他不断地试图说话。"让她呼吸！"

"德斯蒙德，"他妻子说，"去找个地方躺着。等着我们。等着！……我能对付。我完全能对付。"

唐唤醒了他——不，不是他的妻子。是厄俄斯①——厄俄斯唤醒了他：日光唤醒了他。当他试图抬起头来时，却发现他的脸颊粘在了薄膜椅套上，他挣脱开来时发出一声刺耳的声响。他抬起头，看见自己是在一条宽阔的走廊里，其他人也在那里等候，打盹……虽然花了点时间，但他总还是弄明白：没有灾难能降临到他的头上，他断定，只要他能够完全安静地待着。但是当他看见特雷彻太太在远处匆匆朝他走来时，他感到自己的头扭到了一边去，就怕看到她脸上的表情。

"德斯蒙德？"

他无力地吞咽了一下，说，"她还好吧？唐还好吧？"

"哦，是的。"

"宝宝好吗？"

"她们两个都好。是个女孩。"

她最后的话令他不爽。"是个女孩：他不明白为什么人家都会觉得这是他需要或想要知道的事情。不是男孩，不是女孩，不是男孩。只是个宝宝，宝宝，宝宝……

"宝宝好吧？"

———————

① 厄俄斯，希腊神话中的黎明之神。而黎明的原文为 dawn，与"唐"同音同字。

"嗯，她很小。但她会长大的。"特雷彻太太热切地补充说，"跟别的孩子一样。他们都会长大。"

他被领到一个叫做苏醒室的地方，顺着一排流水线似的透着得意的女人的身体（白色的睡衣，温暖的肢体，白色的被单）走去；他的妻子在那里，坐在床上，背弓着，使劲梳着头发。

"哦，亲爱的小可怜，"她说，笑着把一只手举到嘴边。"你这是怎么啦？"

他再次被领到，或者说是被滚到（他的脚就像是两只小脚轮）一个密室，或者是实验室，他惊恐地低头凝视着玻璃圆顶（像一个倒置的鱼缸）下那个活的东西，粉色，褐色，黄色，四肢像四脚朝天的甲虫那样盲目挥动着。这时德斯蒙德又被软化了。他不停地说着话，他不知道自己在说什么，但他不停地说着，似乎确信没人会听见。

早晨的空气粗糙地爱抚着他。一时间他只是无力地逗留在那里。而且，看起来他会无限期地逗留下去——但一个巨大的、结构复杂的昆虫过来，高兴地威胁他，在经过一串喘息和抽泣之后，他动身走了。此时是九点半。他的任务是回家为唐拿东西。这个他总应该能完成吧？公车，地铁。他不得不奔走在坚固的城市里。

但是他还没上车，就先进了主干道旁一家点心店，点了蘑菇吐司。他想象自己饿极了；然而他觉得那黑色的真菌味道怪怪的⋯⋯他身边的椅子上有一张被扔了的小报。他捡起来，打开。像是越过一个巨大的分界线，像是透过一架天文望远镜的镜头，他读到了《星期日镜报》上关于他那位天马行空般的舅舅的消息。

⋯⋯"沃姆沃德斯克拉布斯"所有的百叶窗都关着，圣乔治的旗帜在旗杆半中间飘扬。遭遇流产的"特伦诺蒂"在大剂量镇静剂的作用下，显得十分平静。根据梅甘·琼斯发布的声明，莱昂内尔两口子完全被这场悲剧压垮。家里的保安，加上其他朋友和顾问们（德斯念道），看着莱昂内尔·阿斯博，怕他自杀。

德斯回到医院时，唐已经吃好午饭。德斯带来一个洗衣房的包包，里面装着唐的睡衣，浴袍，盥洗用品防水袋，以及几件不祥（毫无品位）的东西，比如唐的护理垫和乳头霜……

德斯朝床边椅走去，唐上下打量他。

"我能不能得到一个吻呢？"她用一张餐巾纸拍着嘴巴。"茜拉睡了。为什么不去看看她呢？她们会带你去的。"

他说，"茜拉？我们准备叫她茜拉吗？"

"……我真搞不懂你，德斯·佩珀代因。这就是你所能说的话！你不记得啦？叫她茜拉。请叫她茜拉。叫她茜拉，请叫她茜拉。你不记得啦？这就是你所能说的话！"

他凝视着自己的鞋子。"茜拉。茜拉·唐·佩珀代因。这没错。"

"这没错。那就去吧。去看看她。"

"我要等你。等你吃完餐后水果。"

她说，"德斯，别担心。你会爱上她的。我了解你。你会学着……你觉得，"她边说边伸手去拿苹果馅饼，"你觉得他现在会来见我吗？"

"谁？哦，他呀。"

他慢慢地想道：霍勒斯爸爸，莱昂内尔舅舅，格蕾丝外婆——这些是有天生情感纽带的人。你在这些情感里长大，却没有学会

如何对待它们，没有学会如何去爱。他说，

"慢慢吃，唐妮。我等着。"

18

在多产的迪斯顿，卖冰淇淋的货车（带移门的售货窗口，纸杯、锥形卷筒、五颜六色的棒棒糖上勾人食欲的插图）播放着标准儿歌的清脆录音，穿行在夏日的大街小巷。大家都知道，这种开着机动车兜售冰冻点心的生意，是很赚钱的，竞争也是平常、公开乃至残暴的（使用斯诺克球杆，高尔夫球杆以及棒球球杆）。然而那些货车——虽然上面画着魔鬼，龙，妖精的形象，总会额外再画上点什么，使其看起来、听起来给人一种田园牧歌似的感觉：当冰淇淋售货车在各个街角里转悠，颠簸着停下来，那些银铃般流淌的变幻着的乐声听起来是那么的令人舒心。

如今，这将成为他们生活的音乐。

唐和茜拉在中心度过了六个晚上——每一个晚上象征着宝宝早产一周。

"她的咖啡里搀的牛奶比你要多 ①，是吧，德斯。"

"……难说。她浑身发黄。像你老爸。对不起。"

赤裸的茜拉盲目地朝天看了一会儿，然后又打起了盹。

"就连她的眼睛都是黄的。眼白部分。"德斯仔细打量着她。

_____

① 指小宝宝的肤色中白色多于褐色。

他的目光从她肿胀的阴部和阴道——移向头部：一个血、肉加骨头组成的锥形高帽。"她的头。看上去像个三 K 党。"

"我跟你说过。她是被吸出来的。用真空吸出器。你不在场，德斯。"

"她还有很多地方不对劲。"

"……你又看书了吧？别看。德斯，这件事你不能完全按你的心事来做。你得慢慢摸索着来。"

"我在试。"

"不用试。等着。她会好的。摸摸她。继续。她不会伤害你。"

他为什么会有这样的感觉——这个宝宝有伤害他的力量？他往下伸手，用指尖抚摸她潮湿的、黏黏的表皮……

茜拉五点一磅。

"等着就是，"唐说。

于是他就等着。

到了第三天，他们搬到了楼上的单间或者说是供双人居住的病房，另一张床空着。于是他们就有了自己的天地。这似乎增加了德斯的困难……霍勒斯·谢林翰，他本人刚出医院，自然要远离他们，但普瑞纳拉当然时常来看他们；保罗舅舅来过，约翰来过，乔治来过，甚至斯图亚特也来过；还有摩西姨婆来过。谁也没有注意到德斯并不是他表现出来的那样——作为初为人父的他，并不兴奋，骄傲得语无伦次。但随后莱昂内尔来了。

"尖脑袋，"唐一边摆弄着她身边的藤条摇篮一边说，"意味着聪明。"

"别开玩笑。否则的话你会——"

楼下马路上传来一阵古怪而粗野的喇叭声，打断了德斯的话。他马上听到了回音：走廊传来的一声害怕的惊叫以及盘子掉在地上的哗啦声。接二连三的喇叭声随之响起——似乎有一队消防车在斯莱特里路上飞驰而过。六七个婴儿，从不同的方向，开始哭起来；但是茜拉安静地躺着。

"是 Venganza，"德斯惊叹道，"Venganza……他向我炫耀过。在他的车库里。它的喇叭上有个游标卡尺。从静音到正常再到那么响。"

"我……我们这里不需要他，德斯。"她的身子探在摇篮上。"我们太……"

"你什么意思？"

"我们太脆弱。而他太强势！"

莱昂内尔手捧一束用玻璃纸包着的玫瑰（身穿与他的 SUV 一样的亚光火药色套装，打着同样颜色的领带），从开着的门里进来。他停下脚步，暗暗揣摩了一下，然后咧嘴一笑。

"这儿挺凉爽的。"他说着把清脆作响的花束扔在空着的床上，双臂环抱，站在那里，环顾四周。"这儿挺凉爽。换个环境，看看某种真正的痛苦。德斯，你看上去胃不舒服，孩子。你现在要回家了，是吧？呃？呃？"莱昂内尔走上前来。"那就让我们看看。"

"她在打盹，"唐说，身子往后仰，好让他看孩子。

"耶稣啊。小不点儿，是吧？"

德斯做了解释。

"哟。她的头怎么啦？"

德斯做了解释。

"行了，你现在把床铺好吧，孩子。你得躺下。"他瞥了一眼手表。"你还好吧，唐？听着，我给你们带来了一个客人。"他转身。"过来，德斯。"

在外面走廊里，"特伦诺蒂"走上前来，撩起黑色面纱。

"不要再谈婴儿，"莱昂内尔说，按了电梯按钮。"注意。我有一个关于你外婆的混合报告。"有一个好消息，莱昂内尔解释说，有一个坏消息。"你要先听哪个？随你便。"

他们或他们的影子进入了金属薄板的电梯轿厢。电梯门颤抖了一下，关上了，但莱昂内尔伸手去摁按钮，把大拇指一直摁在上面。他们脚下的表面晃了一下，往下一沉，找到了平衡。

"肺部，心脏。称之为老年。她活不过一年了。"这是好消息。"你有多久没上她那儿去了？"

德斯告诉他，有三四个星期。这会儿电梯开始下降。

"她情况怎么样？还是老念叨那个多姆老爸吗？"

"不。她已经转移到了拉斯。有时候也念叨托罗。"托罗，巴托罗姆——保罗的父亲。"有时候甚至念叨琼基。"琼基，琼克——乔治的父亲。

"她还是说希腊话吗？你懂的，就是喋喋不休的意思？"

"是啊。多多少少。你听不懂她说些什么。"

"是啊，事情就是这样，德斯。她开始清醒了！"

这是坏消息。

"都有谁去看过她？"莱昂内尔说，这时他们走过了入口的门厅。"除了你之外。"

"舅舅们都去过。隔三差五的。"

"她给谁打过电话？"

"摩西。每个星期天。"

"摩西。那个碎嘴子姨妈。你知道我们的境地吧，德斯？我们处于一个倒计时……好啦，现在看来有点恐怖。继续。这会适合你的情绪。"

他们来到前面台阶，进入不洁的露天中，心情为之轻松。下面的马路上，众多摄影记者松散地围成半圈，此时迅速调整位置，三四个机敏的年轻女士——来自妇女版面的分析员们（德斯认出了《镜报》的卡莉·格雷）——凑上前来。德斯平静地说，

"对你的损失表示遗憾，莱尔舅舅。"

"是啊。悲剧。"他提高了嗓门。"现在请保持距离。猜猜父亲是谁。劳尔。也可能是菲尔南多。嗨，往后一点。甚至可能是阿兹瓦特！她怀了四个月，遭到了碰撞。然后就流产了。一切都安排好的。请表示一点尊重！退场战略，明白吗。啊。她来了。"

面纱撩起，戴着墨镜，鼻梁上捂着块黑手帕，"特伦诺蒂"面对照相机深吸了几口气……但此刻科学小说里的 Venganza 以不可阻挡之势占好了位置；它的司机快速下车，跑到两辆正在倒车的宝马跟前；最后莱昂内尔上来了，阿斯博车队离去。在第一个十字路口，更多的喇叭声响成一片，莱昂内尔发现迎面遇上一个慢慢而来的红灯。

盘桓片刻之后，德斯听见远处一辆售卖冰淇淋的货车机械的

乐曲声。他喃喃地跟着哼起"穆恩叔叔"①的调子，抬头看着清凉的蓝色天空中的雪男人，雪女人，雪姑娘和雪男孩，然后又缩了回去。

19

他们在中心待了将近一个星期，纤小的茜拉的黄疸消除了（它的颜色就像痊愈中的挫伤上面的下层绒毛），唐也开始下奶，德斯定时递上尿片，总是扭曲着脸，胆战心惊的样子（那被尿湿的尿片似乎比宝宝本身还要沉），他们一起在方洗涤槽里给她洗澡，或让她游水；而茜拉，她抓东西的本能反应、她的咳嗽和打嗝令人称奇，到了第五天，居然成功地打出了一个喷嚏，第六天，把一根幸运的大拇指塞进了她湿透的嘴里……

8月末，两个佩珀代因离开阿瓦隆大楼；9月初，三个佩珀代因返回。茜拉的体重几乎一下子跌得比出生时还轻，只剩下可怜的四点一五磅，德斯看着她日消夜减，觉得自己又变得更虚弱了。他像他莱尔舅舅一样，不开心。不伤心。麻木。他依然不相信自己能抱住她。不，他不停地说。我会把她摔了的。我会让她窒息的。我会压碎她的。不！但后来这种状况改变了。

9月29日，早晨十一点四十五分，爱的炸弹爆炸了。德斯站在了爆心投影点。

———————————

① "穆恩叔叔"，美国纽约一乐队组合。

他们的卫生访视员(一个名叫玛格丽特·金特曼的温柔亲切的年轻寡妇)刚离开,德斯送她出去。再见,亲爱的,她说,低头把孩子递给他。他转过头去看唐。你抱着吧,她说,我不能把她抱走!于是他抱住了宝宝——那孩子有一臂长。这么说来她很好啦?他叫道。脚步匆匆的玛格丽特说,茜拉?哦,她很棒的!……他仔细端详怀里那暖乎乎的重量。健全的四肢,脖子令人头晕的扭动(他用手指把它稳住),发育不全的、扭曲的脸——那双质疑的眼睛此刻聚焦在她看着的东西上。她在看着他,或他感觉是这样,那样子就像当他虚弱、困惑时,唐看着他一样。带着挑剔,但也带着温柔,谅解,更重要的是,带着会意。

他过去,把孩子交付给妻子,找了个借口,然后径直下了三十三楼。他走进迪斯顿的马路,十指举到额头,自言自语道,是个女孩,是个女孩,是个女孩……

是个女孩!

他继续往前走,在心里微笑,祈愿,舞蹈。路人好奇地看着他,似乎认定他肯定有货。三个正在犯瘾的迪斯顿人小心翼翼地走上前去,问他是不是要卖点出来。

"有了一个女孩,"他认真地告诉他们,然后转身,又往家里走去。"这没什么难的。继续。只是有了一个女孩而已。"

经过一段韵味十足的插曲之后(两个半星期),莱昂内尔又继续了他在阿瓦隆大楼的表现……今时不同往日。他进屋,他的钥匙嘎吱嘎吱磨着锁,他喝了一罐蛇王啤酒,他换了衣服,他溜了出去。他回来,不是在黎明,而是下午两点或三点。他喝了一杯茶，换了衣服，又溜了出去。

他似乎没有看望茜拉。他站在那里，听人介绍茜拉最近的惊人表现和成就。他总是给她带点什么（他的礼物都是大件的——一辆改装过的儿童三轮车，一个跟真熊一样大小的泰迪熊）。但他似乎没有去看茜拉。她似乎也没看到他。

另一方面，莱昂内尔主动停止了在走廊、厨房以及浴室里抽雪茄、抽万宝路的习惯。他要抽烟就去阳台，倚在栏杆上，俯瞰迪斯顿。莱昂内尔有了一种新的气质：他可以被忽略。他的在场不再成为房间、公寓、楼层乃至整座大楼的焦点……现在，他的长期有效委托书，涵盖了所有的房租。

不过，依然有些时候，他的一举一动令德斯蒙德难忘。比如那个星期六的清晨，莱昂内尔的一条狗（杰克）陪着他。他没跟人打招呼。人和狗进了屋子，在沉寂的整整一个小时里，卧室门始终开着四分之一。然后佩珀代因夫妻俩在走廊里瞥了一眼他笔挺的衣服，而那条狗回头不安地看了他们一眼。

“她不正常，她，”他说，“她从来不哭。她一睡就是一个晚上。婴儿是不该这样的。”

茜拉在他们所谓的她的小憩处骄傲地一睡一个晚上：那是一个屁股高的搁板桌，四边拦起来，像个搁在腿上的抽斗，她的摇篮就放在这上面。

“她当然不正常啦。她比常人晚发育近两个月。她是个小宝宝。但你说的是对的。”

“她不正常。你可听见她哭过？”

按计划，茜拉的第一次笑要过十三个星期——或十三个星期左右，至少育儿书里提醒过。但唐对育儿书不屑一顾（她的丈夫没有完全意识到）。他们等待着。

这是怎么回事？在第四周的时候，她多少直起了脖子，开始对她自己的育儿书（尤其是《曼先生》[1]）表现出浓厚的兴趣。到了第五周，她发出了咕咕的声音，在唐的训练下，几乎能够流利地说出妈妈用语[2]；到了第六周，她可以炫耀似的喋喋不休；第七周……

那是个笑容，他们总是说。不，那不是。那是风。风吹出的笑容……那是个笑容。不，那不是。那是个哈欠。哈欠打出的笑容。

然后，在第七周，她笑了——不可否认。你突然懂得，一个笑容是件多么不寻常的事情，它如何让眼睛产生万花筒般的变化。

"她不是奖品，"唐断定说，"她是现钞。她的身体很小，但是她的脑子很灵。她内心烦躁。如此而已。"

她一旦笑了起来，就根本停不下来。

"这不正常，"他说。

"她只是因为在这里而开心。"

"可她对所有的人都笑。"

这倒是真的。在街上，在公园里——似乎迪斯顿的每一个人都一下子成为她由衷崇拜的对象。

"德斯，她不正常。"

"是啊。"

---

[1] 全称应为《曼先生与妙小姐》，为英国一套经典童书。

[2] 妈妈用语，即母亲与幼儿交流时用的类似幼儿语的语言。

"她像童话。"

"是的,"他说,"她是神奇……但一个婴儿,那么个笑法,这是不正常的。老是那么笑。"

"你听。她哭了!你说她从来不哭的——可她哭了。现在你该高兴了吧?"

"……她不是在哭。她是在唱歌!"

但这是司空见惯的,这就是日常生活,这是正常的。听见售货车了吗?"嘘,小宝宝,""星光,明亮的星光,""金色的睡眠亲吻你的眼,""哈克,哈克,狗狗在吠叫,""小女孩是什么做的?"……假如人家所说为真,假如幸福写出白色为真,那么得体的举措就是我们务必退避,把一帖——不,一令——白页递给他们三个。

20

2012年10月至2013年7月之间,没有什么真正异常的事情发生。

马龙的弟弟查尔顿在与他母亲摩西·维尔克威争吵之后被捕了(在争吵过程中她抓破了自己的臀部)。在同一周里,林戈因为抚恤金诈骗,又被判了三个月。那些日子里,霍勒斯·谢林翰进出不同的医务所和医院(并且进出不同的酒馆、酒吧,准外卖的酒店以及超市)。新年来了,命运将把他送进迪斯顿综合医院(就事实本身而言,他只有百分之七十八的机会能够活着出来)。

照普瑞纳拉所说，霍勒斯丝毫没有重新考虑依赖唐的意向。

这个期间，莱昂内尔·阿斯博在很多方面吸引了媒体的注意——比如，一次对"沃姆沃德斯克拉布斯"的闯入，就引起了公众的激烈争议。不过正是这些故事中最乏味、最无力的部分（最无聊，最煎熬）被证明是最有改造作用的……

初秋时分，塞巴斯蒂安·德林克宣布说，莱昂内尔或许会对西汉姆联足球俱乐部的财务状况产生兴趣。当年的赛季已进入第七周，铁锤帮[①]尚未得一分甚或进一球。在厄普顿公园董事们的包厢里（没有"特伦诺蒂"相伴，她依然悲伤不已，下不了床），莱昂内尔目睹了在东伦敦的一场场惨败；但他也在远及斯托克、伯尔顿、普茨茅斯、桑德兰的露天球场目睹过球队的一场场惨败……第二天早晨你会看见，在你星期日小报的报屁股上，一张模糊的照片，在，比方说，维甘体育场湿漉漉的停车场里，莱昂内尔一脸遗憾地吃完他的肉馅饼，喝完保维尔牛肉汁，然后登上炭黑的 Venganza（或钻进他的新法拉利）。到了 10 月，《今日赛事》片尾字母结束时，会出现莱昂内尔的身影，只见他在悲伤的西汉姆队歌《我永远都在吹着泡泡》的旋律中，拖着沉重的脚步、动作缓慢地离开场地，我永远都在吹着泡泡，美丽的泡泡堪比天高，最终难逃破灭的下场，如同我心中所望……于是，莱昂内尔成了一种不屈不挠的国民象征，英国人面对残酷凋零的希望时那种特别的不屈不挠的象征。

这是更加出人意料的，因为莱昂内尔总是坚称他对足球不屑

———————
① 铁锤帮，西汉姆联足球队的绰号。

一顾，他常常说，只有龟孙子才对足球上心。也许，德斯想道，
也许莱昂内尔支持西汉姆，只是想借机会出门——抑或他是在成
千上万人的痛苦中喝酒，以寻求一种莱昂内尔式的快乐……不管
怎么说，关于莱昂内尔·阿斯博和西汉姆联之间连篇累牍的故
事，很快就至少部分地让位于更重量级的担忧——尤其是发生在
克伦顿的试图闯窃案，也就是 2013 年春众所周知的**夏芙私人司
机案**。

茜拉的眼睛从蓝色变为褐色。这是他们已被告知的。但随后
她又出现了另一种反常现象……她的父母目瞪口呆。德斯说，

"这像是在游行时，皇室成员挥手的架势。"

"是啊。就像人家把灯泡旋下来似的。"

"但她做得很快。每只手都拿着一只！"

这是茜拉的最新首创：她的手腕高举到头，迅速转动。她停
不下来——在这过程中当然始终在笑。唐说，

"像那个黑脸歌手。阿尔·乔尔逊①！……哦，德斯，我们
做了什么呀，得到这样的报应？"

"你知道，我们注定再要有一个孩子。我不是说现在，但……
我们注定。"

"是的。那也许是又一个茜拉。"

平时她更多的时间待在圣斯威新宽敞的日托托儿所里，她跟
无数女教师的孩子们和女学生们亲密相处。

---

① 阿尔·乔尔逊 (1886—1950)，出生于俄罗斯，去世于美国加州。白人
　演员、歌手，喜欢化装成黑人并演唱与黑人相关的歌曲。

她的眼睛不知不觉地由蓝色变为褐色。

格蕾丝·佩珀代因冬季在赖特角接待了三批访客……照《太阳报》,《星报》,《邮报》以及《每日电讯报》的及时报道,11月底,莱昂内尔和"特伦诺蒂"率先去了那里。原来,莱昂内尔天生就能摆出一副严峻的面容。这基本上是他的西汉姆脸(赛后,湿漉漉的停车场,0:6),但格调更为高贵:在摄影师的镜头前,他像个男人扛起悲伤,同时又坚持着一个乡巴佬似的希望,宽阔的下巴,皱纹密布的眼眶。而"特伦诺蒂",尽管面纱已摘下,却依然裹着一身黑。他们一起站在峭壁上,拍岸浪在峭壁顶端炸开,他们是令人瞩目的研究目标,"特伦诺蒂",一个知道如何忍受(坚韧、复仇)的女人,在一个更为乐观的人结实的臂膀下,那个人透过迷雾和浪花的泡沫注视着,充满信心地等待着新船的白帆。

我不知道我们为什么去那儿,戴着棒球帽的莱昂内尔说,在阿瓦隆大楼的二十一楼,德斯从他身边走过(德斯是回家,而莱昂内尔则是出门)。我们为什么费这个心? 她连我和"特伦诺蒂"都分不清。莱昂内尔接着谈论"特伦诺蒂"。哦,她愿意去。说什么做一个悲剧女王有利于她那本诗集。你知道,有利于它的销路。
……格蕾丝说话吗,莱尔舅舅?
哦,是啊,跟天花板说话。说托莫。说冈瑟。
嗯哼。干老爸们。托莫,或者叫托莫巴塔尔:林戈的父亲。冈瑟:斯图亚特的父亲(斯图亚特说成贡特,外婆说成冈特,莱昂内尔则会一本正经地说成冈弗尔)。不出一分钟就回到多米尼克,德斯说。这么说来你能听懂她的话?

是啊,如果你弯腰凑近她的话。喋喋不休地说托莫和该死的冈瑟。莱昂内尔调整了他的帽舌。然后她会说些真正——真正发疯的话。

什么,当她的话变得难懂的时候?

是啊,我会把她的话归于难懂。她说——我印象很深。她说……她说,小人的暴力?像是在提问。然后她说,六,六,六……小人的暴力?她到底想说什么呀?

我不知道,莱尔舅舅。

行了。我明白了。莱昂内尔憨憨地咧嘴一笑,解释了起来。除非铁锤帮能赢得接下来的两场比赛(客场对切尔西,客场对曼联),否则他们注定会在圣诞节前降级。

我的新形象,德斯。女人简直要我的命。可是谁又能怪她们呢?那些娘们想要一个内心有点坏的男人,不要……不要那种乖宝宝。伤心的爸爸。体贴的伴侣——需要他的同情。不是那种把西汉姆放在心上的倒霉的龟孙子。德斯,那些 DILF 们真要了我的命。

但你,呃,你跟'特伦诺蒂'还是挺过来了,是吧,莱尔舅舅?

跟琳迪?是啊。她说再过四个月。四个月……我永远都在吹着泡泡,呃,德斯?耶稣啊。

可是,不,莱昂内尔从来没对西汉姆联足球俱乐部的财务状况产生过兴趣。

12 月中旬,佩珀代因一家三口去了那里(1 月中旬又去了一次)。茜拉对她四十五岁的曾外婆印象极为深刻;而格蕾丝,似乎也被茜拉打动。在沉默中,她凝视着床边的那个急于长大的身影;她额头上困惑的皱纹一次又一次迟疑地舒展开来,又皱拢起来;然后她的嘴巴(此刻撇成一个钩形,像耐克的标志)试图绽放出笑容。茜拉把手伸向了她。

德斯相信这就是他女儿的本性:她向那个老人(或者说看上去像老人——她到处都这么做)伸出手去时,她向他们伸出手去时,她那温柔动人、宽恕的目光。

他们要告辞了。格蕾丝抓着唐的手。嗨,亲爱的,她说,侧过脸去,似乎要接受亲吻。茜拉是难产。嗯,她是我的头胎。我当时才十二岁。茜拉,难产。约翰,保罗,乔治——顺产。林戈,有点麻烦。斯图亚特——顺产。但是莱昂内尔。你还记得从前那些骑士吧?他就像其中的一个。他把我赶出去,他是这么干的。莱昂内尔一身铠甲地过来。再见,亲爱的。

2月里的一天,冒着下了一天的倾盆大雨,约翰,保罗,乔治,林戈和斯图亚特开着斯图亚特的大众双门路波,前往赖特角,进行两年一次的探望。

3月2日子夜,警察接到报警,赶到布莱格斯托克路44号的维尔克威家,处理一件因家庭纠纷引起的打斗事件,涉事者有马龙,吉纳和吉纳的妹妹小富扎璐。吉纳因体温过低前去就医。当时是零下十二摄氏度,她穿着内衣裤被关在门外。

4月底,有消息称,"特伦诺蒂"和莱昂内尔·阿斯博同意试验性分居。他们发现无法克服失去私生子造成的阴影：这是唐和德斯从报纸上看到的。他们由衷地希望这么做能够奏效，梅甘·琼斯的话被广泛引用。他们两人之间只有最温柔的感情。现在，"特伦诺蒂"回到了她在肯辛顿高街上租住的马厩改造屋。莱昂内尔留在"沃姆沃德斯克拉布斯"。他们依然靠得很近，塞巴斯蒂安·德林克说。说实话，这件事让莱昂内尔很难接受。先是失去私生子，现在又失去了"特伦诺蒂"。这都快让他崩溃了。

在一份简单声明中（在她带着故事上路之前），"特伦诺蒂"说，我无力拯救他。他也救不了我。这是个悲剧。因为我依然爱他爱得要死。

死神醒了。死神四处巡游，例行公事（在北莱茨，在迪斯顿综合医院），但是在这个时期，只有一个人死亡：乔伊·奈廷戈尔——欧内斯特的遗孀，罗里的母亲。

德斯看到了《迪斯顿新闻报》上的消息。那天他正在带茜拉，于是他把茜拉绑在胸前，他们坐车去了斯蒂普斯洛普那边的墓地。紫杉和苹果花点缀着不远处微风吹拂下的运动场和插着三角旗的凉亭，躺着的教会俗人委员，一小群朋友和邻居，小心地擦着鼻子，清着喉咙……在这样的葬礼上，靠近坟墓有一堆土，送葬者自发地抓起土，往墓穴里的棺材上撒。轮到德斯的时候，他往前俯着身子，这时茜拉也把手伸进那堆橙色的沙砾里，当她张开僵硬的手指，把沙砾撒下去时，面色严峻。

2012 年和 2013 年的夏天来得很早，但是 2012 年和 2013 年之间的冬天格外的冷。

第四部

2013 谁？谁？

一星期前

"……呃，你没事吧？你的嗓子怎么啦？"

"没事，我有点感染。我刚告诉他们。我想家了。我感到身子虚弱。"

"是吗？这我就放心了，德斯。半小时之前。我躺在床上。电话响了。吉纳拎起电话——开始闲聊。你好吗，亲爱的？诸如此类。哦，马龙很好。要跟他说话吗？你受得了那里的气候吗？诸如此类。然后她把电话递给我，说，是你妈妈！"

德斯把一只手举到额头。"格蕾丝？"

"格蕾丝。我觉得脊梁一阵刺痛。好像她死而复生……莱昂内尔吗？听着，亲爱的。大限近了。过来看看你妈妈，亲爱的。我们要谈谈。过来看看你妈妈。"

"她是这么说的吗？"

"她是这么说的。你没听她说过正规的英语还是怎么的？五年哪？我的良心有点触动，莱昂内尔。我活不长了。过来看看你的妈妈，亲爱的。"

"……所以你就去了那里？"

"嗯，我躲不开。躲不开。你觉得是什么让老太太心烦……罗里·奈廷戈尔？哎，那个护士叫什么？那个白头发、大奶子的女人。"

"吉布斯太太。"

283

"吉布斯太太。我跟吉布斯太太说过一句话。她说这样的事情她见过上千次了。她们临死前都是那样的。头脑清醒。她们想要——她们想要得到原谅。"

德斯在楼梯上停下来喘气，他（像他常做的那样）通过窗子看着阿瓦隆大楼底下巷子的波纹马口铁屋顶上偷偷摸摸的狐狸。其中一只缩成灰白色和姜黄色的一卷，另一只慢慢伸开它僵硬的后腿。它们这儿张张那儿望望，一如既往地瘦骨嶙峋，胆战心惊。它们的恐惧可曾停止过？在任何天气里它们似乎都是瑟瑟发抖的。

"哦，德斯……好了，就这样吧。我不去了。"

"不，要去。也许事情会过去的，"他无力地说。唐去迪斯顿综合医院了——去陪她母亲。"别去太久。别显得很有希望的样子，唐妮。你到底希望什么呀？"

"你知道的。我需要他的祝福。他的祝福和道别。"

"霍勒斯的祝福？呃，祝你好运，唐妮。代我向普瑞问好。"

……茜拉睡在她独自搁在一边的摇篮里。至少这一次，他希望她不要醒来。他的主要征兆是一种无望昏迷的感觉——这个孩子，四肢健全的身躯裹在她的宝宝服里，看上去令人生畏的难解和神秘：怎样控制她，给她洗澡，喂她吃饭？最重要的是，在做这一切的时候，怎样才能不让他的口水，他潮湿的耳语，他令人作呕的呼吸，玷污到她？……他埋坐在沙发里。戈尔迪爬到他跟前。它四岁了，但行动依然灵活，跳跃时像空气一样轻盈，它总是让你惊讶——它落在你大腿上时的分量。他伸手去抱它。

那猫儿嗅着他的指甲，打喷嚏似的吼了一声，从屋子里跑了出去。

于是德斯知道他该怎么办了。

"UVI。"

"UVI。那是什么呀？"

"城市狐流感，"德斯说，"你知道，就是狐狸流感。"狐狸流感：俗称登革热——也称为法西斯热，因为 UVI 表现出一种毫不害臊的对有色人种的偏爱。"可以持续一个月。你要过六个星期才会痊愈。自动的。本身就能引起恐慌。流行起来是一波一波的。"

莱昂内尔笑了，他说，"狐流感。那就是老霍勒斯，那就是。高速传染给你。你被霍勒斯缠住了。非常严重，德斯。你要当心你的宝宝。毕竟她有一半黑人血统。"

"是啊。他们说你只会在之前或之后被感染。而不是在这之间……耶稣。"

"别担心，德斯。你来对了地方。"

他们在潘森大酒店的养身吧里……莱昂内尔在赖特角过了三个晚上。他在伦敦机场正在滑行的飞机上打电话给外甥，说是要开一个家庭会议。他派了一辆车子去接他。德斯发现莱昂内尔悠闲地靠在竹子和大理石背景墙上，双脚搁在一张绣花的厚垫睡榻上，浏览着《金融时报》，从一个有凹槽的玻璃杯里喝着一种黄褐色的饮料。

"呃——呃，杰弗里？我再要来一杯这个。金酒加胡萝卜汁。给这个孩子一份三倍血腥玛丽鸡尾酒。重糖。"

"很荣幸，阿斯博先生。"

"不，德斯，这是唯一的办法。我们先要让你把酒喝了，然后，我们做一些负重练习。擦身，桑拿。发汗。这是唯一治疗的方法。"

……此刻他们并肩躺在黑色皮长椅上。莱昂内尔在压一百公斤。德斯则力所能及地压着五十五公斤。

"把背弓起来一点！胳膊肘锁定上推姿势……她变形了，德斯。格蕾丝。她坐起来跟我说话。跟我。不是跟墙壁。不是跟灯泡。我。她最小的儿子。猜猜发生了什么。正是我刚进屋子时你看出来的我的精神状态……嗯，我想这是很自然的。那些老黑人只是悄悄离去，我觉得十分——我觉得十分悲伤，德斯。非常可悲。好吧。她有她的缺点，格蕾丝。但她尽了最大的力。是的。她是有点荒唐。像你妈妈一样。但她尽了最大的力……她说，她说，我良心有点不安，亲爱的。她看着别处。一颗眼泪从她脸颊上淌下来。我说，行了，妈。看在老天爷分上，你就告诉我吧！说吧，妈。是怎么回事？而她说……"

德斯蒙德停止动作。

"她说……"莱昂内尔也停止了动作。"哦，你得保持节奏。她说……多姆老爸。多姆老爸。她说她本该跟多姆老爸好好过下去的。可结果却跟那些外国佬纠缠不清。一个像样的家庭，她说。就我和多姆，还有你和你姐姐。从你出生那天起，莱昂内尔，我就让你丢脸了，你的那些身形、大小都不一样的哥哥们。你能原谅我吗？……好了。再来两百下，然后我们就做下蹲和举重。"

……现在他们泡在深到下巴的有泡沫的爵士浴缸里。

"我说，啊，亲爱的。现在不是生气、讲积怨的时候！过去的就让它过去吧。妈——你现在看着我！……我是个有钱的生意人了。这个国家的人都把我放在他们心上。不，你的儿子跟这个世界和平相处。休息，妈，休息。你的日子过得太苦了，别忘了。七个孩子。我跟她讲了我在上主日学校时就记得的事情。我说，上帝不可能同时在所有的地方。所以他给我们送来妈妈……这话很感人的，你不觉得吗，德斯？休息，格蕾丝，休息。好了，开始桑拿。"

……现在，他们坐在板条木凳子上，腰上围着松软的白毛巾。德斯觉得空气似乎并不是热得让人透不过气来——而是厚得让人难以呼吸。

"这么说来，你在那里待了三个晚上，莱尔舅舅。"

"是啊，住在旅馆里。被一个 DILF 分了心。耶稣啊，是你的牙齿在打颤吗？德斯，看看你。一边出汗一边发抖！离宝宝远点，德斯……她睡在哪里呀？在厨房？"

"是啊，你见过的。在搁板桌上的摇篮里。"

"你们有没有让她跟你们一起睡过呢？"

"没有。从来没有。"德斯努力解释道，"唐的表妹。玛丽戈尔德。因为那样丢了一个孩子。不小心给压死了。"

"这样的气温，你们怎么通风呢。"

"有扇子。我们阳台的门始终都开着。有时候我会把你房间的窗子打开，莱尔舅舅。就为让空气流通。"

"你知道的，德斯，我一直在想。等你，呃，等你外婆去世了，这将会是一个时代的结束。我要不要在大楼里租一个套间。这样宝宝就可以有她自己的育儿室了！"

"嗯，那可就宽敞多了，莱尔舅舅。"

"我会，呃，我会继续支付你的租金。"

"莱尔舅舅……我希望你还会来看我们的，对吧？"

"那当然，"莱昂内尔说，拍着膝盖，站了起来。"当然。"

然后他们去接受男按摩师专业、残酷的按摩。

……在底楼一个休息厅里，德斯端着一杯水（就连水喝起来都是臭臭的），抬头看着莱昂内尔悄悄地买了（都是他一个人埋单）两人份的复原茶——去壳鸡蛋加水田芥三明治，乳酪烤饼加草莓酱和浓缩奶油，杏子挞，雪利酒浸果酱布丁，外加四五大杯烈性黑啤酒和香槟各半调和的饮料……德斯那天下午没有产生警觉。假如他有所警觉的话，那阿斯博的表现中的某些方面就会触动他。高昂的情绪——胃口大，话语多，情感强烈。但德斯那天下午没有产生警觉。

"我依然保留着我在南部中央的顶层房间，"莱昂内尔结束时说，"但这事变成了笑料。几乎他妈的每个晚上都有人恶作剧，报假火警。我们就穿着浴袍在楼层门廊里乱窜。"他回头看看。"潘森大酒店有别的力量。秩序好，德斯。秩序好，有约束力。"

……莱昂内尔在掌心里掂着打火机，领头走出大门，走进广场似的街道，或街道似的广场，那里被当作宾馆的前庭，有门童，有问号似的灯杆，热诚的出租车队伍。德斯蒙德的免费接送车等在旁边。

"你知道，"莱昂内尔说，后悔地捏着鼻子，"我在离开她那儿之前，忍不住小小逗了她一把。我说，还记得那个小男生吗，妈？穿紫色斯奎尔斯弗里校服的那个？但她当然不记得了。一片空白。我说，你想让自己良心不安吗，妈？那个小男生是怎么回事？我当时面带微笑，脑子里——就是要戏弄她。是啊，妈。你注定了他的命运，就像你给自己套上绞索一样。跟一个小男生纠缠……一片空白。真空。又开始胡言乱语起来。用她那种奇怪的语言。所以我只好蹑手蹑脚地出了门……吉布斯太太说她现在沉默寡言了——脸对着墙。你外婆得了肺炎，德斯。她的肺囊已经化脓。她的整个身子在腐烂。这儿。你的车。"

德斯说，"肺炎。老年人之友。"

"医生会治的。用抗菌素。但当它复发——不。还是顺其自然吧……我会打电话过去。收拾好一个包包。等她走了，我们得过去。当心你的城市狐流感，德斯。别让它传染。想着你的宝宝一点。"

格蕾丝在赖特角的家里命垂一线，霍勒斯在迪斯顿综合医院的临终关怀病房咽气，临了一通闹腾，身上都散发出了气味，他的女儿始终待在沾了污渍的帷幔远端，而德斯，在阿瓦隆大楼里，也已奄奄一息——因为神经错乱而奄奄一息。他的脑子是一只伦敦狐的脑子：大都市里的赤狐。

整天，整晚（有什么区别？），眼睁，眼闭（有什么区别？），德斯的脑子里在过着一部疯狂的电影。在宛如珠玉落地的脉动和怦然有声的闪光中，他默述着他认为的与焦虑、饥饿、无遮无蔽有关的最狡黠的主题和争议，从沥青、金属、橡胶、玻璃纸和碎裂的普列克斯玻璃等这些都市背景中折射出来。这是有史以来最长的电影；他的注意力一刻也没转移。其清晰度如蛇的牙齿般尖锐。灯光亮得离谱，无法无天。对话（有时候是配音）、画外音以及时不时的字幕都是格蕾丝的语言。

"又是他。没有新闻。"

"……等一下。唐，等一下。抱上茜拉。别抱进来。让我看看就行。你知道的，我觉得事情过去了。我觉得我又回来了。"

这是星期三。

星期四

就在十点前，莱昂内尔进了屋子，像一辆人体战车，巨大而具有心灵感应。他的战马是杰克和吉克，戴着粗短刺状的颈圈。

德斯的椅子剧烈摇晃了一下，他站了起来。

"出事了。在晚上。她的体征在消失，德斯。"莱昂内尔面带创痛、恳求之色。"她的生命体征！快，孩子。你的包在哪里！天哪——基督啊——快。"

十五分钟后，德斯钻进 Venganza 的"控制塔"——以惊人的速度，赶往斯坦斯特德机场。

"他们说她是又一次中风。以她的状况……你干吗咧嘴呀？偏偏是今天！"

"……能够出来太棒了。你也在咧嘴，莱尔舅舅。"

"是啊，嗯，这在某种程度上是一种解脱。再也不用悬着一颗心了，你说呢，孩子？"

那天早晨，德斯醒来时，烧退了，不发热了，健康得令人惊讶——健康，强大的力量。他跟姑娘们吃了早餐，送她们出门，又煮了更多的茶，喝了，一边始终在让自己重新熟悉现实环境——以一种笨拙的感恩图报之心……然后莱昂内尔来了，一阵风，一声嚎叫，解开拴着杰克和吉克的绳子，把它们赶到阳台上（打电话给唐，两条狗得待在这里，没有选择），打开两边硬邦邦的购物袋（麦克尔·加布里埃尔——家庭肉商），窸窸窣窣地翻找着小盘子，德斯则抓着他的旧书包，往里面塞了几件衣服和梳洗用品。

敞开的公路上，烈日炎炎，他们宛如置身于一个巨大的黄色花环中，阳光穿过高高的树木直射下来，莱昂内尔冷静地掌握着方向盘，在三条车道上飞驰，像个慢跑者穿行在满是老年徒步者的街道上……他没有使用喇叭——而是依靠强光车头灯。

"你坐过飞机吗？"

"坐过。"不管是加速还是减速，汽车排挡之间的转换都是那么平稳，似乎跟公路有网络连接似的。"是啊，我去坎布里亚郡报道过食人生番。也去纽卡斯尔报道过用钳子施暴的保姆。"

"你应该盯住他们，德斯，"莱昂内尔说，从紧急车道上超过一辆家具搬运车。"盯住那些个该死的精神变态的家伙。对于那些，呃，只想努力挣得……"他们爬上通往长期停车场的坡地。"正当的面包的人，则要网开一面。"

德斯说，"我想我们不知道得去多久。"

"星期六晚上回来。如果她马上就走的话。殡仪馆的人都已经在等着了，还有牧师，不管他叫什么。"

他们下了车，立刻换上标准的现代姿势——脸上挂满哀伤的神情，脑袋深深地垂到腰际。

莱昂内尔直起腰来，说，"哦，她还没走。线状脉。还在撑着。"

德斯直起腰来说，"唐让代为转达她的爱。她会安顿好杰克和吉克……茜拉老是打听它们。她老是说，狗狗，狗狗^①。"

"我稍后会跟她说说，"莱昂内尔说，"杰克和吉克。"

他们坐一架十八座飞机飞往因弗内斯，然后飞往威克。当他们第二次降落时，稀薄的云层已经让他们再次领略了家的氛围——床铺，擦脸粉，椅背套，弥漫的浓雾。

"我在祈祷。祈祷他们不得分！在他们的整个赛季中！……赛季的最后一天。厄普顿公园。我在董事包厢里品尝对虾三明治。出了什么事？他们居然跟利物浦打成了零比零的平局！那些红军真该死，对吧。瞧，我不反对利物浦，从我在肯尼的时候起一直如此。在我进少教所的时候。"

在威克，那个毫无庄重可言的小机场里，有一个穿制服的司机，举着一块手写的牌子：阿斯博。这儿离赖特角还有九十五英里。德斯在车里睡着了。他醒来时看见一块块路牌，瑟索，斯特拉西角，汤格。在桑尼斯郊外，他们在一个道路施工的信号灯前等了近十分钟，德斯透过路边一排幼树看见，一个像是德鲁伊特教的墓地的地方。但墓碑却不是墓碑，而是修剪过的树，非常老，全都挤作一团，却又形态各异，弱不禁风的样子。

"是啊，妈，"莱昂内尔自言自语，"是啊，你搬家了，娘们。换地址。是啊，这是你的轻木平房，我的姑娘。"

罗伯·邓恩客栈坐落在洛欣瓦海滨东翼一个山坡下的阴凉

---

① 狗的原文应该是 dog，但茜拉还不太会说话，所以分别说成了 Dah 和 Doh。

处。他们入住了亨利森套房，在那里扔下包包，洗了脸，然后坐车上了科洛莫峭壁。

一楼带凸窗的房间，阳光直射进来。看见了什么？看见了深色的显示屏高挂在床头，闪烁的数字显示着心率，血压，金属架子像棵树，上面结着果实：液囊，步话机似的装置，加算器，插座和接头，缠结的电线和管子。那个瘦骨嶙峋的女人躺在那里，几乎跟被子一样平，她的脸上蒙着一层汗，眼睛闭着，嘴巴张着。她的儿子和外孙坐在两边。第一个小时过去了。

莱昂内尔打破长时间的沉默，说，"你看见了吧，呃，那个自杀的建筑师，德斯？叫约翰什么来着的。他妈妈死后，他就自杀了。所有人都说，啊，他得忧郁症了，瞧，因为他妈妈的去世。人们老是这么说——这都是胡说八道。他不是突然想要这么做。自杀。他是突然只能这么做。"

"是怎么回事，莱尔舅舅？"

"瞧，有些事情，德斯，有些事情一个人是不能在他妈妈去世前做的。"

现在，第二个小时也过去了。每过二十分钟左右，莱昂内尔就要出去抽支烟。每过二十分钟左右吉布斯太太就要匆匆进来，一脸的严肃和沉默，查看仪表和数据。发现德斯一个人（此刻已过了五点），她没看他的眼睛就对他说，

"我希望，今天你舅舅得克制一下他的脾气。但愿是最后一次听他说话。杀人似的叫喊。吓着了——"

"噢，吉太太，"莱昂内尔回进屋子时说，"这都是怎么回事？

拖时间，是吧？你们一直在偷偷给她注射青霉素是吧？"

吉布斯太太用疲乏的眼神看了他一眼，转身要走。

"你怎么做到的呢，吉布斯太太，就你这年纪？瞧那胸脯！你的身材跟选美女王一样漂亮。"她匆忙从他身边走过，他看着她，在她身后叫道，"是啊，但我打赌，你只要解开胸罩，就什么都没有了……哟，德斯，"这时门砰的一声关上，他说，"记得那些 GILF 们吗？霍妮·希尔达。交合的老女人们……耶稣基督啊。瞧。"

她的眼睛睁开了。她那牡蛎似的眼睛睁开了，把眼皮都撑红了，同时带着恐惧，似乎要往后倒去。往后倒去，并试图看当她倒下去时，会不会有人接住她。

德斯抓紧时间希望——祈祷——当格蕾丝倒下时，她会像一片羽毛那样飘然而下。但莱昂内尔已经站起来，向她俯下身子，双手插在裤兜里，干巴巴地说，

"你去吧。去吧。去见你的创造者吧。去——"

"比尔！"格蕾丝叫道。

"……见鬼。"

"比尔！"

"她是……？比尔是谁？又一个操蛋的小男生？"

"比尔，"格蕾丝呜咽道，"亲爱的，亲爱的。但这是不允许的！"

"这是怎么回事，德斯？"

"Chandler reacts badly to predator！性，吃！"

突然德斯明白了：他明白了该明白的。不是性，吃，而是

六，八：6，8①。

"填字游戏的提示词，莱尔舅舅。记得她老是玩填字游戏吗？这些是填字游戏的提示词。"

德斯发现他能解答出来。Chandler reacts badly to predator (6, 8)②；变换字母顺序造字的字谜游戏：cradle snatcher③…Bill, love, love, but it's forbidden(5);bill=tab; love, love=nil, nil=zero, zero: Taboo。④

格蕾丝绝望地大叫道，"即便如此，毫不抵触！十五！"

"这是什么？"

"填字游戏提示词。答案是 notwithstanding⑤。"

"十五代表什么？"

"十五个字母，莱尔舅舅。Notwithstanding。"

"捕食者。十五。禁止……啊。明白了。"

这个指的是格蕾丝。此刻她正在做着升空的挣扎，脊背弯曲，似乎神经还未被摘除，一次舒展，然后是更加缓慢的放松，一阵突然的干呕，一个摇晃——生命之路到了尽头。

"他怎么说？"

---

① 性 (sex) 吃 (ate) 与六 (six) 八 (eitht) 发音相近。
② 中文大意为"钱德勒对捕食者反应激烈"。括号里的 6 和 8 表示答案分别有 6 个字母和 8 个字母。下同。
③ 意为"追求年少异性者"。
④ Bill 既可做人名 (比尔)，又有"账单"的意思，与 tab 同义。Love 既有"亲爱的"之意，又与 nil 或 zero 同义，即 o 的意思。tab 加 oo 即为taboo，与 forbidden 同义，即"禁止"的意思。
⑤ 意为"尽管"。

"难说。你永远搞不懂他。"德斯爬回到自己的位子上，环顾亚历山大·塞尔柯克湾景酒吧。从侧面看去，一波接一波的潮水有条不紊地从铅条窗外涌过。身穿白色小礼服的瘦长条子钢琴家以其纤细的手指在演奏《我的太阳》……莱昂内尔在角落里，他的第三瓶香槟搁在冰桶里；他在跟费斯-赫瑟林顿先生讲话，还有个叫约翰·曼先生的——就是那个葬礼司仪。他一开始似乎非常气愤。但当她走了后，他只是愣愣地俯视着她，说，看那边床上那个……"

"那你呢，亲爱的？"

"我说不清，唐妮。似乎所有的事情都发生在别人身上。似乎我不在这里。或只是旁观。那个霍勒斯怎么样了？"

她说，"我很好。我本来就没抱什么希望。但是妈妈认为他的情况不稳定。"

"好吧，但愿上帝保佑。"

就在他们准备互道晚安时，唐突然说，

"哦，德斯——那两条狗。它们不是我们认识的杰克和吉克了。"

"是啊，那就对了。本来就不是嘛。"

同时出现在耳朵里和腋窝里的丁零声，让德斯意识到，这已藏在他脑后整整一天了——那两条狗。十二个小时之前，当悲伤的驾车人冲进三十三楼时，德斯立刻担心起杰克和吉克会给他带来麻烦，如同莱昂内尔会憎恨的那样。但那两条狗只是挺着肩膀从他身边一掠而过，杰克还回头看了一眼，做了个含讥带讽的鬼脸——一种属于犬类的假笑。它们刚到了阳台上，就滚作肉鼓鼓的一堆，吠叫着，撕咬着，咀嚼着。显然，杰克是一回事，吉克

也是一回事，但杰克和吉克，或吉克和杰克，又是别的一回事。

"你猜怎么着。它们居然彼此相恋。它们可是兄弟啊。这可是乱伦哪。"

她哈哈大笑，他也哈哈大笑，但他又感到了头疼。Incest①. Insect violation?(6)②. I scent tangled crime③. No-no disturbs sin, etc. (6)④.

"杰克爬到吉克背上。吉克爬到杰克背上。它们的后腿颤抖。我介意的不是那个。不是太介意。我介意的是它们看着宝宝的样子。"

德斯说，"说来听听。"

"它们的目光透过我，直指茜拉——它们凝视着她，喘着粗气，淌着口水。不友好。似乎她是个情敌。当然她想宠爱它们。我可以告诉你，我不想让它们待在这儿。"

"是啊，就把它们关在外面。把肉扔给它们，但把它们关在外面。"

什么事让德斯转了身。莱昂内尔在他后面朝他俯身，摊开掌心要电话。

"哦，莱尔舅舅有话……"

"唐？对不起，呃，骗了你，姑娘。没别的办法。"他一边点头一边听她把话说完。"嗯。她的生活过得很充实。寿命够长……听着。今晚让狗狗吃牛排——但不要辣酱……就这样。

---

① 意为"乱伦"。
② 意为"小人的暴力"。
③ 意为"我觉察到复杂的犯罪行为"。
④ 意为"不得骚扰罪，等等"。

但是明天可以给它们吃辣酱。整整一瓶……是啊，嗯，它们的饮食要受控制。为了参加追逐野兔比赛。好吗？把门拴上。哪怕只留一条缝，只要鼻子能伸进去，它们就会想方设法地往里钻。把狗关在门外。唐，把门关紧。"

没过多久，莱昂内尔就领着德斯去了邓巴尔餐厅。

"吃一点真材实料的东西，孩子。你自从得了流感之后体重都轻了。来，点一份鸭子。"他把 duck（鸭子）念成了 duc-kuh。"或猪肉。"

"……耶稣啊，都已经九点二十了，外面还那么亮！"

"嗯哼，看来我还可以消遣消遣。笨蛋……好啦。明天我跟，呃，跟曼先生有正事要干。而你却无所事事。开车，德斯，上码头去赖特角。星期六的头等大事就是安葬好她。午茶时分回到伦敦。"

他们的虾鸡尾酒来了，还有第一瓶红酒。

"你知道，我一向都极少关心吉纳，"莱昂内尔说，拿出手机，随意而不确定地看着显示屏，"明白吧，前些日子，德斯……我知道这样做有点恶作剧，但前些日子我开着法拉利去接她。把车顶放下。我让她那可怜的老爵士和大爷跟在我后面。开一辆助动车……所以，现在它肯定兜遍了全城。有点恶作剧。瞧，我还想着额外刺激一下马尔。但现在我倒担心起他会做得太过明显。"

"什么太过明显？"

"哇哦。现在别看，孩子，我那个 DILF 来了……我的邓巴尔 DILF。挫伤好得差不多了，"他说，一挥手，笑笑。"哦，她似乎不是最愿意见到我。天哪，哦，天哪。快——那里。穿红外衣和网眼袜的。让你大饱眼福了吧……是啊，DILF 们成群地回来了，德斯。这得归咎于，呃，观念的改变，真的。这得归咎于那个夏芙司机。"

"哦，是啊，夏芙司机。"德斯回想起引起众多议论的夏芙司机案。在 5 月底，一个年轻的汽车改装师和汽车特技驾驶员（一度上过阿斯博的在职人员名单）闯进了"沃姆沃德斯克拉布斯"的地下室。第二天早晨他和他的两个同伙在村子绿地上被人发现，扔作一堆，个个都被长柄锤、狼牙棒打伤，被泰瑟枪①击伤。阿斯博先生不打算提起诉讼，塞巴斯蒂安·德林克在一份发给媒体的简短声明中说。他相信他已十分清楚地表明了立场……"这一来事情发生了变化，是吧？那个夏芙司机？"

"夏芙司机？彻底转变了对 DILF 的看法。瞧，你的 DILF，德斯，"莱昂内尔说，准备开吃他的主菜，"她想要一点啤酒和醋。别再说什么私生子的废话。不要提那个该死的西汉姆。不要说什么母亲的孩子。不不。但用一根赶牛刺棒塞住一个闯窃贼的屁股——你的 DILF 可以回应这件事。不管怎么说。让我的形象见鬼去吧。从今往后我不再是伪善者，我将成为莱昂内尔·阿斯博。"

甜品推车，干酪板，第三瓶红酒。然后是坚果和柑橘。咖啡以及莱昂内尔点的最精致的酒心巧克力。十点三十分过后，德斯听见手机响了。他到外面走廊里去接听。

---

① 泰瑟枪，发射一束带电镖箭，使人暂时不能动弹的一种武器。

299

"我们这儿都快闷死了，"她说，"不是因为热，而是空气不流通。我要去开莱昂内尔房间的窗子。但是门锁上了！"

"锁上了？"他想了一想（这种事情以前发生过一两次）。"那就用老办法吧。"这就是说，上床之前，把前门打开，站在那里，用毛巾挥打十五分钟。"这样会让空气流通一点。然后用扇子对着她扇。不要打开玻璃门，好吗？……我知道……我知道。但一根头发丝的缝儿也不要留下。把门拴紧了。好吗？茜拉怎么样？"

"茜拉就是茜拉。她很棒。你可曾注意到，德斯，当她笑的时候，笑意首先是从她的眼睛里流露出来的。然后才是嘴唇。她的眼睛能发光。"

"是啊，"他说，"直视人的眼睛。像光一样的速度。它们就对着你发光。"

就在这时，莱昂内尔说服了他的女伴把椅子拉到他们身边。她是个面无表情、戴着蓝色面纱的瓷美人，左眼眶上有一个米色的污迹。像是个默片时代的人物（也许是陷入困境的女英雄）。反正德斯始终有这个感觉，因为没人说话。这种混浊的氛围令他难以捉摸，很快就说他累了，道了晚安。

时间快到十一点了。

他冲了一个澡，然后在那个较小的房间靠窗的位子上坐下。你知道我是快乐的，不久前唐在暮色中对他说。但我似乎不能……我有一种等待的感觉。等待老爸。一种等待的感觉。火车什么时候到？火车什么时候走？这种感觉我已有了四年。像肚子里有一个捏紧的拳头。你不懂那是怎样的滋味。但他其实是知道的。他知道担心就像一只捏紧的拳头；此刻，他心里那些攥紧的手指松开了。

那天早晨在公路上，他感觉到了——世界无限的天赋。而在这儿，在格外明亮的月亮下（离圆月只差一点），焦躁不安的大海在颠簸，荡漾，一层层的海面在慢慢翻腾，竞相挣得一份奶油色的月光——大海宛如移动的岩浆，滚动的球形水晶灯。

德斯绷紧神经倾听着：砰的关门声，肆无忌惮的哈欠声，说话的声音，不是太开心，声音干巴巴、慢吞吞。一分钟如有厚毯遮盖的沉默，然后是迷你吧被推倒的哗啦啦的声响……

远处的悬崖上，灯塔的光在尽职地搏动。这让德斯想起了什么事情。什么呢？这不是一种视觉上的记忆。不是，这是听觉上的（节奏完全不同）。那种闪光的脉动让他想起了他听到过的最鼓舞人心的声音：他那未出生时的女儿（放大了的）心跳声。

他谦卑地接受了这个记忆。想到了茜拉，令这个记忆变得清晰：这一切都为他，德斯蒙德·佩珀代因而发生。为他，而不是其他人。他就在这里，健健康康的，置身于充满异常的世界中，眺望着天赋异秉的大海。

星期五

"喂？……喂？"

是线路坏了，还是信号不稳，抑或是卫星偏离了轨道？他只听到一声吼叫。一声吼叫，带着一点尖锐。在一阵毕卜声后，吼叫自行变成了他妻子发抖的声音。

"德斯。哦，德斯。话儿无法……我……"

但她还是接着往下说，此刻他已下床，拉开窗帘，插上电水壶准备沏茶。"我为你高兴，唐妮，"他喃喃道，点着头，眼神茫然。他在保护着他一以贯之的所有念头。看来这个老至高无上者（以及光荣退休的交通监督员），在他生命的最后几个小时里，做出了明智的选择，终于屈服了。经过了四年的放逐：正如霍勒斯本人也许会说的那样，这是他注定要承受的。"我为你开心，唐。也为我开心。"

"就在今晚了。"

"你别把茜拉带到迪斯顿综合医院去。"

"那当然。但是德斯，你明白我的话。一定是在今晚。他已奄奄一息，德斯。妈妈说，星期六医院要用美沙酮。医院总是在星期六用美沙酮杀人！"

莱昂内尔走进餐厅，厨房刚要熄火。

"呃，莱尔舅舅。事情有了进展。唐的老爸已经——"

"太对了，的确有了进展。吉纳。是啊，伙计，她完了。迷幻药。朱佩斯莱恩斯。"这会儿莱昂内尔看起菜单，关注地点了全套喀里多尼亚早餐。"但不要你们的什么阿伯丁布丁，"他对头发花白的侍者说，侍者记了下来。"也不要你们的，呃，你们操蛋的奥克尼雄鲑。只要英国风味的……是啊。朱佩斯莱恩斯。光天化日。明白迷幻药起了什么作用了吧？"

德斯试图表示怀疑（这有多大的真实性呢？）。但作为一个意识健全的市民，他在迪斯顿住了二十年，灾难就像邮差一样在这里兜着圈子。吉纳，他想道——那样的笑容，那样的眼睛。他喝了一口冷咖啡，又把它从齿缝里滋回到杯子里。

"把脸弄得看上去扭曲了似的。伸直了的……一个摩洛哥样子的家伙干的。是啊。穿着白罩袍，骑着自行车，飞驰而过。来。尝尝这个。干得像个下三滥。瞧。瞧，穿着胸衣和蓬蓬裙的吉纳左右翻滚。把身体盖上！婊子！哦，是啊，"莱昂内尔说，点着头。"胡说。短衬裤！那是马龙。谦恭的马龙……别说我在责怪他，注意。但是吉纳。啊，可爱的吉纳。"

莱昂内尔深情款款地低头看着盾牌似的盘子，以及盘子里面的东西：农家新鲜水煮蛋，格兰扁香肠，熏咸肉片，祖传西红柿，斯特拉思克莱德洋蘑菇，粗制土豆煎饼，手工烤豆，以及高地煎面包。

莱昂内尔一边使劲咀嚼着，一边继续说，"但他走了，朝自己脚上开了一枪，是吧。马龙走了，杀鸡取卵……因为我现在不会再接近她，不会，"他说，又塞了一口东西，"就她被弄成那样的脸。"

"呃，莱尔舅舅。唐的老爸——"

"哦，是啊，你刚说了。"

"唐的老爸——"

"那就好，德斯。你刚说了。说出你的想法，德斯，说出你的想法。"

在他们等车的时候，莱昂内尔跟他一起闲逛到外面去抽烟。他手里攥着电话，盯着显示屏。他说，

"她有了新的想法。我的 DILF 有了新的想法。看看那个。她要带她两个孩子去上击剑课。想想吧，有她这样的妈妈。不是

那种老菜帮子似的讨厌娘们……第一次，德斯，她第一次来了又去了，你不是魔鬼。"他把烟从嘴里拿出来，查看烟头。"魔鬼是个绅士。你能记得你的房间号码吗，你这笨蛋？"

远处，混浊的天空下，大海依然沐浴在日光中，缓缓荡漾，泛着欢快的泡沫。然而云层带着惆怅重新集结，此刻呈现出令人疑虑重重的灰色。

"昨晚她去了，像你这样的男孩们。他们从来不变，因为他们从来不学习。他们从来不学习……"他抽回左手。"你知道，德斯，有时候我会吓到我自己。我的本我，"他说，这时汽车在车道上兜了个圈子，他躬一躬身子，往后退了一步。

德斯蒙德周游各地。去了威克，去了因弗内斯，去了斯坦斯特德，去了利物浦大街，去了北迪斯顿。一路上，怀着基督徒精神，他努力改善自己对霍勒斯·谢林翰的看法（没有成功）。稍后，他在第二段旅程的飞机上打盹时，在心里不停重复这样的情节：上年纪的侍者给水杯加满水，两只苍蝇在窗玻璃上玩跳背游戏，激浪的断裂，莱昂内尔在吃东西时下巴被冻住，然后是他不加掩饰的苦脸……

对不起，莱尔舅舅，但别的我又能做什么呢？这是她最后的机会。这整件事好多年来一直都在要她的命。

莱昂内尔转过身去。他龇着牙齿；他的眼睛似乎在聚焦目标。

稍等，他说。稍等。你回去。唐要去她老爸那里。

是啊，不管发生什么事，今晚她都会陪着她妈妈。

那么家里就剩下你和茜拉了。好吧。那行……来。打电话。他们会给你改签航班。来。

……嗯，替我最后向格蕾丝道别。

不，这很公平。老霍勒斯还跟我们在一起。一个尸体算什么呢？什么都不是。就是一堆垃圾。我们不想让唐受罪。绝不。不，德斯。你的位子是在家里。你的位子是跟你女儿一起在大楼里。

飞机声吵醒了他。他们正在穿过云层向地面滑行，飞机粗暴地把他摇醒。机翼嘎嘎地响，剧烈颠簸。舷窗上积着厚厚的白霜。他从没经历过这样的状况——云层里蕴藏着凶猛的力量。

在医务所里，医生告诫他，他的狐流感，在行将灭迹之时，会有短期的反弹。当德斯走出地下世界，来到迪斯顿的大街上时，他的骨骼再次让他知道它的存在：他的双肩，他的骨盆架。结果并无不适——他的骨头像铁丝般灼热。你知道，这一轮会很快过去，会过去的，最终的不安，城市之狐的天鹅之歌。

他往前走了一两个街区，来到了外婆的旧公寓——在地下室上面的外婆的老奶奶公寓。门阶上放着两只结着奶垢的空奶瓶……把水壶炖上，宝贝。我们来动脑筋玩 Cryptic。她会再点上一根丝刻，让自己更加集中精力……一辆兜售冰淇淋的车子硌硌驶过。德斯接着往前走。迪斯顿的空气——一层雾霾，宛如薄纱，上面落着尘埃，盲斑，褶皱，像是种痘瘢痕。

阿瓦隆大楼上面，正门开着，他可以听见充满女人热情的自我陶醉的女低音的歌声，像远处有一架收音机在播放似的。通往厨房的走廊在他眼里似乎是新奇的，似乎是新发明的，以其井然有序和干净明亮，显示着一种低调的成功。这时那只猫不请自来地跑到他的脚跟前……普瑞纳拉出现了。宝宝被交给了他——

一个干净的包裹，里面是一个更加干净的东西。他斜向里亲着
茜拉，把她放在地板上。没多久那两个女人又断然而然地匆匆
而去了。

"我挤了大约一加仑奶，"唐在他们迅速亲热后说，"用生命保
护她。"

"我会的。"

他们交换了三四次通常的那些爱慕之情和海誓山盟。

他回到厨房，发现茜拉正试图朝那两条狗爬去。德斯几乎把
狗儿给忘了。它们在午后的炎热中睡在外面阳台上，前胸贴后
背；吉克的一只前脚抬起着，轻轻地支撑着杰克。

"我遇见一个人，"德斯说，"名叫曼先生。"茜拉觉得这事很
好玩。"他是个殡仪员，他负责把人葬到地底下。"她觉得这个也
很好玩。"你叫什么名字，先生？这位叫曼先生。"于是他们接着
看了一本依然是她最喜欢的书：《曼先生》。

把水壶炖上后，德斯把已经塞得满满的垃圾袋从箱子里拎
出来（这些天箱子都是半开着的）——凝视着它。通常他会等茜
拉睡着后，才飞奔下楼，把垃圾袋扔进垃圾堆场。每次当唐一
个人负责看管茜拉的时候，她也是这么做的：茜拉从来不介意被
一个人留下。但德斯当即断定，他不能把她跟狗一起留在那里。
门闩已经插紧，移门相当安全；但他就是不能把她单独跟狗留在
一起。

"我们一起出去买东西吧。喜欢去商店吗？"

另外，他的确想要买点东西：一个外科医生用的口罩。他很
快又受到感染，他持续意识到这一点：当他抱着宝宝时，总是不

断地回过头去才敢呼吸。所以他们就进了城，茜拉窝在推车里，
双手高举，活泼好动，对每一个人都以毫无保留的笑脸相迎。路
人纷纷止步，心里纳闷——他们做了什么，能够得到这样的赞
许，这样的欢欣……

他们去了三家药房，日用百货店，甚至毫无希望地去了一家
五金店。这是一种典型现象。在这大都市里，你随处可见外科口
罩，但在迪斯顿却永远见不到。迪斯顿对疾病预防毫无兴趣。迪
斯顿，有那么多小学生，畏畏缩缩、不合群的少年，气喘的二十
岁人，患关节炎的三十岁人，瘸腿的四十岁人，精神错乱的五十
岁人，根本不存在的六十岁人。

他们最后买的是一大包布洛芬，一罐给茜拉煮茶用的桃子糊。

德斯在圆形小灶盘上给茜拉热奶，一边啪啪地翻阅着《旗帜
晚报》，看见了一篇令人振奋的日记，关于"特伦诺蒂"和她的新
诗集。这里的诗写的是我和莱昂内尔在一起的日子，她说。所以
主题是悲伤的。但是失落和伤心是深厚的情感的主因。看看金主
教① 和丁尼生爵士② 吧。诗歌如此繁荣——

狗狗在动弹。它们醒了过来，像一条狗似的，摆脱了束缚
的四肢极力向外伸，杰克颤抖着打了个哈欠，翻了个身；它的
舌头伸直，像是从纺锤里出来的，在它兄弟的口鼻上探索性地
扭动着……德斯走上前去，拽了一下网眼窗帘。他回头看看。
茜拉坐在高椅子里，正用指关节揉着眼睛——是啊，这个小家

---

① 金主教，似指亨利·金（1592—1669），英国诗人及主教。
② 丁尼生（1809—1892），英国桂冠诗人。

伙，这个有限的动作，这个小小的担心，像任何娃娃一样，每过几个小时，在喝了奶之后，就要折腾一下，然后才消停。他准备了很多垫子放在沙发上，没过几秒钟她就睡着了。

德斯勉强地掀开帘子，透过玻璃门又看了一眼。吉克期许地蹲伏在那里，杰克则爬在它身上，后腿不安地缠在一起，抽搐着。

"滚开！"杰克说。

"滚开！"吉克说。

六点三十分，莱昂内尔打了两个电话中的第一个。

"我把她葬了。格蕾丝。她在'平房'里安息了，号码是，呃，因弗圣玛丽公墓44 H。我给了牧师几个便士，我们悄悄地把这事给办了。今天下午把她落葬的。"

"嗯，安息了，莱尔舅舅。"

"……我在车上。想法儿回去。不想待在这里。我会得忧郁症的。威克港关闭了。"

"是吗？"

"是的。海上起了雾。能见度降到了零。看来我们得开车到因弗内斯。一百五十英里。不过路况挺好。赶一班短途客机。你还好吧，孩子？"

"是啊，莱尔舅舅。唐来电话了。说那将是一个漫长的夜晚。"

"狗喂了吗？"

"正要喂呢，莱尔舅舅。"

"别忘了它们的塔巴斯科。统统。"

他把滴着汁的牛排放在两个盘子里。他还准备了辣椒酱——在橡木桶里腌制了好几年，以获得它那独特的香味。只需几滴就能让你……他挑了一滴放在舌尖上，可以品尝到它的辣味和苦味；但它的回味则像药一样——显然，他猜想，是微生物残留在他的胃里。用了差不多五分钟，把整整一瓶倒在滴血的肉上。那两条狗在这里算怎么回事呢？哦，是啊。莱昂内尔接到电话后会带它们去萨里。追逐野兔比赛。似乎有理，德斯猜想：追逐野兔比赛是残暴和违法的，你可以用来赌博……麦克尔·加布里埃尔——家庭肉商。要是莱昂内尔今晚回家，会不会来把杰克和吉克接走？

德斯走出去，把碗放在废物盘子旁边，只见它们并肩躺在那里，下巴搁在爪子上。

茜拉醒了，精神头十足。他给她梳洗，换衣服，然后给她喂了蔬菜泥，用塑料软汤勺在她嘴边做了许多精心雕琢的动作……她咖啡里搀的牛奶比你多一点，是不是呀，德斯？唐在第一个月的月底又一次说道，当时茜拉的面色似乎比较稳定。他把自己的前臂搁在孩子的前臂旁边，同意道，是啊，你是挤奶女工，唐妮。他说。用你的凝乳和乳清……

此时父女俩被《曼先生》给塞饱了，再加上《邋遢先生》，《颠三倒四先生》，《臭脾气先生》，《小气鬼先生》，《错误先生》，再加上《嘻嘻小姐》，《星小姐》，《幸运小姐》，《好奇小姐》，《魔力小姐》，[1]到末了，茜拉几乎厌恶地推开了《迟到小姐》。突然她笑了起来，用一根弯曲的手指指点着。

"狗，"她说，"狗。"

---

① 以上均为《曼先生与妙小姐》中的篇目。

透过挂着的网眼门帘，你可以清楚地看到它们楔子似的轮廓，背后是一轮圆月。他走过去，不耐烦地猛然放下门帘，振作精神。那两条狗眼睛都没眨，绝对的一动不动，但摆出往前冲的架势，它们不再像一对或配偶——它们看上去像一个团队。它们粗短刺状的颈圈里，几乎有一种荒唐可笑的邪恶：两朵地狱里培育出的暖房里的兰花。而（天哪）一张斗牛犬的脸，一副凹陷的颚，两只眼睛粘在上面，还有秃脑袋上的耳朵。就在膝盖那么高的下面，四个黑色的鼻孔——里面是粉色的——往玻璃上喷着气。

德斯把茜拉放在轮椅里，又朝移门走去。他用胳膊做着嘘的手势。什么也没发生。他意识到，它们没有在看他；它们在超越他或透过他，看那个娃娃。他拉起门帘，离开房间，立刻又带着两个枕套回来。他找到一盒图钉，没过两分钟就在玻璃镶板的下半截搭起了又一道屏风。他干着的时候，他女儿发出了声音，虽然很矜持的，但引起了失望（他感到）甚或是可怜。他往后退退：透过白色的枕套，已经看不见狗的剪影了。

"行了，"德斯边朝孩子走去边宽慰地说，"行了。"

十点十五分，电话响了。

"不，我还在这儿呢。这儿被大雾封住了。这儿大雾弥漫。"

似乎为了证实他的话，电话里传来雾角的呻吟或哈欠。德斯听见了女人的笑声，背景里还有流畅的钢琴声（钢琴手肯定是在弹慢曲子），他刚弹完《昨天》，接着开始弹《她要离家》。他想象着关闭的灯塔的心跳。

"看来没有航班？"

"是啊……那也好。用DILF给我做补偿。傻母狗。她那里没有军备。有的是不错的饮食。我们为价钱问题争个不休。羊肉。双份宝籁葡萄酒。傻母狗。要说句话吗？"

一个受过教育但傻乎乎、醉醺醺的可怕的声音说，

"你好。我叫莫德。我是莱昂内尔的DILF。那你是谁？他的小男孩中的一个？"

德斯以为雾角又响了，但其实那只是莱昂内尔的呻吟或哈欠，最后是费劲地吸了两口气。

"猜猜看……听着，德斯，我的声音听着是不是有点醉意？"

"是啊，有点儿。不像你，莱尔舅舅。"

"……嗯，这可不是普通的安置你的妈妈。这是一种守候，德斯。哼。她走了，带着她所有的罪孽。走上了众生之道……你还在这儿哪，娘们？"电话里传来像是抽打的声音，然后他的声音又变了（再次变得暧昧，像外婆说胡话时那样），莱昂内尔说，"闭嘴，你这蠢婆娘。再准备一罐啤酒，听见没？等比赛结束后再干。你去吧。喂……"德斯听见餐具打碎的声音，你可以想象莱昂内尔从椅子上跳起来。暂停——环绕声消退。"喂，德斯。它们吃饭了吗？"

"是的，刚吃。"

"好啊，它们稍后就会安静下来。夜深了。"一阵沉默——只有大海的翻滚。"看见月亮了吗？现在留意一下门。看见月亮了吗？夜深了。"

已经晚了，太晚了，一个明白无误的真相自己显示出来：天气将变得非常炎热。由于莱昂内尔的房间封着，他们所有的只是德斯蒙德床的上方一个八英寸的豁口和一台电扇。他走进走廊，

打开三把门锁，把门来回摇晃了十分钟。但大楼的热量浓密厚重，混浊的空气在三十二层楼上层层叠加，更为混浊。

"你没事吧，亲爱的？那个先生是谁？哟，那是曼先生啊！"

他检查了阳台门，把一只皱缩的手伸向门帘。他猛然产生一种审美上的邪恶感——因为那两条狗就在那儿，像嵌在地板上的金属模板。但此刻它们抬起头来，退到碗和盘子后面，似乎要安顿下来。他一时冲动，拔下门闩，拉开玻璃镶板——只有一指宽的缝隙。就在迅雷不及掩耳的一瞬间，杰克和吉克已经把鼻子伸进了那个缝隙里；他报复性地把门一推，它们的鼻子往里伸得更深了，似乎准备把鼻子夹成浆或干脆就给挤掉……

"蠢狗，"他说，往后退去。"我以为，我以为狗狗们是要凉快凉快。"

他迅速而仔细地给高脚杯里装满凉水。他看着门滑开了一英寸，滑开了一英寸半。他猛地一个箭步跨上前去，及时地闩好门闩，用全身的力气试了一下。

"好了。晚安，狗狗们，"他说。"现在，小姐。你安静吧。"

他最后一次给茜拉换了衣服。"你就那么睡着吧。"她躺在搁板桌上的摇篮里——胖墩墩的褐色小身板儿裹在白腰布里。他漂洗了她的杯子。"给你喝点水。"他调整好电扇（它每过五秒钟吹过她一次），调暗了灯光。"现在你可以进入梦乡了。"

这时快到十一点了，她不会安静，她不可能安静。她依然笑着，依然用温柔的目光盯着他——但在她婴儿的宇宙里，一切都不对，她不可能安静。

"妈咪明天要回家了。你可爱的妈咪明天早晨就会到家了。"

一个下意识的记忆告诉他，让小家伙们入睡的方法，就是谨慎地向她保证，大人们还醒着（大人们沾沾自喜的喃喃声，甚至卡车驶过时映在天花板上然后滑到墙上的菱形的灯光）。所以，他一边喃喃着，一边收拾：他洗了碗碟，然后擦了桌椅，把报纸装进垃圾袋里，扔进垃圾箱里。

"我会比你先睡着的！如果你不小心……"

他始终盼着她的眼睛疲倦然后闭上，但它们却依旧瞪得圆圆的，宣告了它们的无能为力。他抚摩着她的额头，发现他的指尖被汗水润湿。他把一块湿毛巾捂在她的脸上，把体温表塞进她的腋下：九十九点二度。鉴于午夜临近，他觉得自己的忍耐力开始松懈，他放弃了。婴儿的麻醉剂——糖浆般的紫色的扑热息痛剂。她乖乖地吃了一勺。不到一分钟，她的头往后一倒，昏睡了过去。

德斯热辣的眼睛看着别处。他觉得她一直都受着伤害，严重的伤害。同时，他一边主持着她突如其来的安睡，一边接收到她身上一切令他喜爱的东西的清单。这是必须吸收并消化的，一切都只在一瞬之间，他带着热辣的眼睛做着这件事。

星期五过去了。德斯把门锁了起来。他有七次试着阳台门，看会不会打开。他没有朝外面看。他第八次、也是最后一次试了一下。

他把自己脱剩下短裤，找出光被单。厨房的壁灯把一片半圆形带波纹的黄光投射在德斯房间的木地板上；他的女儿几乎躺在他的视线内。他意识到，他的疲倦有了一股气味：浓厚的臭氧味和温暖的大海味。不，不是这个海涛，是那个，对，那个——那

313

个海涛会把我冲上岸。

星期六

在死寂的夜里，他做起了梦。

他躺在那里做梦，梦见的不是升向天空的梯子……他躺在那里梦见了一个房间，里面是光亮的松树和白色大理石，以及翻滚的浓雾，他跟他母亲的弟弟以及六七条姜黄色的狗和杂色的狐狸坐在那里，有些狗和狐狸被（动物标本剥制师曼先生）剥制了。他和他的舅舅正不为人所见地、神秘地忙碌着，但是没有什么可以察觉，没有什么可以吐露的。所以他醒了。

……"啊。我们到了，"他说，舔湿了舌头。他的嘴巴在忙活（他可以听到它发出咔咔嚓嚓的声音），然而他的眼睛闭着，像是被粘住了。他勉强举起一只手，把干涸的眼睑掰开。四周黑得像甘草。

有人或有东西关上了他卧室的门。

透过各种各样的厚密，一个低沉但复杂的声音自我呈现在他耳旁，供他考量。一个结实的"咂"的声音，随后是两下进一步的比较微弱的撞击，篮子的噼啪声，和一个风钻似的叹气，然后是绝望的喷鼻息声和有力的牲畜的攀爬声。

此刻时间慢了下来。事实上他用了 2.05 秒从床上到他的目的地。但德斯蒙德·佩珀代因觉得不止这点时间。

0.10 秒。这是他的双脚做到的。他像骑自行车似的弓脚一蹬，下了床，笔直地站在地席上。因为热胀冷缩，胶合板房门鼓了起来，似乎有胶水渗了出来，当他拽了一下门把手，又拽了一下时，宝贵的、无价的几毫秒过去了。

0.50 秒。厨房门也关着。他可以清楚地——并且，似乎是很慢地——听见抽鼻子的声音，拱食的声音，低声的咆哮，淌口水。他试图弄清楚走廊里是什么奇怪的东西，结果过去了整整一厘秒。那是头豪猪吗？不。是一只猫。他拉了两下黏乎乎的门把手，就在这两下之间，他感觉到有一股超自然的深海翻滚的浪潮，他此刻一定要冲过去。他踏了进去。

1.45 秒。他啪地打开灯，用一种被他脑子里的化学反应无限放大了的声音吼叫着——这是一种古时候的咆哮。他凝视着嗞嗞作响的氖灯管，深海的浪潮从他身上打过，他听着犬似的爪子在有沙子的地板上刨出的声音。

2.05 秒。他朝下看去。搁板桌搁在那儿，四英尺外，空空的摇篮倾覆着，还在摇晃，靠着一张厨房桌子的桌腿。他手脚着地，像个牲畜似的四处摸索着。

电扇依然在来回转动着。

没有血迹，没有宝宝。

星期二

啾啾，啾啾，啾啾。唧唧，唧唧。嘀笃，嘀笃。喳喳，喳喳。呸，呸，呸。啾啾，啾啾，啾啾。唧唧。唧唧……

两条大帘子，两根巨大的黑色凸丝绒布条，依然紧紧下垂着，但你可以听见外面各种各样的嘈杂声——刮擦声和弹跳声——那些都是狂喜的鸟鸣声。在一张巨大的四柱床上，一个扭曲的身躯躺在那里，喘着粗气，把身子伸直。

"莫！"似乎有人在叫。"莫！……天哪。莫！"

莫尔·麦克马纳曼把门打开一条缝。"在，老板。"

"去告诉那些该死的鸟儿，闭上它们的——别让那该死的光在我眼前晃啊晃的！"

莫尔的身影退去，稍后又隐约重现。"你叫我吗，老板。"

"莫尔。莫尔，伙计。我快死了。"

"要我去叫安东尼先生吗，老板？让你接着吸氧。做血透。"

"你才做他妈的血透呢……哦，莫尔，给我治疗，伙计。给我治疗。"

"……我能说什么呢，老板？所有的治疗都是老一套。我在网上查了。古罗马人试过老鹰蛋。还有炸金丝雀。"

"炸金丝雀？"

"在冰岛，人家吃烂鲨鱼。阳台上放烂鲨鱼。"

"我上哪儿去找该死的烂鲨鱼呀？看见这个枕头没？来吧——把我从痛苦中拯救出来。我不会挣扎。"

"对不起，老板，但是你需要的是一杯酒。你在戒毒过程中。这是你唯一的希望，老板。解醉酒。"

"你再说一遍，我就解雇你。解醉酒。再说一遍，你就被解雇了。"

"一点儿吗啡，老板。"

"好吧。那就继续。一滴就行。就像酒店里三倍分量的酒……你知道的，莫尔，我认为是她给我下了毒。北面的苏格兰那家

伙——她给我下了毒……不。不。胡说。这是莱昂内尔·阿斯
博。这得怪莱昂内尔·阿斯博。我不需要医生。我要的是牧师!
啊,我要的是一个该死的驱魔的法师……莫尔。他来了吗?"

"是啊,老板。他这就来。"

星期三

火车上那个年轻人,他周围的乘客都没看出他有什么异样。
他身高六英尺一,混血儿;他身穿黑色丝光斜纹服,白衬衫;他
没在看书,他没有看着窗外流动、弯曲、倾斜的英国乡村风光。
他的脸上没有表情。但他表面看来没有丝毫异样。

坐在他旁边的那位瘦小的老妇人正一篇一篇地读着《太阳
报》上的文章。持枪歹徒被一老汉制服。我谋杀了唐的宝宝——
妈。当妻子叫道:"再用力点,克里斯!"杜安的动作像发疯一
样。亲爱的达夫妮。我跟一个银行家寻欢作乐,可他失去了兴
趣。被困于一个男人的身体。哈比跟我最好的朋友有六年的网上
情史。亲爱的达夫妮,我跟一个比我大的女人发生了关系。她是
个老于世故的女士,截然不同于……

三节车厢的火车呼哧呼哧慢悠悠地驶进肖特克伦顿车站。一
个录音的声音招呼我们的年轻乘客,带上行李,注意脚下缝隙。
他出了车站,穿过悬空的村子。

到了莱昂内尔的屋子门口,他穿过废弃的警戒线,摁响门
铃,做了自我通报。里面的人请他稍等。三四分钟之后,穿着小
礼服的男管家和一个便衣保安朝车道走来。电动大门打开,放他

进去。

"阿斯博先生偶感微恙，"卡莫迪说，他们走过宾利"奥罗拉"和 Venganza，朝前门走去。"你等着，我给你来点吃的吧，好吗？其他来访者都在享用饮料和冷点心。阿斯博先生知道你要来。"

三个身穿盔甲的骑士，忧伤地凝视着圆桌，高背椅，老式螺旋桨似的多瓣枝形铁吊灯。餐厅里有八个人，包括德斯蒙德·佩珀代因。

"有人欠我，""特伦诺蒂"在说。她重新把白葡萄酒杯子倒满。"我应该收债。这是理所应当的。有人欠我。"

"但这肯定不会影响销售，"杰克·费斯-赫瑟林顿鼓励说，"相反，我一直在想……我觉得现在再换个书名重新出版，为时过晚了吧？"

"看来我将成为一个笑柄，对吧。"她面前放着一本薄薄的纸面本的书，封面朝下。另有两本书直立着，像陈列在书店的桌子上一样：《我对阿兹瓦特的爱》以及《追求菲尔南多》，"特伦诺蒂"著。她说，"达奴比会开心得尿裤子。"

为了证实自己的话，她转向左边那个小伙子。他的肤色是地中海东部的人特有的：这大概就是劳尔。他把牙签拿开，说（把 i 的音发成 ee），

"开心得尿裤子。"

"他们都会的。我将成为笑柄。一个微不足道的被人笑话的人物。所以我应该收债，杰克。行啦。有人欠我。"

"特伦诺蒂"，劳尔，杰克·费斯-赫瑟林顿——还有谁来着？

巴克利法官阁下(那张著名的脸,那个著名的腰身)坐在一张扶手椅里,大腿上放着一个盘子。面对着他的是另一个看上去很有学问的先生,穿一件开襟衬衫(扎着白色领带)。他们满脸惆怅,窃窃私语。塞巴斯蒂安·德林克严肃地不断点头,在一个黄色拍纸簿上做着记录。

在屋子的另一头,侧立着一个女人,双臂交叉,戴着白色面纱。她望着远端的窗外。

"有人欠我。我要收债。"

时间在流逝。

"我要收债。"

"……阿斯博先生现在要见你,先生。"

卡莫迪优雅地给等在门厅里的莫尔·麦克马纳曼让位。

"德斯蒙德,"麦克马纳曼边说边伸出手去。

他们迈着沉思的步子上楼。

"你的舅舅,"他说,"你的舅舅对他母亲的死反应激烈。在北面的苏格兰。奇怪,是吧?我以为他不是那种性格的人。但这些事情你是永远猜不透的。不管怎么说,他去了,并且造成了一点自残。对他的脑子。他们是这么认为的。另外,还有这么一个麻烦的事情。我不知道你能不能让他改变主意。这边请。"他伸手把灯光调暗。"往里进。他等着你。"

房间呈甜菜色,深暗中夹着一丝紫色。

"等一下。等到你的眼睛适应……"

德斯看见前面不远的地方有一个光球在慢慢搏动,这让他的身体记起北海岸上的灯塔；让他的身体记起他女儿心脏跳动的声音。

"看见什么了吗？过来，德斯。过来坐在这儿。"

他摸索着走过沉甸甸的家具，然后踩过有弹性的大地毯或毛皮。像旧时电影院里的女引座员一样，莱昂内尔用他雪茄的光照亮床边的椅子。

"……我不能吃。不能喝。天哪，我甚至不能抽烟。味道可怕极了。但总要干点什么吧。我可以咳嗽。我可以呕吐。我可以挠痒。关于痒痒，有个专门的词儿，德斯。稍等。Formication。① 你会感觉到你的身上像爬满了蚂蚁。"他长长地抽了一口雪茄，灰烬像个恶魔的眼睛似的鼓起来，龇牙咧嘴。

"谁把狗放了进来？"

"哦。重要的事情先解决吧，是吧。"莱昂内尔想在枕头上把身子往上面挪一挪，但没有成功。他又缩了回去。"嗯。"他的声音恍惚，每说完一句都有一个长长的停顿。"我在苏格兰受到医生们的控制。有一点精疲力竭的感觉，德斯。星期一我回来了，把自己关在这里。我可以打电话。但我没有打。我决定等到星期二，等我的《迪斯顿新闻报》。也许你可以说这是迷信。为了让眼睛省力，我从头到尾用一根触摸笔读报纸。完全是老一套的内容。持刀行凶什么的。真弄不懂。没有报道，没有关于，呃，阿瓦隆大楼悲剧的报道。你不会相信，德斯，但你知道我是怎么想的吗？我想，我想，也许我得活下去。"

"谁把狗放了进来？"

"好吧，"莱昂内尔说，举起一个手掌。"有人也许会说，我，

---

① Formication，像蚂蚁一样爬。

呃，做得太过分。太过头了。把那个罐头拿给我，德斯。别在我面前装无辜。"

金质的芝宝打火机火焰闪了一下，但随即便灭了。

"所以，德斯，满足一下我的好奇。呃，出了什么岔子？"

他本人像条狗——四脚着地，四肢乱颤，饿得一个劲儿呜咽。他钻在桌子底下，沙发底下，篮子后面，椅子后面。那里没有血，没有血，没有宝宝。那里没有宝宝。

他费了吃奶的劲儿才直起腰来。他大步走向阳台，关上并锁好移门。那两条狗在迅速地转圈。等待。现在他恨不得把杰克撕开，把吉克撕开——他的双手伸在潮湿的狗嘴巴里，使劲，撕扯。他转身面对深不可测的房间。

然后他的眼睛定格在那个铮亮的箱体上。盖子盖了下来。昨天那盖子是开着的——现在盖子盖下了。他走过去，把盖子打开……

茜拉躺在装了一半的垃圾袋里，系着尿布，胸口起伏……他构想着（同时又听到）：吉克的第一次跳跃，杰克的第一次跳跃，翻倒的桌子，转动的姑娘，箱子啪地关上。

他亲吻她的眼睛，直到它们睁开。它们睁开了，她的眼睛朝着他发光。

"嗯，嗯。呵。它终于有用了，是吧。"

德斯站起来。他朝前走了几步，又往后退了几步。他坐下来，他站起来，他坐下来。

"淡定，德斯。淡定，孩子。哟，听见鸟叫了吗？……好。赖特角。你知道，德斯，星期六早晨我醒来时，我没住在那个套

321

房里。没有。就在一个普通房间里。看起来前一天晚上有三十来个家伙在那里撒过尿。到处都是瓶子。全都是空的。我可怜的老 DILF。天哪,哦,天哪。两只黑眼睛,躺在她自己的晚餐里。耶稣基督啊,德斯,你舅舅的这种状态你他妈的决不会相信。我站在那里。我站在那里,想着你的厨房地板。我没觉得太过聪明。我没觉得太过聪明。"

"谁把狗放了进来?"

"没有人放它们进来,"他说,挥动着一根竖起的手指。"你没有放它们进来。你把门开了一条缝,狗自己就进来了。它们自己的意愿。没有人放它们进来。"

"谁?"

"我在别的地方,阁下。跟我的 DILF 一起在北边的苏格兰。"

"谁?谁?"

"马龙,"莱昂内尔一时泄气地说。"那个漂浮者。但那是个,呃,技术性问题。想想吧,德斯。是马龙把狗放了进来吗?是我把狗放了进来吗?不。是你把狗放了进来。你把狗放了进来……你操了我母亲。你,我的外甥。"

"还有呢?还有呢?"

"嗯。我们等着瞧,不是吗?事实依旧。德斯,事实依旧。你不能趁便干你舅舅的母亲。干你的亲外婆。不能。"

"好吧。"

德斯从后兜里掏出一个白色的信封,把它搁在被子上。

"《镜报》的保险箱里有一份密封的复印件。银行保险库里有一份密封的复印件。《迪斯顿新闻报》编辑桌里有一份密封的复印件。"

"往下说。里面写了些啥？"

"写了些啥？一切。外婆和我。"这时候德斯切实想到他不必再往下说了。已经足够了：外婆和我，这就足够了。当德斯不顾一切往下说的时候，莱昂内尔已经在空中挥舞着一只无力的手。"外婆和罗里·奈廷戈尔。罗里和你。《镜报》的信封里还有别的内容。"

"是吗？"

"罗里的唇环。上面有干血迹。罗里的血。"

莱昂内尔又点上一支雪茄。芝宝金打火机又闪烁了一下。现在你可以看见他下巴和脸颊上带着锈斑的须茬，张开的猩红色眼皮里面疯狂转动的眼珠。

"对。如果发生任何事情的话。"

"是啊是啊是啊。"

"任何事情。"

"是啊是啊是啊是啊……辛勤的努力，德斯。典型的。你自己好好想想吧。无论如何。说出真相，孩子——说出真相，我要离开一会儿。"

"你现在要去哪里，干什么？"

"哼。DILF 们在闹脾气。不是苏格兰的那个。现在还不是。但是一旦有一个开了头，她们都……那两个梅菲尔的 DILF。是啊，这件事已经积聚了一段时间，德斯。转眼间就会铺满所有的报纸。"他咳嗽，抓挠，刮擦（你可以听见他胸膛里像线团一样缠结的痰）。"瞧，对于其他那些娘们，你可以狠揍她们，然后私下了结。但你的 DILF——她是有点自尊的。更糟糕的是，她还他妈的有钱……"

德斯站起来要走。

"这就是你搞上一个老荡妇的必然后果。每次你干别的女人的时候，你总会觉得充满怒火。你的下一站是哪里？监狱。嗯。监狱并不太糟。进了监狱你会知道自己在哪里。"

"这是为什么呢？"

"进了监狱，德斯，你的心灵就会得到安静。因为你不必担心自己被捕。如此而已。"

"如此而已。好吧，我得走了。"

"是啊，那就走吧。趁我没有改主意。走吧，你走吧。"

"我爱你，莱尔舅舅。"

莱昂内尔的右手在往嘴巴上伸的半途停下了。"哼。嗯。我努力被爱。以为我会喜欢它。没有为我做过一件操蛋的事情……那就拥抱一下吧。来，来，德西。来，来，孩子。"

德斯朝门口走去，用袖子擦着眼睛。

"哦。呃，没有兴趣。你给它们喂塔巴斯科辣酱了吗？"

"是啊，我喂了。你往里面放了什么？"

"哦，你知道的。这个，那个。让它们随时待命。我看见我的《新闻报》时，想到的就是这个。我想，德斯从来不给它们喂塔巴斯科！它们这两个小精灵就只能从头睡到尾……告诉你吧，德斯。我要给你一千万英镑，就当是逗你玩……不。我没这么想。好吧，我会给你这个。你平静的心。去吧，你回去吧。用你的廉价车票回去。去吧……再见，孩子。就此别过。"

他抱起孩子，用带子把她绑在胸前。他们离开了阿瓦隆大

楼。一个令他觉得可靠、不争的事实是：再也没有任何事情会让
他害怕了。随着夜色将尽，黎明来临，天空呈浅灰色。茜拉打起
了盹。

十点半，他们回到家，狗狗走了。他迅速给她梳洗一番，换
了衣服，给她喝了一瓶热奶，然后他们又出去。他不得不把她绑
在胸前，这似乎意味着他们不得不再次外出。哦，是啊。还有一
件不相干的事情——纯粹属于走流程——找个人来把锁给换了。

德斯知道，要把最近这件事包含进已然存在的那么多事情中
去，是很困难的。他不停地努力着；但他就是装不进去。那天晚
些时候，他带着茜拉去迪斯顿综合医院（霍勒斯还在那里的七楼
等死）员工停车场跟她母亲见面，路上他还在努力要把这件事往
里面装。

她就是一只乖巧的小兔子。哦，她一直都在睡着！

是啊，他说。她待得太晚了。他现在意识到，她之所以一直
醒着，是她注意到了狗狗的危险。她度过了一个糟糕的晚上。她
做了一个可怕的梦。

这一切都是存在的：后门口一群形形色色穿着晨衣的抽烟
者，一个蹲在蓝色牛奶板条箱上吃着一根黑巧克力的男人，那些
白色的货运车，唐的金色发卷，行色匆匆的云彩的黄褐色尾迹。
德斯努力地从这一切中为最近的事情腾出地儿来，为宝宝的噩梦
腾出地儿来。这将是件非常难办的事情。

"他早晨又出去喝了一通酒，"他们走向楼梯时，莫尔·麦克
马纳曼说。"最后灌了一瓶本尼迪克特甜酒。他们认为，就是这
瓶酒害了他。他刚喝完，就在车里发病了。他的皮肤发蓝。他们

判断，他再晚一个小时被送到汤格的话，就没命了。他的脑神经活动终止。一分钟呼吸八次。于是医生给他戴上氧气面罩，用生理盐水冲洗，做了肾脏透析。你怎么发现他的？你感觉他变了？"

德斯对莫尔·麦克马纳曼充满敬爱。但他只是笑着，摇摇头。

"罗伯·邓恩客栈的酒吧账单——"莫尔说，双目圆睁，慢慢点头，"他们挥舞着它。没人相信这是真的……你们都还好吧，家里都好吧？家里都好吧？这是最重要的。"

"谢谢。谢谢。莫尔，我饿坏了。"

"那好吧。那你现在得回到那里面去。"

莫尔·麦克马纳曼欠了欠身子，退了下去。

但有些事情结束了，人们在陆续离开，巴克利阁下和他博学的朋友离开了，塞巴斯蒂安·德林克离开了，杰克·费斯-赫瑟林顿离开了，劳尔也在房间里兜了一圈后离开，一只曲线形的手机贴在下颌上。只有两个女人留了下来——一个是穿着黑黄相间职业套装的女人，一个是戴着白面纱的女人。德斯（他马上就会离开）从餐具柜里的一叠餐盘中拿出一只，开始往里面装绿色拉，土豆色拉，火腿，奶酪，面包。

"当他在蹂躏那些 MILF 的时候，""特伦诺蒂"茫然地自言自语道，"他就是在操我的书。明白吗？"

德斯明白了：她的书叫做《温柔的巨人：莱昂内尔十四行诗》。他还看见那个戴着面纱的女人有一双吉纳·德拉戈的深色的炭化眼睛。

"温柔的巨人？温柔的巨人，乖乖。现在我非得痛骂他一顿不可了。你知道，我不得不说，没有我的影响，那头蠢驴早就重蹈覆辙了……你要干什么，姑娘？"

吉纳说话了。德斯听出她的嗓音变了——变得咬字不清，嘟嘟嚷嚷的——他觉得自己的肌肉都在颤抖。

"看来我得留下。"

"嗯。趁他在里面，你可以把你的脸拾掇一下。你得泡上足够长的时间呢。梅甘说等他出来时得有四十岁了……你在这里干什么呢，维斯？在他倒下前，再找出两块钱来？"

"他叫德斯蒙德，"吉纳说，朝前跨了一步。"他不是那样的人。"

"溜之大吉前先饱餐一顿……温柔的巨人。我——我让他受人爱戴。现在呢？现在呢？达奴比会开心得尿裤子。"

德斯知道他不得不走了，而且得越快越好。吉纳的面纱像蒙上一层雾的玻璃似的，近乎透明，他看得出她那重新镇定的脸上的轮廓。这让他想象到一个黄褐色的气球，粗糙地缠在男人笨拙的手指上。像在梦里一样，这个形象演变成另一个形象——一个更为可怕的形象。他看着盘子里的火腿片，上面悬垂着潮湿的肥肉，他站了起来。

"非常对不起，吉纳，"他边说边亲吻了她蒙着薄纱的绷紧的面颊。

到了门厅，他叫喊卡莫迪，抬高的嗓音跟回声彼此呼应。

……一匹高大的蜜黄色拉车大马，带着边饰的蹄子无声地踩在植草的路边，一个小男孩跨坐在马背上，高得不可思议，几乎触手就能碰到天。一个女人身穿猩红色罩衣，头戴女巫似的黑帽子，车把上的铃发出丁零丁零的活泼的铃声，从马的身边飞驰而过。在磨坊水车动力水流扇形的表面上，一只绿头、白颈的绿头鸭，领着一队忙碌的小鸭子，在绿头鸭的尾流里，划出不知所云的图形。空气中似乎轻轻荡漾着婴儿的声音……德斯想当然地认为这种感觉有朝一日会消失，这种开裂的感觉，疼痛和痴迷占据同样的部分。不过，这一天不会很快到来。他认为，这是对他活下去的一种完全符合逻辑的反应。他在一家糖果店前停了下来，买了三个红苹果。它们很快就会被吃掉。

这时他溜进了一个小巷，发现一道围栏挡住了去路。他踮着脚尖站了整整一分钟，试图把自己拉长，试图站到围栏顶上。但是围栏比他高，那令人厌恶的柱子比他高，它拔地而起，矗立在他面前。

好吧，不必着急——坐在广场里，吃苹果。——坐稍后一班火车。唐和茜拉远在他处。午夜过去不久的星期二早晨，霍勒斯·谢林翰最后哼了一声，他们将赶到康沃尔，把他安葬在蜥蜴角，他们的家族墓地，也是他的出生地——所以有的是时间。

在"沃姆沃德斯克拉布斯"餐厅里，那个令德斯从椅子里站起来的形象，只是一个形象而已，但它是某种真实的东西的形象，某种存在着或曾经存在过的东西的形象：一根调教杆，尖端插着一个粉色裸体的塑料玩偶……

两只蝴蝶匆匆飞过，折回，盘旋了几秒钟，似乎在检查，然后又匆匆飞走。一条拉布拉多老狗，一身光滑的红铜色皮毛，三条长短不一的腿（一个耐心的年轻女主人，穿着白色短袜），也打量着坐在长椅上的那个小伙子，水汪汪的眼睛里露着聪颖的笑意。

……他从几乎无梦的睡眠中醒来，发现自己已经安然置身于这个大都市中。他坐的班车谨慎行驶，经过安置电器线路的白色小屋，经过仓库（仓库的窗子上没有玻璃），经过一面面砂浆墙，墙上无一例外地布满看不懂的涂鸦。他始终待在火车上，直到清扫工来了又走了。新的旅客占好了座位，他这才走下站台，走进华灯初上的夜色中。

星期四

"我们到家了！"

她一只手拿着新的钥匙，另一只手扶着便携式摇椅——茜拉蜷缩着睡在里面。唐倾听着。主卧室那里传来一种机械的抽泣声，絮叨声，吱嘎声。她打开门：德斯在里面，光着膀子，跪在地上，操作着一架打磨机。他抬起头来。

"别让她进来，唐妮！让她待在走廊里！"他按了一个按钮。"这儿灰挺大的。"

"这都是怎么回事啊？"

"这房间现在是我们的了。他再也不会回来。我昨天去看过他了。"

"你没跟我说过。"

"是啊，我跟他谈妥了。他再也不会回来了。"

莱昂内尔的房间已经被搬空；角落里堆着一堆汗衫和运动鞋——一个压瘪的蛇王啤酒罐子，一条铁链子，几份发灰的《晨雀报》。德斯依然跪着，说，

"哟，你看上去可不像是个刚参加过葬礼的人。"

她轻盈地走向敞开着的窗子前；她朝外看去，一时间，一阵刺骨的微风把她的头发从肩头吹起。她微笑着张开嘴巴，双手搁在窗台上，右腿在左腿后面弯曲，脚胫抵着腿肚子。他说，

"倒更像是婚礼。或者是洗礼……我为他的去世难过，唐妮。霍勒斯，他很好。他自有他的伟大。"

"得了，德斯。别开玩笑了。"

"我没开玩笑。他变得宽容了。那是不容易的。他的确变得宽容了。因为如果他不这样……"

因为如果他不这样，唐妮，如果他不这样，亲爱的（这就是预先策划的深度和灵活性），那么星期五的晚上，当有人把狗放进来的时候，在这里的就是你，而不是我……是谁把狗放了进来？是马龙·维尔克威，是莱昂内尔·阿斯博，是德斯蒙德·佩珀代因？

"这是不容易的，"他说，"变得宽容。那是很难做到的。"

"是，的确如此……你知道的，我那一刻很悲伤，但我现在会很高兴。等着瞧吧。你怎么样啊，亲爱的？"

"呃，还在感冒。好了一点。说不清楚。"

"嗯，你瘦了一点，不过看上去不错，德斯。你体格不怎么样，但你状态很好。你看上去很健康。你的莱昂内尔舅舅怎么样？"

"还是那个莱尔老舅。也就是可鄙的马斯塔德先生。"

"你拿回你的泳裤了吗？"

"我的……？不。没有，我没有拿回我的泳裤。他要走了，唐妮。"

"是吗？他这会儿去了哪里，去干什么？"

"待会儿告诉你。他不会回来了。"

"啊。这么说来再也没有莱昂内尔了。没有老爸了。他们是你和我……莱昂内尔，霍勒斯。我想某种程度上也包括你的外婆。格蕾丝。他们是我们难以割舍的人。"她的胸口鼓了起来，她的眼睛炯炯有神。"哦，他们走了。所以就剩下了我们三个。"

德斯没有回答。这时茜拉发声，表明她已醒了，醒了，并且是他们中的一员。她像以往一样，这么做的时候不是用眼泪，而是歌声。他们认为她肯定是在模仿鸟的啾鸣——在迪斯顿城如此之高的三十三楼，有时候你还能够听到那样的鸟鸣。

唐回到走廊里。"我们一定得再要一个孩子，德斯。"

"必须的。没有选择。"

"为了公共福利。"

"那将是又一个茜拉。"

"那将是又一个茜拉。那么打个招呼吧！"

"现在还不行，唐妮。我得冲洗一下。我……我身上尽是沙砾。"

唐边走进走廊边提高嗓子说，"我给她换衣服。到洗涤槽里给她洗澡。她就爱那样。"

"那就去吧。我把水壶炖上。正想着沏茶呢。"

"那就去吧。哦，我想喝上一杯。我需要喝上一杯！"

她停了下来，他也停了下来，随后她听见他叫道，

"……我会等着！"

图书在版编目(CIP)数据

莱昂内尔·阿斯博：英格兰现状 / (英)艾米斯
(Amis, M.)著；张建平译. —上海：上海译文出版社，2015.5
(马丁·艾米斯作品)
书名原文：Lionel Asbo：State of England
ISBN 978 - 7- 5327 - 6863 - 9

Ⅰ. ①莱… Ⅱ. ①艾… ②张… Ⅲ. ①长篇小说—英国—现代
Ⅳ. ① I561. 45

中国版本图书馆 CIP 数据核字(2014)第 299302 号

图字：09-2013-385 号

莱昂内尔·阿斯博——英格兰现状
〔英〕马丁·艾米斯　著　张建平　译
责任编辑 / 张　颖　封面设计 / 张志全工作室

上海世纪出版股份有限公司
译文出版社出版
网址：www.yiwen.com.cn
上海世纪出版股份有限公司发行中心发行
200001　上海福建中路 193 号　www.ewen.co
山东鸿杰印务集团有限公司印刷

开本 850×1168　1/32　印张 11　插页 6　字数 173，000
2015 年 5 月第 1 版　2015 年 5 月第 1 次印刷
印数：0,001—4,000 册

ISBN 978-7-5327-6863-9/I · 4156
定价：58.00 元

ISBN 978-7-5327-6863-9

9 787532 768639 >